暴暴!快跑!

暴暴蓝 著

上海三联书店

这幅画是我根据一个色盲的朋友对颜色的感觉画的，
两个自我，在一般人眼中看来是完全不同的，
但在色盲朋友的眼中，却是颜色接近差不多的。我觉得很有意思。
就好比我鼓吹的旅行生活一样，任何重新开始，任何人所惧怕的不确定，其实都是没有必要恐惧的，
因为本质上，只是生命的不同颜色，有时候它们如此不同，有时候它们难以区分。
究竟能看见怎样的风景，完全取决于，我们的眼睛。

暴暴！快跑！

如果毕业了，能干嘛呢？

如果失业了，能干嘛呢？

在家里啃老？继续苦读考公务员？找不着工作怀揣小刀上大街划人脸？

如果不做现在的工作了，做什么工作呢？

这个钱不够？那个干不了？

……

关于生存，似乎有太多不易。

原本我也这么以为。

当我终于挥一挥手，不带走一片云彩地离开，在社会底层行走，摸爬滚打，三千里路云和月，生活却远比想象中容易，如果最终能主动离开自己并不需要的那些东西的话——必然有一种命运会向你敞开它温暖的怀抱。

于是，每当开始出发，每当那些千丝万缕的羁绊拉拉扯扯时，都在心中默念：

暴暴！快跑！

目 录
Content

序曲 Prelude　　　　　　　　　　　　　　　　1

流浪 Rove　　　　　　　　　　　　　　　　　1

Part 1 离开　　　　　　　　　　　　　　　　　5
去年的这个时候／一座墓碑的变迁——纪念马骅君／离开／今夜我不关心人类／叶公好龙／暴力典范／无因的反叛 青春到死的神话／我的现代化／向爱迪生致敬／线／新生活来了……迟早都要上云南

Part 2 朋友　　　　　　　　　　　　　　　　　30
阿屄印象／一切才刚刚开始／打麻将的路浩德与玩乐队的劳力士／大麻、包子与丁字裤／安德鲁来信／傻老外／朋友 HONG／少年润宝／陌生朋友

Part 3 路过　　　　　　　　　　　　　　　　　54
祝福所有在路上的朋友／路过／骑游／上苍保佑吃完饭的人民／原生态天使 vs 商业化魔鬼／自杀／雨夜／对不起，先生 直白／你忘了我吧／首都人民前来参观访问／真言／酒／晕乎乎的幸福

生存 Life　　　　　　　　　　　　　　　　96

Part 1 命运　　　　　　　　　　　　　　　　　102
她们的命／孩子，你究竟是谁呢？／有钱人家的小孩／今天廖福美很高兴／就这么走了／每个人都只有一个命运

Part 2 生活　　　　　　　　　　　　　　　　　121
马背上的民族／阿诗玛／明天／麻糖风云／坚定的自由主义者／大件事／嘴馋了／鸦片／村长／乡村嘉年华／跳槽／情绪！我需要的是情绪！／五个四川人 PK 四个广东人／过小年／三楼／各地人品大全／干得好事／沦陷／卖炭女和市长大人／阿乌扎巴住我家／春节流水账／会说话的八哥／妈妈，我像卫生纸一样白／个个都是武林高手／超大风筝／清明时节／逍遥／I'm so young／我喜欢城市，所以在远离它的荒原上眺望／弱水／玩／下岗／哑巴会／蜘蛛网／修辞的由来／你下辈子想当什么呢／江湖／失眠／夭折／叔本华的眼泪／年度总结／沧桑／N 种结局／做人要高贵一点／回九牌／火把节／个体户的尊严／瓢虫和乌龟／500 年一遇日全食的时候你在干嘛？／一天一点告别／自己人之美 永远在路上

Part 3 悲悯　　　　　　　　　　　　　　　　　215
惭愧／启示录／回声／边疆人民传喜讯／怎么办才好呢／他们／星期天的暴白劳／女孩与马鹿／开学了／停／捐书完毕／传统家庭的瓦解／滚滚红尘

爱情 Love　　　　　　　　　　　　　　　　243
我屋旁的小白菜／59 年前 生活不能自理的女人／逃跑的火车／就算你剃了一个光头／犬儒宣言／她不愿意再来／喜欢的原因／恶童——小黑，安心，安心／床上的爱丽丝

结束 Over　　　　　　　　　　　　　　　　266
最后的最后

序曲
Prelude

在夜色中
我有三次受难
流浪 爱情 生存
我有三种幸福
诗歌 王位 太阳

—— 海子

流浪

Rove

runrunblue

在尼泊尔珠峰大本营下最后一个宿营地，我遇见一位来自奥地利的老人。

我想，他可能并不是那么有钱。外面下着大雪的海拔五千米之上的山间木屋里，大家都在烤火喝茶，满脸褶皱和老人斑的他只是静静地坐在角落，连一壶热水都没有叫过，因为热水也是需要付费的。

主动凑过去，我跟老人攀谈起来，请他喝了一壶热气腾腾的尼泊尔奶茶。

几杯热茶下肚，老人缓缓地打开话匣子。他已经是人生第四次来到这儿，"我想，不会有下一次了。"他微微笑着说，自己第一次来这儿差不多就是我这么大的年纪，可他现在已经84岁。

我万分惊讶。

世界上海拔8000米的10座山峰里，在尼泊尔境内，可以看到8座。要抵达这里，这条举世闻名的EBC徒步路线在不到150公里的范围内，海拔高度从60米陡然攀升到世界最高峰，环绕的雪山光是8000米以上的就有珠峰、洛子峰、卓奥友、马卡鲁。沿喜玛拉雅南麓，从卢克拉出发，需要在高山变幻莫测、也许是雨雪交加的天气里徒步数星期，还要攀过冰湖旁边的一座巨石累叠的雪山，我这么年轻都觉得很耗费体能，真不知道老人家是怎么挪过去的，为什么要多次来到这世界屋脊呢？

他并没有直接回答我的问题。只是缓缓说道，攀登上顶峰就像人生的终点一样，无论过程多么艰难或者壮美，你也不可能停留在那个点，到了那一刻你都必须平静地放弃得到的一切，转身离开。

所以，老人说，只要还活着，完成想做的任何事，就没有早晚之分，必须重新开始。

我很震撼。开始想象我的84岁，倘若我能活到那个年纪，是不是还有勇气重走一遍这条世界上最高最美的徒步路线？

徒步EBC人人可走，登顶珠峰却非人人能行。那已经是商业登山项目，只要你可以支付20万美金，完成登山训练，加上老天爷赏个好天气的话，就能把你弄上去。王石是上去了，那种多数人的团队为一人冲顶服务的围攻式商业登

Buddha Lodge and Restaurant
Gorak Shep 5180 m.
Solukhumbu, Nepal
TEL STD ISD

沿喜玛拉雅南麓，从卢克拉出发，需要在高山变幻莫测、也许是雨雪交加的天气里徒步数星期，还要攀过冰湖旁边的一座巨石累叠的雪山。

上山途中我遇见独自旅行的日本青年健三，他背着钟爱的小吉他和沿途拾捡的垃圾下山，而他停留在宿营地的时间，反复上山下山好几趟，就为了捡途中难以降解的那些塑料垃圾。小吉他，则是他感到孤单时，最好的朋友。

山，除了虚荣和大量的高山垃圾，在我看来并没有多少价值。相比之下，自由式登山的友情、探索自然，环保，更值得尊崇，哪怕如同严冬冬一样付出生命。我所理解的攀登的意义并不在于征服本身，而征服的意义也并不在巅峰时刻。

即便那位老人走过四次也并没登上过珠峰顶，但却证明了，成为自己想成为的那个人，完全没有时间期限，也不应该受任何束缚。仅仅是有时能跋涉在这个令人惊叹的世界，体会不曾有过的感觉，见到与自己观点不同的人们，观察与自己想象不同的生活，这就是一个在终点到来时，没有遗憾的人生。

如果生命不断走到非己所愿的路上，

我希望我能像他们一样**有勇气，不断重新开始**。

Part 1

离开

翻看自己最早写的博客，全是关于离开。

从一座城市到另一座城市，工作，挣钱，消费……再换一份工作，换一个住处，工作，挣钱，消费……或者还有恋爱，分手，再恋爱，结婚……

这样的改变，其实是一成不变。

彼岸对于每个人似乎都是永恒的向往，流浪则是每个青春过的人都无法割舍的红舞鞋。

为什么流浪？

梦中的橄榄树早已变成餐桌上的橄榄油，标注着"美容"、"抗衰老"、"天然抗氧化"，我想我也可以努力挣钱买到，它却不能留住我的青春。

买卖容易做，而鼓起勇气，做好准备真正离开，却并不容易。

当年的我，和每个试图主动探索人生可能的孩子们一样，没有意气风发，全是背水一战的风萧萧，易水寒。

我反复提到过2004年那个夏天。

澜沧江毫不客气地永远留住了我心中的圣徒、挚友、兄长——

马骅。

这位诗人，在梅里雪山脚下的明永村做了一位义务教书先生。

我惊讶过，关注过，最终变成了羡慕。那年，当我在北京虎坊桥的老浒记等待一碗杂酱面时，收到朋友的告知，他乘坐的车坠入悬崖，落入雨季的江中。

我知道，仅仅需要再多几天，他送完那一届的小学生毕业，就会回到北大开始学术生涯，我们约定要点个黄豆猪手，喝酒。

杂酱面端上桌，服务员手足无措的看着我坐在那里嚎啕大哭。

心中的念头如眼泪般泉涌，我必须离开。

我还年轻，应该去看看，另外的生活。

去年的这个时候

Friday, June 23, 2006 9:05:35 AM

去年的这个时候，你在做什么？

去年的去年的这个时候，你又在做什么呢？

去年的去年的我的这个时候，正在和平门地铁附近的老浒记的一张八仙桌前，等候一碗杂酱面。

杂酱面端上来的时候，我收到了一个天大的坏消息，嚎啕大哭。

去年的我的这个时候，完全不记得在做什么。

现在的这个时候，我在回忆去年的这个时候以及去年的去年的这个时候，我在做什么。

记忆真是一件无可奈何的事情，大脑是最不靠谱的搜索引擎。

感谢在北京同仁医院工作的白先生及其朋友；感谢朋友妮子

谢谢你们帮我捎去了哈达，给我这位亲爱的朋友

央求罗桑活佛祝愿过

算是我的卑微的纪念

也许能够

令这里看起来，可以少一点点寂寞。

2003年，他的白塔四周还很干净、宽敞。马骅教过书的小教室（上图）和他简陋的小厨房（下图）。

希望小学代替了原来的破教室。

一座墓碑的变迁——纪念马骅君

马骅不是那个跳健美操的马华。

他是复旦的学士,北大的硕士,本来将成为马骅博士,如果他可以带着他在雪山脚下写就的诗篇与关于藏族文化的论文回归城市的话。

但是他不能再回来。因为他辞去了北京的工作,在云南梅里雪山脚下明永村的小学教书,坚持要送那一届小学生直到毕业考试完毕,某天的交通意外将他葬在雨季的澜沧江里。

他是我敬爱的同事,兄长,圣徒。

是他的离去让我终于鼓起勇气离开。

于是,从2004年起迄今,几乎每年我都会去一趟明永村,看看那座象征他的白塔。

第一次去的时候,小县城里拉着巨大的横幅,上面写着"向马骅同志学习"。明永村的两户人家主动平了两家玉米地交界处的一块地,大伙儿凑钱为他修建了一座白塔。男女老少都知道他,人们说,噢,那个老师,人好的很,可惜了,可惜了。在距离村子不远处的江边峭壁上,还挂着招魂的经幡,藏人觉得他只是潜藏在江底。白塔前后都是宽阔的玉米地,正对着奔腾的江水。那时候,他私人寻觅的旅途,不知怎的后来被叫做"志愿者",成了大城市里共青团的宣传模范。我知道,他只是在另一友人的帮助下,觅得那里,停留下去,自省而清静,并非"支边"的"志愿者"。

大概因为他是诗人,而且是中国最早的自助游书籍藏羚羊系列的编者,他的意外去世在文人圈子引起不小的震动。一个大雨滂沱的夜里,北大举办了一个关于他的纪念会,和马骅情同父子的萧颂兄弟,一个混不吝小子、诗人萧开愚的儿子,和马骅另外一位朋友扭打起来。我被紧急传唤,在距离北大三角地不远的路口,举着伞接走了情绪激动的萧颂。我一手撑伞,一手搂着他抽动的肩膀,他哽咽的脸庞在忽明忽暗的雨中悲伤而绝望。

多年以后,萧颂还是一个混小子,在全国四处游走,写作,时而穷得叮当响,时而意气风发钱咬手的请所有人吃饭。跟他打架的那位老哥秦晓宇,则是成功的广告商人兼诗人,他就像磨铁文化的老板沈浩波,书商起家,亏得一塌糊涂后却因春树残酷青春的畅销而被拯救,也会掏钱赞助纯文学一样。

故人已去，如今的白塔已经斑驳不堪。

老哥秦晓宇赚钱了也不再工作，在京郊租了个小院子潜心研究诗歌。有次在饭局上遇见他，他对于海子"面朝大海，春暖花开"的深论吓我一跳，真心是爱诗爱写。散场好久打不着车，待我就地念咒"嗡达列都达列都列梭哈"后，出租车翩然而至，他也吓一跳，愣了半天。

当年马骅最后一次回到北京，住在老友许秋汉的家中。那天下午，是他广而告之的分享会，他准备了很多诗歌、照片和故事，以飨朋友。我拎着一只鸡兴高采烈地赴约，心想，定有好菜好酒好多朋友。开门的正是瘦了三圈的马骅，穿着最老式的带着三道白条的蓝色运动衣裤，上衣还扎在裤腰里。他见到我大吃一惊，房间里并没有我想象中济济一堂的热闹，马骅眯缝着眼讪讪地笑说，大家都有事儿，已经取消了哈，取消了。

那个落寞的下午，就只有俺两人，翻看有的没的相片，马骅的讲解意兴阑珊，我恨不得自己是孙悟空，拔根毫毛变出一百个朋友。

虽然我还是不敢遑论，为何萧颂非要跟秦晓宇打架。可显而易见，马骅让很多敏感的心都受到了震动，哪怕事情的继续，总是那么难以预料。

后来，那座白塔越来越斑驳，每次去，我总会耐心地换上一圈簇新的风马旗，在塔边撒上一瓶上好的青稞酒。

再后来，马骅住过的小屋、修过的小院被拆了，一座由上海资助的希望小学拔地而起，成为村里最巨大的建筑，完全挡住了白塔正对的澜沧江，我暗暗替他有些不高兴，村里的孩子完全不够填满如此巨大的一座教学楼，所谓的阅览室的桌子上晾着新收的玉米以防被猪偷吃。这座硬邦邦的建筑还挡住了岸边土制藏楼房顶的大颗仙人掌和永不停歇的江水，马骅曾绘声绘色向我描述过，为了拍那些奇形怪状的仙人掌，他差点掉进澜沧江……风景不再，他竟然还是掉了进去，逝者如斯夫！

后来的后来，前往梅里雪山、明永冰川旅游的人越来越多，村里人富起来了，白塔四周原本宽阔的玉米地被不断扩建的房屋塞得满满的，白塔被紧紧挤压在两幢房子中间，硕大的一块石碑被立在路旁，上面篆刻了马骅短短的生平，似乎这里也就成了一个狭窄的景点。

有时间我仍旧会去静坐一两个钟头，有时也托朋友带去洁白的哈达和青稞酒。几乎十年过去了，我知道自己早已寻到了当年出发时，行囊中不曾有的一切，而记忆中那条通往村子的江边小路依旧尘土飞扬，永远在修路，永远一如从前——

开始的开始,我们在唱歌

最后的最后,我们还在走。

离开

Saturday, September 24, 2005 9:27:59 AM

这个月的月底,我终于要离开了,很舍不得朋友,但是我知道自己已经无法再继续混下去,也终于可以回答一些人的问题,你怎么还没有走?

我不喜欢这样的问题。它们令我觉得寒冷与陌生,以及一点点残酷,尽管我明白,这没有恶意。

我的前方横亘着你们所不能了解的忧患,我们集体害怕的未知,虽然我宣告自己的勇气,却恐惧这一天的到来,我需要的只是,要不要再想想,再等等,再看看,像无法劝服我而焦灼的妈妈唠叨的那样,我只要伸出手,一定能够得着她的衣袖,够得着一片安全而纵深的大陆,隔岸观火,并且毕生默念,未来有无数可能。

这不是什么值得炫耀的事情,更不是什么可以羡慕的决定,不过是离开,离开这里,去到那里,离开那里,再去哪里,离开平常的四季,离开熟悉的形式。无论如何,离别都是一件伤感的事情,即便是与敌人挥别,跟仇家割席。

因而伤感。

那些喧哗始终在耳边盘桓不去,一点点吞噬着我的光阴,连同指尖的旋律和拔地而起的速度,都被卷入连篇累牍的消耗,我不知道采得百花成蜜后,为谁辛苦为谁甜。为何卑微如我的人们总需要兢兢业业用一生偿还,对生命尽头的分期付款,我很想找到债主,毁约。

最初跳舞的人去了罗刹土,和他的佛一起。如你所想,没有别的选择,要么听从内心的召唤,付出更多的能量——我是那么坚定的相信,我能够好好的活下去,走另外一条道路,风尘仆仆,朝拜云霞,见到绝世风景。

我定定不是最后一个跳舞的人。那么我最亲爱的朋友，请给我祝福。当我在黑白之间低头跋涉的时候，会深深地想起你们，你们的芬芳。

【回顾】

这是我当年记录的第一篇，多年以后重读，还是能体会到那份惶恐。离开任何熟悉的事物、环境与人，都是一个代价不明的决定，以至于我父母并不知道，在他们赶来阻止我之前，我已经闪人了。

后来很多人问，真要去干件什么事儿，怎么跟父母交代？其实大部分父母只是用他们的幸福标准来衡量你罢了，你不用去解释你的标准，血缘很暴力，解释没什么效果。但好比386电脑没法往上兼容586，但是586电脑还得能运行386的程序一样，面对父母亲友，我多年的经验是，用他们的幸福标准安慰他们，用自己的幸福标准指导自己。

记得辞职时，正值北京房价刚刚开始飙涨，我所在的"负责报道一切"的《新京报》刚刚步入高速发展期，我的女上司李多钰虽然那时已经不直接管辖我，得知我要走，仍善意挽留，问我，是不是钱够了？

于是我记起入职时，领导问我想得到什么职位、头衔。我老实回答说，不要任何职称名号，我保证把活儿干漂亮，希望拿到足够多的工钱。

领导哑然失笑。但我之后的工作获得不错的收入，想是很受了些爱护，十分感念。当年的《新京报》里可能我是惟一从来没因为晚签版而被罚过钱的编辑。信念非常明确，攒钱要有效率，绝不浪费时间。

虽然那时我还不知道攒钱干嘛。可事实上，钱不算攒够，几年工作一共只有6万块，不够我在云南谋生的构想，我寻到的地儿开间旅店一年房租是12万。但钱永远是没个够的，我一直觉得有个五块八块，就能去做十来块的事儿了，否则攒攒攒一辈子，还哪里有时间，去成为自己想成为的人？真实的愿望永远都是朴素的。我已决意要走，马骅的意外给我很大刺激，我第一次感到人生无常，要趁着青春少年，去遇见未来的更多可能。

生命应该是辽阔的。

今夜我不关心人类

Sunday, September 25, 2005 12:55:34 PM

  下午大概4点，小哥打电话来说，咱们QQ群里有朋友一早打了电话，说今天到泸沽湖，却不知道为何都下午4点了还没到，一直惦记着，想打电话问，又怕人家到是到了，住别家客栈了。说起来彼此都是陌生人，反而尴尬。但是不打电话吧，左思右想还担心，怕万一出了点什么问题或者遇见什么麻烦了，好不闹心，于是电话我问问，我在三千里之外的北京，更不知道怎么回事啦，最后说，还是电话过去问问吧，好放下心。

  结果，人家住在别处了。小哥当然礼貌地说没关系，有空过来我家火唐坐坐……岂料对方哼哼哈哈忙不迭地……挂断了电话。

  小哥觉得有些无奈，于是又电话我，我也觉得十分无奈。

  常常有这样的人，路过我们的视野而已，好像我们是十面埋伏的强盗，布下重重陷阱，伺机要冲上去狠狠敲一笔。其实，我们也是过客，暂时停留在这里小憩，忙忙碌碌，耕耘自己的一亩三分地，迟早仍将重新上路。既然如此，何不深怀善意，因为我们都是路过而已。

  可是这些人却不。他们竖起耳朵，听八方，观十八路，小心翼翼。谨慎到放弃了旅行中3/4的乐趣，用留下的那1/4，拼凑成一个"到此一游"的标签，喜滋滋地贴在自己的智慧中最醒目的位置，以飨家乡父老。

  那3/4的乐趣呢？

  仍在月牙儿尖挂着，在柳梢头垂着，在火塘边醉着，在笑脸上闪着。

  于是，今夜我不关心人类。

  我想着午夜子丑寅卯，划破格姆神山头顶苍穹的那颗流星，也许又悄悄地滑落湖底。那些栖居的四脚爬虫，有福了。

【回顾】

必须感谢小哥。

小哥邢东,是我的挚友。他是我组乐队生涯中找到的第三位贝斯手,原是卡西莫多乐队的贝斯,一个人高马大无比仗义且精明的生意人的儿子。

运货完毕,他时常开着拆掉座椅当货车的小面包载着我们到处乱跑,那时他白白胖胖,成天乐呵呵的。他家到我家只有地铁一站地的距离,时常去我家指点我如何对着镜子练习主唱弹琴范儿,然后嘲笑我胳膊太短摆pose不好看。我们每天坐一个多小时的大公共,一起参加小说家康赫的戏剧处女作《审问记》的排练,没心没肺在戏中徜徉后胡吃海喝一顿,再一起坐大公共回家,无话不谈。

当我跟男友约定共同辞职离开城市,他却临阵反悔时,我嗷嗷大哭着坐了一站地铁,小哥在站台上等着我。

他比我高出太多,摸着我脑袋说,宝贝儿,咋啦?

我说怎么办,已经预交了一半租金,可是男友兼预定合伙人晃点了我。

小哥是个满脑子都能盘算生意的家伙、愤怒的摇滚青年以及迷糊的孩子。有次我俩跑去好友萧颂的生日饭局吃饭,时间来不及买礼物了,又或许是都没什么钱,我们就在他家超市运货的赠品中翻来翻去,然后俩个蠢小孩喜笑颜开的挑中了可口可乐的赠品闹钟,红色,喜庆,我们很满意的去吃饭了。结果当然是萧颂愤然,天哪,我们竟然在人家生日的时候给人"送钟"。

但那天在站台上的小哥异常冷静,他叫我算个成本和预期收益,然后他决定向家里开口"弄钱"。

性情温和善良的男友已经跟我去云南泸沽湖看过那摩梭人的木楞房大院了,这事儿我也准备了快一年,他后来说我们不能同时都去,还不知道去了怎么谋生,情况如何,他留在北京工作,至少还能支援我……

我很沮丧,但很快懂了每个人都应该有权选择、并自己承担自己选择的路。

在人生重大的分岔路口,曾许诺跟你一起前进的人改变了主意,也是常有的事儿,我们必须学会尊重不同的选择,因爱之名的勉强反而后患无穷。后来的岁月我很感谢当时男友的急刹车和他的帮助,只是当时的我无法承受这个暂时无解的突然变故,一把鼻涕一把泪地跑去找距离我最近的小哥哭诉。

谁知我还没想好怎么办,小哥真的从家中凑了几万块钱来找我,他说,

小哥喜欢坐在湖边楼上乱弹琴,泸沽湖的火塘小吧如今已经被小哥搬到后海银锭桥旁,名曰"火唐"。

没事儿,我跟你去哈。

人生真化学。于是,小哥替我先杀到泸沽湖的村子里,开始经营客栈了,并且向全村展示了我有一个他这样的、铁塔一样凶巴巴的哥哥,他洋洋得意地说他已经威慑全村。几个月后我接替了他,后来我把钱慢慢还给了他,他也从短暂的泸沽湖生涯中发现了一门生意,成就了他自己的路。

事情是这样的,我们泸沽湖客栈的门口有间小屋子,改成一个火塘,算作客栈附带的小酒吧,平时跟客人或者朋友在里头弹琴唱歌,聊天喝酒,生火煮茶烤土豆。按理说,摩梭人的火塘需要供奉"冉巴拉",也就是火神,可小哥不关心人类学,也不关心民俗民风,他找了一个当地最有名的画匠,画了一个月,在我们小火塘的整面墙壁上绘了一幅巨大的唐卡。"倍儿酷!"小哥很得意,后来我去了才发现,那是一个藏传佛教的阎罗王啊!

小哥爱上了火塘。他回到北京,就一直准备要在北京开间火塘酒吧,最终在后海银锭桥边找到地儿,开了"火唐"酒吧至今,他把当初给我们画壁画的云南师傅从村里接到北京,给火唐酒吧二楼的整面墙壁上,又画了一幅巨大的唐卡,这回足足画了三个月。这也算是北京"火唐"酒吧的前世,我和小哥从这段经历中各自找到了自己的路,他不再开着小货车没完没了拉货,我不再是没日没夜的媒体工作者假装负责报道一切,尽管我跟小哥没能组一支牛逼的乐队,但我们已经唱出了我们的摇滚乐。

我非常感谢他,关键时刻拉了兄弟一把,哈哈。

那时候去的时间尚短,还有一种城里人莫名其妙的优越感,总是想强调某种超越平凡生活的出发点,后来当我的脸颊已经生出两朵高原红时,生活又完全幻化出另一种模样了。

叶公好龙

Monday, September 26, 2005 6:00:33 PM

我非常喜欢黑猩猩。以至于在非洲研究了数十年黑猩猩的珍·古道尔女士，到北大百年大讲堂演讲的时候，我拼死拼活挤进去，躲在大厅的柱子后面，远远注视着一头银发的珍，心跳加速，欣喜不已，完全失语，高山仰止。她孤身一人前往非洲，在黑猩猩的研究史上掀开了崭新的一页，而这些大可爱是最接近人类的动物，它们甚至会制造工具，尽管我们的教科书还不曾改写关于人的智慧定义。

家里"饲养"了很多大小不等的黑猩猩绒毛玩具，我还经常呼朋引伴去动物园看望它们，有的朋友要探望河马，有的朋友去会见猴子。但是有一天，我忽然想到一个问题，假如一只真的黑猩猩在我跟前生蹦出来，我会怎样呢？

诚实的结论是，我大概会被吓个半死……

当我深夜回家，在高速路上发现，一辆满载的大卡车被我乘坐的出租车甩在后面时，惊讶万分。因为这辆车上装载了很多巨大的奔腾的马！被绳子缠绕捆绑着的这些雕像，在一个车身水平线上用同样的姿势随着车速平移，形成一幅奇怪的画面。

忽然我感到懊恼。那些马的精神气定是被塑造它们的家伙收了去，它们才会矜持，才会保持，失去自由，怀念自由，成就永恒，憎恶永恒。

这就跟叶公好龙一样，可见古人的成语绝不是凭空捏造，叶公只能好龙，不能好马。

关键问题就出来了，对于一匹在城市长大的马来说，奔跑已经失去了意义，自由也就轮了回转了世。

可是自由这东东，究竟投胎到了哪里？

或许，它早已喝了那碗孟婆汤，我们再也寻不着踪迹。只有些好事者，譬如我，深更半夜打着手电筒，穿过虚无。

暴力典范

Saturday, May 20, 2006 2:53:23 PM

  无时无刻不感觉自己像是被一锅蜜糖黏住的人，常年处于拼命挣脱之中，这大概就是处于东方伦理之下的大部分中国青年的集体命运，不断牺牲鲜活祭奠衰败，以道德的名义轮回往生。

  你有过这样的感觉么？或者，你认同也好被教育也罢，这是一种美德？

  无数家庭总是经历着大致相同的幸或不幸，至少目前看来，对待似曾相似的林林种种的各种对策，又是怎样的似曾相识。这是所有中国人欲罢不能的心理结构，你意识到这一点与毫无察觉也没有什么差别。前者会让人陷入清醒的疼痛或者喜悦之中，后者会令人领略折磨的苦涩或者莫名的幸福。

  这期间迸发出的人生，是怎样的坚韧与脆弱，是怎样的光辉与黯淡，天知，地知，你知，他者皆不知。

  孤寂不是最可怕的，最使人恐惧的，大概还是这人间道不得不延伸下去。

  也就是说，你不得不永不停止的选择，

  那些来自不同原则的美与丑陋，

  那些消灭不了的疲倦，

  并且无依无靠，

  不可避免地，

  遁入虚无。

【回顾】

  迄今我仍记得那些马的雕塑，在高速上被五花大绑架在车上平行速移的情景。一晃过去七、八年，它们大概已经被固定在城市的某个角落，以奔腾的姿态从此一动不动。我却从那个夜晚之后，在世界版图上乾坤大挪移。2010年，我曾计算了一年的旅行，相当于绕赤道转了一圈，超过四万公里。

  关于自由，为何会从珍·古道尔说起呢？

  这个从小梦想去非洲的伦敦女孩，历经高中以后的打工仔生活和对动物学的自学，最终与她的母亲一起在非洲丛林，开始了对黑猩猩长达数十年的研究观测，并且迄今仍致力于野生动物的保护，美国《时代》杂志称其为20世纪"世界最杰出野生动物学家"，曾获联合国颁发的马丁·路德·金反暴力奖。

自从我看了纪录片《孤猩血泪》，就开始无比崇拜这个伟大的女性。我惊讶于一个小女孩所梦想的自由，不是当公务员，不是嫁大款，不是穿漂亮衣服背名牌包包青春永驻，也不在乎是不是在丛林中孤独终老。"人们常常问我是否思念家里舒适的生活条件，的确有时我想欣赏一段优美的音乐，享受一下阅读文学作品的乐趣。但是坦白地说，除此以外，我在这片丛林里感到很愉快。住在简陋的帐篷里，在可爱的小溪中洗澡，中午的炎热，倾盆的大雨，有时甚至有讨厌的小虫，它们都是森林生活的一部分。这是我一直盼望的生活。我从来没有后悔做了这样的选择。"

我更惊讶的是，这个小女孩母亲的选择的自由，不是看女婿有没有房子汽车，而是随同女儿一起去了非洲，在丛林中照顾爱女多年。

当年我的困惑是，原本经常聚会谈论音乐的朋友们见面越来越困难，大家都越来越忙，生活却越来越不轻松，我感到自由没有越来越近，反而正弃我们而去。我们被越来越多的，原先并不需要的东西包围起来，沦陷其中。

2005年的中国城市消费主义渐入佳境，经济似乎飞速发展，一切视金钱为马首的小日子眼看越来越红火，小时候在《朋克时代》一类的摇滚小杂志上读到过北京朋克音乐的春天——我因为想玩乐队，从一个小城市跑来北京，那个春天，显然已经过了。

那时，每个人都雄心勃勃，觉得可以凭借双手或者头脑，为自己赢得更好的生活。而更好的生活，显然、大约、应该，就是钱更多的生活吧？

于是，就像电影《灵魂战车》中的魔鬼契约一样，盗亦有道，或者不择手段，抑或勤勉辛劳，无论如何，营营役役换取金钱，都必须损失点事关灵魂的什么。还记得我离开最早谋生的《北大新青年》兼职音乐编辑这个工作时，当时的人力资源部主管和公司主管因为贪污外逃被通缉，而东窗事发的前一天，坐在我对面的老大哥、我的上司，写了北大民间版校歌《未名湖是个海洋》的许秋汉，还在跟我讨论为啥觉得人力资源部主管人不错，他说，因为他笑得很灿烂呀，有那么灿烂笑容的人应该心地善良的。

也许那就是不同时代的价值观转换时，对人本身的判定也开始错漏百出的时候。我时常感到混乱与迷惘。年轻的我可能是受了荷尔蒙的蛊惑，未曾考虑过娜拉出走后的艰辛。自由是什么呢？那时我隐约觉得，自己的离开，就是离开消费主义至上、娱乐至死的生活，那个被五花大绑着正奔向全体高潮的美丽新世界，并不会带给我朦胧向往的自由，更不能带来我的幸福。

可自由究竟是什么呢？幸福在哪里呢？

时过境迁，今天我依然无法回答，但毕竟证明了自己离开的意义并非叶公好龙，毕竟遵守了对自己的承诺：

别人我不知道，我自己将青春到死。

也许青春，在这个国家机器摧枯拉朽般对脑细胞的洗刷刷里，是身体与心灵惟一能同时运动的时候，纵然有朝一日我也会白发苍苍，但我心依旧。

你们呢？

无因的反叛 青春到死的神话

Tuesday, September 27, 2005 7:44:22 PM

  1955年9月30日，拍摄了《伊甸园之东》、《无因的反叛》和《巨人》之后的好莱坞新星詹姆斯·迪恩（James Dean），驾驶一辆保时捷撞向死神，时年24岁。而此时，以迪恩为偶像的14岁的鲍勃·迪伦也叫罗伯特·艾伦·兹梅尔曼，还住在希宾小镇上，喜欢乡村音乐，即便已经从迪恩和马龙白兰度那里学会了牛仔裤配皮夹克，仍然没有表现出任何"像一块滚石"的可能。直到这一年，他在电影院里看到了《黑板丛林》（《Blackboard Jungle》）。

  两年后，詹姆斯·迪恩生前热爱的凯迪拉克推出了经典车款Eldorado，布鲁斯·斯普林斯廷特别写了首Eldorado的赞歌，高唱着：伙计帮帮忙，我死后将我的遗体扔进后座，用我的凯迪拉克带我到墓地。

  虽然只拍了几部戏的詹姆斯·迪恩，没能等到他的凯迪拉克，却丝毫不妨碍他穿着大红衬衫和烂牛仔裤成为安迪·沃霍眼中永恒斗争的化身，纯真老练的斗争，青春与成熟的斗争。以至于"那些斗争如同一面镜子照出无因的反叛的那代人……成为英雄的原因不在于他的完美，而在于他完美呈现出了这个时代被伤害而美的灵魂。"

  100年太久，回头望去，刚好50年的朝夕。

  上个世纪50年代的美国，愤世嫉俗的孩子们如同雨后春笋般疯长。严肃的古典银幕英雄们是时候撤退了，浪子迪恩正在透过他那孤独的眼睛，冷冷地旁观着成人社会的举手投足，伊甸园之门开始向青春派发免费通行证。这是西方青年文化崛起的时代，孩子们总能在猫王与Chet Baker中找到最合适的时髦，他们可以在电视机中看见电单车狂欢，并且在沙滩派对上、冲浪过后的疲倦中梦见玛丽莲·梦露。青春在握的孩子们不再需要英雄，甚至创造出一个词组"anti-heroes and heroines"——也许可以翻译成反英雄与反英雌，红男绿女的雄雌青春大盗们不加思索又满腹狐疑地追随着，以詹姆斯·迪恩为标志的挑战主流审美的明星。

  那时间，二战终了，经济复苏，人民富裕，集体消闲。翻开50年代的广告设计，一个时代的视觉气质宣告了现代消费主义的诞生。一方面，无头苍蝇般的青春也许一头扎向毫无节制的炫耀、奢侈和时尚；另一方面，尚在童年的物质生活，还有些甜美纯真，青春的飞行家们也许从中嗅出了失落和永恒的残酷，青葱岁月还是惨绿少年，似乎只是一念之差。

于是，任何年龄及阶层的人都把便宜及耐穿的牛仔布穿在身上，他们无法预料，每个人身体内乱窜的真气终究要汇聚成一股什么样的潮流，人们只能自我解释，这叛逆本来就没有原因，青春期荷尔蒙过盛，犹如迪恩，风象石头一样坠落，孩子们一旦接触，就全部投入，不惜毁灭自己。

1980年，40岁的列侬曾经接受采访说，他厌恶"与其苟延残喘，不如从容燃烧"，并且列举了那些在2字头的年纪就跟我们说再见的名字。性手枪乐队著名的贝斯手斯德·维席瑟斯（Sid Vicious），还有詹姆斯·迪恩和莫里森。列侬说："他们的死都是垃圾，我崇敬活着的人。这些所谓'英雄'的死教给我们什么，除了死亡本身一无所有，难道这就是摇滚的理由？"

要选择生活和健康的列侬还是被上帝开了一个大玩笑，他不要死亡，可是他人替他选择了死亡，并因为这死亡被供奉成偶像，像他指责过的那样。或者列侬忽略了，一无所有的死，在年轻的生者心中酝酿的巨大悲伤，犹如一个诅咒。据说迪恩那辆被撞毁的跑车后来被拖到了一个修理厂里，在拆卸过程中，砸断了一名修理工的腿。该车发动机后来被卖给了一名医生，他将发动机安装在了自己的赛车上，这名医生后来开着赛车比赛时死于车祸，另一名购买了迪恩报废汽车方向轴的赛车手也死于车祸。迪恩汽车的外壳被人用来展览，然而展厅却突发火灾。还有一次，它从展台上跌落，砸碎了一游客的臀骨。

这听起来已经有些好笑了，青春到死的怨气看起来甚至盖过了伤感，后来的人们常常引用The Who乐队最有名的一首歌——《我这一代》的两句歌词，"我想在变老前死去"，"不要相信30岁以上的人"。你能理解吗？如果不能，那么你太小或者已经太老，你可以尝试写一首歌来唱，扬言给他们点颜色。

唱歌的人们当然并没有在变老之前统统死掉，而是等待着变老之后怀念一语成谶，亲手把青春到死祭上神坛。

五十年前的九月，除了我们的迪恩，阿根廷的新军事政府并没有把前总统胡安·贝隆送上断头台，而是把他轰出国门，欣喜若狂的人群拖着贝隆夫人的塑像走过大街。多年以后，麦当娜收起《与麦当娜同床》中的嚣张，一脸庄重地在《贝隆夫人》里以贝隆夫人艾薇塔的名义唱响《阿根廷，别为我哭泣》，一个年轻女人在商业插曲中成了真正的圣女。以至于很多人忽略了电影开头，一项声明打断了一位男青年的观影，声明宣告"阿根廷人民的精神领袖艾薇塔·贝隆去世"。这个男青年接着唱了一首曲调与《阿根廷，别为我哭泣》相同的《噢，多么热闹的场面》。他的名字叫做"切"。

切，可以是切·格瓦拉，也可以是我们把多年的青春祭坛打扫干净，轻蔑地从鼻腔发出的一声，基本没有什么意义，如同一次无因的反叛。

【回顾】

这篇文章刚好写在我出发前夕，其实是对自己的鼓励，上个世纪50年代的美国，仿如2000年以后的中国。

进入21世纪，小学生时的我曾以为21世纪我们就实现四个现代化，小康了；那时我已经长大成人，有份不错的工作，青春年少，一切都欣欣向荣。

我决定离开时，身边许多友人刚结婚，正努力奋斗，一官半职，大房豪车。可我回到北京时，又惊讶的发现，结婚的十之六七都离婚了，打工的十之八九都开公司了，各有各的烦劳。男人们问我，丽江在哪儿艳遇呢？女人们问我，带我们去艳遇吧。

若我不走，可能像很多人一样，结婚了又离婚了，至少与时俱进把房子倒来倒去，可以开着牧马人在激情的平安大道上牧蜗牛；在各种饭局上谈论各种项目；开始吃绿色食品，保养健身，想抵当地沟油和PM2.5，一边抱怨钞票贬值和物价上涨，一边不可遏止的记住各种品牌和海量资讯，且永远搞不懂为何自己总是像韭菜，为谁辛苦为谁忙呢，被割了一茬又一茬。

于是庆幸，无因的反叛，比留下来，更能带给我心中真正的生活。

在文中，我写，风像石头一样坠落。

报纸编辑联络上我，问是不是笔误，因为主编让删掉这句，说风怎么能像石头一样坠落？

为什么不能？

毕生在徒劳推石头的西西弗斯，无数次后，当他的石头必然再次坠落时，难道不是已经如同无关痛痒的风？

当时我强烈地感到，不走，投入到这场狂欢，别人我不管，至少我自个儿没有最愉快的可能,一定会找到合适的理由抛弃自己的初衷,一眼望见自己的尽头,那种巨石般的禁锢会渐渐令人麻木,然后以为,那只是风。

这一句话来自《死者所知的真理》(安尼.塞克斯顿),我喜欢的诗,战争已成往事,诗原本描述的反战意象,在我当年的心中,已是另外的启示——

走,我们边说边走,拒绝僵死的队伍去送葬。

六月,我倦于做勇夫。

我们驶向好望角,自我反思,

空中落下骄阳,而大海如铁门飞至,

我们到了,人们死在他乡。

亲爱的,风象石头一样坠落,

我们一旦接触,就全部投入,

不在孤独,仅仅为此,人们杀戮。

那么死者呢?他们躺在石船中,没穿鞋子,

如果大海风平浪静,他们比大海更象石头,

他们的喉咙,眼睛和指关节,都拒绝祝福。

我的现代化

Thursday, September 29, 2005 6:50:52 AM

韩少功常常住在乡下，自己动手丰衣足食。有记者访问，曰：您是不是对抗现代化？

老头愤愤不平地说，我住在空气清新的地方，身体健康，悠闲自在，读书写字，好不快活，我怎么就不现代化？

什么是现代化？

中国人讲究大隐隐于市，但毕竟是市，藏着掖着，伺机而动。隐于山林，闲云野鹤，似乎又有怀才不遇遁入禅境的嫌疑，即便不是，那也该是四五十岁的人会考虑的一种活法，你还年轻。

我还年轻。

我爱这身皮囊，无论它们富有弹性还是堆满褶子，因为它们我得以成为一个形状，我讨厌跑步，但这不妨碍我奔跑。

我爱青春，无论它们让我快乐还是痛苦，它们都欣欣向荣死缠烂打，因为它们也爱懂它们的人。偶尔我会感到衰老，但那只是生命瞬间的停滞，我对此充满好奇。

所以，当我宣布在西南一隅开了店，自己的心还要颇费周折地争斗一番，我渴望舒展自己，也害怕被斩断肢体，我可以在那里，可以在这里，可以在一里，二里，三里四里，挑衅他人，抚慰自己。

前车之鉴，很多前车之鉴，可是那又怎么样，我有100000个想法，一一实现笑靥如花。我扛着搂着你们的现代化，费尽心机，奔向我的，现代化生活。

如果你也感到，那么请收拾行囊，即刻出发。

向爱迪生致敬

Saturday, October 15, 2005 5:30:51 PM

清理行李，发现我已经快被电死。

累计各种不得不携带的充电器竟然高达8个之多！而且不能共用！

我的天，幸好，这些充电器不用充电器。

向爱迪生致敬！

至少在12个小时之内，我对科技充满崇敬之情。

线

Wednesday, February 22, 2006 3:43:03 PM

来的时候，我带了一大堆充电器、各种接头、usb线之类。

今天"丑丑"狗狗的精神明显好转！终于开始正常进食本来想放丑丑的照片，还有新收养的小狗的照片上来，翻箱倒柜发现usb线失踪，没法把照片倒进电脑。

有朋友出主意，我可以先把我的xd卡倒进数码伴侣，再把数码伴侣中的相片倒进sd卡，然后用电脑直接读sd卡⋯⋯

我望着一大堆高科技低科技的东东发愁。

人类折腾出这些美化生活的玩意，无数带电的线条足够缠住一个人。

也不知道是不是作茧自缚。

【回顾】

忙忙碌碌为生计奔忙的人没有机会思考。

为拥有超过自己需要的浮华买单的人，更没有时间思考。

现代化用网络缩短了距离，也用网络隔离了我们面对面交谈，握手，拥抱，亲吻……我坚持认为这些才是人类本质的接触。

今天的城市生活与我走时相比，有了比短信更多的飞信微信等等信，但人与人之间更信任、更亲近吗？我亲爱的朋友每天跟我在一起，却发微博向陌生人诉说自己的牙痛，喜滋滋的收获一堆在我看来毫无意义的关心，而我必须刷了他的微博才知道他的烂牙又坏了。

回北京很少能聚齐原来的朋友，即便凑了一桌，似乎人人都低头盯着手机屏幕而心不在焉。当然，如果能爆出一个赚钱的可能性，大家也很有兴趣参与讨论，相比我的各种奇遇，大家更乐意问：你丫到底赚着钱没？

我并不抗拒现代化的物质发明带来了生活的便捷，可我不能让自己的头脑像感染蠕虫病毒的电脑主机一样，被大部分无用的信息占领。

何况，如今席卷整个网络的现象，是互联网公司都在进行的所谓个性化界面定制，根据个人喜好调整其服务（包括新闻和搜索结果），不同的人得到不同内容，即便搜索了同样的关键词，也将得到所谓根据我们日常偏好筛选过的东西。网络最终呈现它认为我们想看的东西，但未必是我们真正需要的。

这样继续下去，人们肯定只能为机器代言，很难看到或消费一些在某种意义上不是为我们量身订做的东西。

这就是现代化的结局吗？

我常常杞人忧天地思考这些问题，朋友老觉得我是闲得蛋疼。原来的我充满着年轻人的那种挑战狭隘的激情，但游历了七、八年回归所谓现代化的生活时，好比驯化的动物成功野生化了，又被重新圈养，我比身在其中难以自拔的朋友们更深刻地感受到了，并开始越来越完整的被困在一个过滤的泡沫中。

如果不做点什么，我很清晰地感到自己将越来越不可能看到完整的世界，却以为宅在电脑终端，就已经拥有了宇宙。

必须有勇气，不断重新开始。

花火

新生活来了……迟早都要上云南

(2009-03-31 19:15:32)

辽阔的华北平原,在火车窗外,黄着绿着灰着,天空也淡得隐隐约约,似乎存在得并不那么确切。

记得在贵州的凯里站遛弯,圆圆憨憨的山,撑着塑料雨披一样的阴天,在高原上固若金汤。

我睡了又醒,醒了就看书,看着看着又睡着了,醒了便接着又看。

此刻天已放晴了,我忽然回想起大理苍山洱海边,温柔的雨。

昨夜洗漱,一红衣妇人,开着水龙头,汩汩地,拔下水管下端洗起脚来。

洗漱间上贴着标语,"请珍惜每一滴水"。

我在一旁刷牙,她忽然嗫嗫嚅嚅地对我说,呀……洗脚习惯了……

我没有说话。我不愿看她那张松弛的脸上描画的细眉下,狡黠的细眼,以及她修长苍白的手指,在洗脸池中揉搓擦脚毛巾沥下的、泛着肥皂白沫的浑水。

我想,她是知道的,不等她洗脚完毕,这一节车厢的水大概也放完了。静静地注视自己的思绪,在生活中,悲悯是人性中值得珍惜的部分,尤其在小说的书写中,提纲挈领式的怜悯、同情与一视同仁的博爱,对于正义、美好只是一种挪揄,爱比恨更需要勇气?爱比死更冷?

在这里,在小说中,嫌恶比爱和冷漠更需要勇气。

事实是,我有点混乱。

我需要花费力气,去控制自己对道德或者宗教的执迷,这是我个人的人生,总是陷入相似境地的追根溯源,并且,执迷无法等同于智慧,我将无法发现,"卑微小人物之所以卑微的原因,以及高贵的学问家堕落于'议论过于丰富'的底细"。

我在思考,关于小说的立场,以及电流与蒸汽,是否比贞洁和吃素含有更多的人性与爱。

噢,我的故乡呢?

即便穿越三千多公里，仍旧不见了踪迹。

无论是我曾经无比厌恶过的，还是热烈赞美过的，在我生命的此时此刻，都被我的怀疑，连同我自己，送进了手术室。

读沈从文的《长河》，如同契科夫的小公务员之死，嫌恶变成了一种勇气。

1934年2月19日，国民政府在南昌发起"新生活运动"。要从国民基本生活之改善着手，"使一切食衣住行的生活方式都能合乎礼义廉耻的原则"，"要使一般国民具备国民道德"和"国民知识"。到1936年，这个运动推广到湘西偏远之处的时候——

妇人搭上去说："大哥，我问你，'新生活'快要来了，是不是真的？我听太平溪宋团总说的，他是我舅娘的大老表。"

一个男的信口开河回答她说："怎么不是真的？还有人亲眼见过。我们这里中央军一走，'新生活'又来了。年岁虽然好，世界可不好，人都在劫数，逃脱不得。人说江口天王菩萨有灵有验，杀猪、杀羊许愿，也保佑不了！"

……

那男子见妇人认真而担心神气，于是故意特别认真地说："不从这条路来，哪还有第二条路？他们说来就来，说走就走。

我听高村人说，他船到辰州府，就在河边眼看到'新生活'下船，人马可真多！机关枪，机关炮，六子连，七子针，十三太保，什么都有。委员司令骑在大白马上，把手那么又着对民众说话，（鼻子嗡嗡的，摹仿官长声调）诸位同胞，诸位同志，诸位父老兄弟姊妹，我是'新生活'。我是司令官。我要奋斗！"

妇人已完全相信了那个演说，不待说完就问："中央军在后面追不追？"

"那谁知道。他是飞毛腿，还追过中央军！不过，委员长总有办法的。他一定还派得有人马在后边，因为人多炮火多，走得慢一些。"

妇人说："上不上云南？"

"可不是，这一大伙迟早都要上云南的！老话说：上云南，打瓜精，应了老话，他们都要去打瓜精的。打得光大光，才会住手！"

……

哈哈哈，诸位看见没，新生活嘛，迟早都要杀将到云南，我也算是先行者了么。一点乐趣，知者共赏。

Part 2

朋友

以前在滇藏一带游历时,见过一个已经出门大半年、孤身旅行的女孩,小小的个子,染得金黄的卷发,一箪食一瓢饮就够的行者,我已经忘了她的名字,但她随身斜跨的一个军包背带上那行字,却让我念念不忘,上面用毛笔粗野地写着:

千里走单骑。

即便如此,我们还是结伴晃荡了差不多一个月,在四川小金山一带的甲居藏寨里,连同一个刚刚18岁就跑出来独自旅居在那儿的温州姑娘一起,排排躺在高高筑起的院墙上晒太阳,讨论着寨子里头的选美大赛,谁家姊妹竟然都得了奖,美人坯子果然都是窝生,任凭大渡河在山脚轰隆隆掠过,吹着山谷里的风,看着花蝴蝶们在风中滑翔。

那一天,由于我坐着车站管理员的摩托车就上了山,太急,来不及在山下小卖部买些食物,谁会想到在山上我走了三个小时也没找到村里惟一的小商店呢? 投宿的住家晚上8点才开饭,鬼影子也没见一个,我已经快要饿晕了。后来"千里走单骑"姐姐接济了我半张青稞饼,18岁的小妞煎了两个鸡蛋给我吃,我立刻原地满血复活,那饿得叫一个刻骨铭心,深刻提示了朋友的重要性:

跟认识时间长短无关的,绝对的雪中送炭。

旅途中自然也会相识形形色色的朋友,却未见得人人可以担当"朋友"的重任,每个人都试图在路上展示人性中最温暖的一面,却也常常道不同不与为谋。

在路上尚且如此,我的各种旅居生活通常在一个地方一住就是数月乃至数年,各种朋友就更加不可或缺。

他们有的像兄弟姐妹,有的是良师益友,有的默默相伴,有的转瞬即逝。

大渡河就在脚下,四周是童话城堡一样的甲居藏寨,我们躺在院坝围墙上,吹着山谷里的风,看着花蝴蝶们在风中滑翔。

无论如何,有一句话得到了我的旅居生活的多年验证:

出来混,总是要还的。

你最终得到的朋友,始终是自我的另一个投射,换句话说,你追求的是什么,就会带来什么样的朋友,这一点与在城市生活有极大的不同,城里头只要有一个利益点,人际关系便会错综复杂的交织起来,循着蛛丝马迹,总能找到朋友结交的理由。在旅行生活中则完全不一样,刀光剑影,快意恩仇,不是朋友,便不会在同一个时间走在同一条路线上,路有千万条,哪怕是攀岩登顶,也有解放之路和自由之魂的差别,而一路下来,**并不追求超过友情本身的友情**,恐怕才真正诠释了这两个字的本意吧。

阿屎印象

Thursday, September 29, 2005 6:37:19 PM

我不知道阿屎为何要叫做阿屎，或者他本来叫做阿史，可能是阿始，也可能是阿使。

总之从我认识这个摩梭少年的那一天开始，大家都唤他做"阿屎"，他像别的摩梭男子一样，戴着毡帽牵马划船，喝酒吃肉，然后去村子里面的篝火晚会跳锅庄，也常常来我的客栈小憩，跟我们一起唱歌，要求给他吉他伴奏《小薇》或者《高原红》，他能把一切流行歌曲都唱成嘹亮盛情的"高原红"。

或者，阿屎会带来一位美貌的城市姑娘，这些大城市来的姑娘们很容易就醉倒在他的歌声里，沉醉在那老套却新鲜得带着泥土芬芳的爱情诱惑中，不醉倒的也会热衷于被邀请去看泸沽湖夜晚的星星，夜空的星星们总是多得快要挤不下，那些常常飞过的流星更像是被生生挤跌进湖中的倒霉蛋。也许，它们因为姑娘们略显浮夸的纯情而捧腹，在天上笑着笑着一不小心就踩空，一头栽进湖里。

所以，从我来到这里开客栈成为泸沽湖的金镶玉之后，就不大相信对着流星许愿这回事情。

与其他年轻人相比较，阿屎显得很凶悍，他曾经砸烂一位不怀好意的自驾游客的车，车门整个报废，那位游客同志连索赔都不敢，灰溜溜地走掉。当然，第二天，阿屎的舅舅海扁了他一顿，替家中掌权的姐姐妹妹教训一下这位滥用暴力的外甥。娘亲舅大，阿屎对于舅舅毫无办法，也不敢造次，后来脸颊上贴了好几张创可贴，跑到我家店里抱怨：你说我舅舅打哪儿不好，偏打我的脸！

跳锅庄的时候阿屎总是被安排在第一个位置，相当于领舞，他跳舞的姿态非常酷，也非常好看，以至于间歇时间，尤其是女人们会蜂拥而上地围住他合影留念。他就是一团鲜明的旺盛的摩梭背景图，载入了千家万户到此一游的相册中。不过，高中毕业的阿屎很爱打扮自己，却从来不把成年礼上阿爸送的藏刀轻易佩戴示人，不知道是什么，但他总是一副胸怀着什么的样子。

昨天跟小哥聊天，说着说着聊到阿屎。小哥说，阿屎现在已经不在村子里面跳舞啦。那他去了哪里？还能去哪里，湖边比较富裕的摩梭人不屑于去

阿屎在村里赛马的时候很爷们儿，过了很久我在城里碰到他，他已经穿得像个韩版hip-hop少年了。

城市打工的，他去了张艺谋搞的丽江印象跳舞。

丽江印象，我的天。

之前，老谋子搅混了漓江水之后，要搞印象丽江之时，曾听朋友开玩笑说，老谋子占一个地方就拉一坨屎。想到这里不禁哑然失笑，这下可好，张艺谋的丽江印象，居然先挖走了泸沽湖落水村子里面，最会跳舞、生机盎然的阿屎……

【回顾】

我在泸沽湖的落水村住了大约一年半，几乎认识村里的每一户人家，虽然我还是分不太清每天早上燃起桑烟、绕着玛尼堆转圈的老阿妈队伍，但家

好友多吉当年还是个孩子模样,现在已经长成了一个膀大腰圆的摩梭汉子,娶了个美丽的湖北姑娘,当阿爸了。我给他的孩子准备了一块绿松石做礼物,却一直没有找到机会回去送给他们夫妇。

家户户的年轻人可是熟得很。

尤其是他们终于发现,我"是个奇怪的人",跟他们混在一起吃肉喝酒谈天说地,成天不是拿个小本本写字,就自顾自蓬头垢面坐在楼上喝茶弹琴发呆,还总是在门口跳绳,撸着袖子叮叮咚咚锤这里敲那里,既不怎么关照生意,又不精致过日子,也并不是来泸沽湖"走婚"的城里大傻妞。渐渐的我那位于村里码头的客栈,成了村里年轻人的据点,我成了他们的"自己人",这也是后来我在丽江开店时,最终把自家小店命名为"自己人"的原因,自己人,在审美上必然也是有所互通的。

隔三差五都有摩梭朋友前来呼朋唤友吃吃喝喝倾吐点小心事,跳舞骑马那必须找"阿屎",修太阳能得叫"小太阳",电路故障得找"高原红",有什么力气活儿可以呼叫小泰山搭把手，门口开小饭馆的酒瓶子夫妇也是能够雪中送炭的烧烤专家，我则三不五时带着他家的小女儿识字数数。负责村里记录划船工分的扎西大叔，还会指点我哪颗树上结了果子可以去吃，或者安排我坐上一条船，去湖中心的岛上散个步。

我很感谢摩梭朋友们给我的关照。了解他们并不需要多么高深的学问，摩梭地区的旅游以走婚习俗为宣传的噱头，却少有游客真正去探求这个习俗的真实情况，大部分人都顾名思义，以为这婚可以随便走。

随便走就随便走，反正慕名而来的女人们多如牛毛，摩梭小伙子们又不吃亏。

噢，于是，他们继续哄骗着城里的妹子，到手一个算一个，却在我这里个个大义凛然玉树临风，跟我关系很好的多吉，初恋了一位湖北的姑娘，把姑娘领到我这儿，私下问问我们靠谱不靠谱。

房东跟他的第二个孩子（次里平措）打了一架，平措捡了块大石头砸向老爸。他是个性格温厚的男孩，别人不知道，我是清楚缘由的。平措念过初中，一直跟我说想考警察学校当警察，却因为哥哥巴金患病，三弟被送到印度当了喇嘛，四弟还小。家中只得靠他代表他们家族当劳动力，去村里牵马划船，分得一笔不菲收入，他书也念不成，跑又跑不掉。那回是因为爱上了一个姑娘，但这个姑娘是抢走了他阿妈的妹妹的男人的一外地女人的养女。平措跟我说，他们上一代的恩怨，关自己什么事？但是阿妈骂他，说他跟"妓女"谈恋爱，严令禁止，并且一脚踹烂了平措房间的门……

这样的大事儿小事儿不知不觉我就攒了一肚子，也顺道当了不少回狗头军师，时常给出各种意见建议。

当你防备他们，他们自然也防备你；你给予他们多少信任，他们便还给你多少信任。除去天生的坏蛋和猥琐的一小撮人，朋友的程度，很大程度上在于你自己，倘若你并不计较谁先付出，见识美好与丑陋，就是同等概率，我琢磨着，那还是让美好先入眼吧。

一切才刚刚开始

Friday, September 30, 2005 4:23:16 PM

可爱的阿毛弟弟，今天的这些文字写给你。

当我们在中甸的青年旅社的一个下午相遇的时候，你像一团明黄色的火焰从对面走廊一晃而过，我甚至没有看清你的模样，但是我隐约觉得，我会认识你。

果然，因为一样的行程，翌日清晨我发现同行女伴搞定的合租车的家伙们中间竟然有一个就是你。接下来，我发现你是个单纯可爱，乐于助人的好孩子，忍不住跟你说了一路的东南西北，天文地理，八卦文艺，因为从你身上，我看到了自己，也是这样背着包，上了路，对世界满怀好奇，对人群充满善意。

所以，我跟你谈了一些我以为很重要的东西，并且在我的旅程当中，首次跟一个陌生的朋友保持了联系。

跟阿毛弟弟刚认识的时候，在长江第一湾。

后来，大家常常在网络上面遇见，打招呼，问好，谈论未来。我喜欢读书，并且把阅读的可能告诉你。并没有打算刻意教导你什么，我自己也只是个智慧的学徒而已。当你今天忽然认真地谈论因为我的"灌输"，你的乐趣，你的改变，你的怀疑，你的心灵，这让我莫名惊喜。

其实与我没有太大关系，那只是一个偶然，你自己追踪着蛛丝马迹，亲手打开了生命的另一扇窗户。我们总是觉得成长会是那么汹涌澎湃，其实仔细看看，就是挪动一点点的位置，便能望见光亮，寻见北斗，你的小宇宙忽然就凭空多出了几个平米，几十个平米，上百上千上万的平方的平方米。

这是一件多么值得庆幸的事情，我为你感到由衷的高兴，昂首挺胸，大步流星吧，我的兄弟！

月正圆，太阳还没有升起，一切才刚刚开始。

【回顾】

我在泸沽湖的时候，一个人而已。

阿毛是我去泸沽湖前，在云南认识的小兄弟，川大户外俱乐部的小头目，他刚刚失恋，我刚刚失去朋友，我们萍水相逢，一起旅行。

后来他回成都继续念书考研，他也很爱读书，却艳羡我怎么可以读过那么多他闻所未闻的书，便央我开个书单。

我开了长长的书单给他，没想到，他全部寻入手，通通读了一遍。

过后他考研成功，公费研究生，还是热门紧俏的专业，恰逢我去了泸沽湖。

不知道是我开的稀奇古怪的书单刺激了他，还是他终于从题海战术中解脱时，忽然想到了自己的人生道路，他对泸沽湖代表的生活充满了向往，在跟我的qq聊天中，烦躁不安地不想继续读研。

让我该如何向一个同样想离开的兄弟，解释离开所代表的未来呢？

失去融入社会现有体制的机会，拒绝臣服王的思想，离开烟尘遍布的窗户在雪线上漫步，必然要承受荒凉、孤独与寒冷。

我怎么能解释清楚呢？

但我又怎能拒绝同伴？他必然会在他选择的道路上，遇见全部的人与事,所以,他遇见了我,直到他决定投奔泸沽湖。

我问:你是要选择变成一个可爱的脂肪球,还是相信未来有无数种可能?

他说,噢买糕的,别的不管了,老子不想最后变成脂肪球。

所以他退学,打好包,从成都那边经过攀枝花,在泸沽湖四川境内的左所,搭了一条船,向我驶来,这一来,便是七八年的时光,以至于他爸爸一直坚持认为我是个大骗子。

在后面的数年生活中,这个兄弟给我添了很多麻烦。我比他大不了多少,这个姐姐让当得我七窍生烟,吵架都是小儿科,我们俩还打架,我常被他的懒惰顽劣、各种不懂事的恶习气得半死,曾半夜冲到他屋里把他从被窝里揪起来,直接用脚踹,他也毫不客气地跟我对打。

但是我们的革命友谊在各种平静与险境中与日俱增。他不再以为泸沽湖就是看日落观湖景,不再以为弹着琴吃烧烤有多浪漫,当他终于在旅途中,开始像我一样试着理解他自己选择的路,并且义无反顾地走下去时,他开始变成一个内心强大的人,而不再是靠着每天在小院里练咏春拳过日子,哈哈。

在旅途中的朋友,有一些,是命运的牵引,拥有着即便是血缘也无可比拟的情义,如果有幸遇见,请务必珍惜。

我很乐意接纳一个兄弟作为旅伴。那天我早早爬上三楼屋顶,直到看见他坐的小船出现在湖的这边,扛着登山包,穿一件明黄色的冲锋衣,胖乎乎的傻笑着在船上又喊又叫乱挥着手,像一团旺旺的火苗。

打麻将的路浩德与玩乐队的劳力士

Thursday, February 23, 2006 4:32:46 PM

今日到访两个老外，一个是在成都学习中文的德国帅哥丹尼斯，中文名字叫做路浩德，一位是他的好朋友，在美国工作的德国巴西混血帅哥，他自我介绍名字的时候没把我笑岔气。

"你好，我是劳力士！"

当我跟他说劳力士是名牌手表的时候，他还洋洋得意。

这是迄今为止，除了一位名叫马顿的德国朋友外，我见过的最有趣的两个德国人。

当劳力士发现我的吉他时，他的话匣子立刻倾泻而出，激动不已地献出他的ipod要我看他的音乐档案，原来他也玩乐队，13岁就开始弹贝斯，我们开始狂赞自己喜欢的乐队，然后一起狂贬电子乐中的豪斯节奏。不知怎么说到年龄，我们两个大跌眼镜，竟然是同年同月同日生！

我怎么也想不到，当我出生的时候，在遥远的地方，有一个高鼻梁蓝眼睛的家伙跟我几乎同时来到这个世界，并且今天忽然站在我面前。

缘分哇！

劳力士激动不已地开始计算我们到底谁大谁小，因为他出生在巴西，那么生日那天的巴西的早上六点，应该是我在中国的生日那天的下午六点，记得妈妈说我恰好出生在傍晚时分，具体时间我差点没打电话问我妈。

劳力士很可爱，他巨喜欢巧克力，然后说他有点胖并不是因为巧克力，而是因为从小他的奶奶就喜欢饲养他，强迫他吃巧克力以及无数的三明治乃至水果之类，甚至谈到他的奶奶患了癌症，却仍然开朗万分地开心生活。

路浩德对劳力士嗜爱巧克力嗤之以鼻，他说他不吃巧克力，因为他小时候妈妈不给他吃，对牙齿不好。

但当我说巧克力不好吃的时候，他们又异口同声说一定是我没吃过好吃的巧克力。我辩解说有朋友从英国的一个什么地方带给我巧克力，我也没觉得有多好吃，他们又异口同声地说，英国的巧克力确实不好吃……好的是瑞士的巧克力……

这两个家伙就跟我熟络万分地谈天说地。说到成都的美食，路浩德开始狂赞,并且宣布他非常喜欢打麻将,而且一定要玩钱,并旁若无人地谈起了四川麻将与云南麻将以及南京麻将在打法上的区别……然后他话题一转,忽然问我,他有一个西班牙朋友的中文名字叫做马小牛,为何中国朋友们一听到这个名字就哈哈哈呢?

我狂汗之后哈哈哈哈。

总之大家好一顿胡侃,颇有相见恨晚之感,所谓四海一家大概就是这种感觉吧,德国人一直给人感觉比较严肃刻板……不过现在我想,时代不同了,那大概是老黄历了吧,虽然他们跟美国人比较起来仍然显得含蓄很多,却都非常有趣。

多谢路浩德跟劳力士,让我从下午乐到现在。

大麻、包子与丁字裤

Saturday, February 25, 2006 2:48:17 PM

劳力士与丹尼斯继续留下来玩儿。

晚上我请他们在火塘吃火锅,我喜欢这两个有趣的人。

膳毕,丹尼斯干笑着拐弯抹角打听这里有没有大麻?

我说春天到了,满山遍野都会有的,但是品种大概不算上乘,这是行家里手们告诉我的。

丹尼斯急忙说,不用不用,我有我有。

得到我的许可以后,他们开始自己卷大麻,据说是在大理买的,丹尼斯说他们旅行中每天都抽,但是旅行完就不抽了。

烟雾缭绕,这两人大概是腾云驾雾了,劳力士操起我的吉他,开始哼哼唧唧。

我则跟丹尼斯聊天,并且在劳力士的旅行日记上面画了一个中国仙女。

最后我们的聊天焦点集中在了包子上面……

劳力士巨喜欢包子和饺子,已经在成都的吃喝熏陶中见过世面的丹尼斯则只是矜持地表示包子饺子都很好吃。

他俩寄给我的"中国绅士照"。
别以为劳力士（左）和丹尼斯（右）是不务正业的外国混混，劳力士是勤勤恳恳在大使馆工作的美国德籍新移民，丹尼斯告诉我，他为了来中国学习中文，在德国读大学的时候就已经预先学习了两年中文，谈到为何选择中国，他想了半天也没找出个中国崛起之类的理由，说就是感觉自己喜欢中文，象形文字很美，尽管非常难学。

  我跟劳力士一人拿一把吉他，开始即兴，胡乱弹些和弦段子，劳力士边谈边唱"我喜欢中国包子，劳力士牌包子要进军美国超市"之类。
  我狂笑，跟丹尼斯一本正经谈论劳力士牌包子垄断美国市场的可行性，然后建议丹尼斯饺子同样进军美国市场。
  岂料丹尼斯一本正经地说，不，丹尼斯也要做包子。
  我喷饭绝倒……
  当然，我们还谈论了更有意义的问题，譬如劳力士问我为什么中国女人不穿丁字裤？美国满大街女人都穿丁字裤。
  因为我没听懂丁字裤的英文，劳力士自己动手画了一个穿着丁字裤的臀部示意图。
  三人对视，哈哈大笑。
  此处内容省略3000字……
  只说说他们是怎么知道的呢？
  劳力士和丹尼斯异口同声地回答：
  噢，我们是男人，在大街上走的时候，看女生的屁股就知道了……
  我再次喷饭绝倒……

安德鲁来信

Monday, December 19, 2005 2:28:12 PM

我很庆幸打开了这封电子邮件。

昨天我就看到这封信,却没有打开,因为起先我以为是垃圾邮件,今天再瞄了一眼,顺手打开,才发现,原来是安德鲁的信!

安德鲁,就是先前我写过的那个从澳洲出发环游世界,已经出来6年的小伙子。在中国的旅程中,从西昌骑自行车到泸沽湖,在我家歇脚后,又骑车去丽江的单车狂人!

他绘声绘色地向我描绘了骑车去丽江的途中被无数的狗狗追踪的情形,令我捧腹大笑。安德鲁对这些狗的主人提出了质疑,他觉得这些狗的主人们似乎很乐意见到一串狗跟在一个外国人的自行车后,而一只狗差点被一辆车压到时,轮到安德鲁捧腹大笑,因为他高兴地看到这只狗被吓呆了,可惜好景不长,这只受到打击的狗虽然放弃了追踪安德鲁,但是安德鲁马上沮丧地发现,另外的不知道哪里冒出的狗狗又加入了跟踪他的狗狗大军……

哈哈哈,我真要狂笑,安德鲁的信写得绘声绘色,不过更令我高兴的是,安德鲁告诉我,他这两天即将动身赶往老挝……

噢,疯狂的家伙,但愿他能如同他的计划那样,在离开家乡环游世界的第7个年头里平安回到澳大利亚,开始新的生活。

只剩下老挝越南柬埔寨了……

向你致敬!安德鲁,加油!

傻老外

Friday, November 11, 2005 7:39:42 AM

我人流感了,早上起床后,快到中午的时候撑不住,又头昏昏地回房间睡觉,起来后,下楼去小酒吧一看,那个美国女人又坐在我家门口的阳伞下,从酒吧接出电源,用电脑。

不用说,她中午又在我家蹭饭了。

刚来的时候我还不以为然,对这对来自美国西雅图的夫妇,当然是满怀友善。据说他们还是搞人类学,搞纪录片的,女士来这边好几年了,会讲中文,会说一些摩梭话。但当他们几乎每天午饭前准时出现,因为我家服务员永珍在永宁的家族是他们的拍摄对象,因此对于不识字的永珍来说,看他们拍摄的照片是天大的乐趣,所以,我来这么久,他们十之八九中午的时候,就会漫步至我家,一起吃啦……

这没啥,两个老外能吃几两饭,关键是今天惹恼我啦!

那个会讲日常中文的女人,跟我说摩梭人的历史比普米族人久,我多少知道一点,当然不同意,都是羌的分支,哪有这么简单明确的先后……她竟然说我不应该只看中国官方的历史,应该看看各个国家对此的历史研究,比如她的华盛顿大学的某导师撰写的什么什么书之类,我顿时语塞,狂汗,妈的,中国又不是从共产党以后才开始有文字记载,她那么嚣张,我打电话问老猪他什么时候下来,顺便问问这两个少数民族真有谁久一说?老猪说,搞人类学哪会说这个,单单让她看丽江地方志,看云南地方志,看得懂吗?

我真是火大了,就这种会说一点中文还不会写不会看中文,就自命中国通的家伙,不就是在美国念了个大学么?平常老是跟外国游客说香格里拉是骗人的也就罢了,现在蹭着俺家的饭跟俺在这里拽西南少数民族的历史变迁,真是匪夷所思。倒是今早离开的那个环游世界的家伙,应该只是普通的工人阶层,他跟我说为了爱情,学了两个星期的中文,就放弃了,因为太难了。

总之,今天我很不爽,假如我操着半生不熟的英文,就去美国跟美国人论黑人的血泪史……

试想想，大概现在有很多这样的老外，在中国偏远地区胡拍一通，总是被少数民族奉为上宾，总是受到最热情的接待，说是要搞研究什么的。难道居住几年，一点口述式田野调查就真的深入了一个民族的脉搏？何况有着多么巨大的文化差异，天晓得他们回去了会搞出什么研究成果，后来者便又捧着这些"圣经"，前来继续。

我决定以后不搭理他们了，自以为是的老外精英。

又一篇

朋友HONG

遇见Hong的时候，我刚从尼泊尔EBC路线某个山头简陋的厕所钻出来，旁边有一家小小的山间旅馆，恰好撞见Hong穿着标准的冲锋衣裤，登山鞋帽，拄着登山杖，雄赳赳气昂昂地走出门来。

我戴着一顶红帽子，帽子上有英文单词"Japan"，所以Hong高兴地用日语跟我打招呼，这导致我最早还以为他是个日本帅哥，他则以为我是日本妞。

一起走了一截路才互相搞清楚状况，他是个韩国傻大个，我是个中国姑娘。那天的天气其实颇为不错，我对Hong的全副武装不以为然。一直认为EBC路线虽然号称是世界上观看雪山最完美的路线，却因为被西方徒步人士开发多年，路线极其成熟，并不需要太多装备。所以我开始徒步之前没有怎么精心准备，一双两百块的山寨登山鞋凑合，一件五十块的抓绒衣，一条五十块的没牌子大号冲锋裤，里头套了一条尼泊尔临时买的山寨冲锋裤。除此之外，我就是山上捡的树棍子当登山杖，还有一件尼泊尔买的雨衣遮风挡雪。在尼泊尔买东西很是令人恼羞成怒，商人们会不厌其烦地告诉你，这件货物不是"中国制造"，所以"质量好得很"，譬如我买的那件雨衣。

但Hong明显是装备无比精良的。他说这是他第一次异国徒步旅行，不仅有全套的登山装备，就连帽子手套眼镜这些小物件，都透着好质地，尤其是

Hong是装备狂,永远全副武装,他跟我们约定,服完兵役一定要来中国旅行。

EBC路上的热水都是要按壶收费的,Hong随身携带的一个太阳能净水设备,就大显身手,他在山间小溪装上一壶水,用他那小设备咔嚓照射一下,就对一旁目瞪口呆的俺们说,可以喝啦,虽然俺们还是不敢喝。

我加入的徒步小队带有瓦斯气罐,途中常用来煮方便面。Hong加入了我们的队伍,因为是外国人,时常受到照顾,从我们这儿分食一杯羹。Hong却非常不好意思,不惜贡献出了他带的全部罐头和韩式方便面,算起来,反倒是我们这一群人占了他的便宜。

一路上,Hong向我们展示了韩国优质男的单纯气质,他的简单随和赢得大家一致喜爱,甚至被同行的一位老大哥收做了干儿子。结束一个月的徒步回到加德满都时,一队人马已经熟络得很,大家凑份子请吃饭,去加都最好的中餐馆"北京饭店"吃中国菜,从未吃过中国菜的Hong非常期待。

饭菜上桌后,Hong被满桌子菜震撼了,他表情错愕,觉得中国菜怎么能这么大桌这么奢华?其实我们点的不过是宫保鸡丁、麻婆豆腐这样的家常菜。他惊讶地问他中国干爹,中国人吃饭都需要这么多菜?

私下里,Hong跟我们一起徒步的中国小伙亮白最为要好,被接连请了好几顿中国大餐之后，Hong已经按捺不住，决定请亮白协助他，邀请我们去吃一顿韩国大餐。

加都的韩餐馆没有什么叫得响的大招牌，亮白陪着Hong寻寻觅觅许久，终于找到了一家据说是加都最牛逼的韩餐馆，只不过，这家韩餐馆，是朝鲜的韩餐馆，听说还是朝鲜政府开设的，里头的朝鲜妹纸服务员都美若天仙。

亮白陪Hong去这家韩餐馆订餐，虽说都讲韩语，大概朝鲜和韩国的韩语还是有些差异，Hong跟漂亮的朝鲜女服务员都讲着各自的朝鲜语，还要连比带划。最后亮白总算搞清楚，Hong的意思是，他比划着告诉朝鲜妹纸，中国菜都是很大很大一盘，所以他订餐的韩国菜，都要双份的，拼成一个大盘才行，不能用小钵钵装着，太寒碜啦。

到了晚上吃饭时，轮到我们所有人被Hong震撼了，这家伙大概暗地较劲了，那一大桌子的韩国菜，我们都惊讶他是如何办到的，韩餐除了烤肉，还能搞出那么多菜式，不容易啊。于是，大家都无比开心地一边看着餐馆提供的电视节目哈哈大笑，节目都是新闻联播范儿的朝鲜演员在歌唱伟大领袖金日成，一边大快朵颐。岂料吃得已经差不多了，Hong又号令朝鲜妹纸端出加大分量的最后主食：

人手一碗巨大的韩式拌饭！

不锈钢盆装版，比一般拌饭的石锅大出了几乎一倍！完全跟我家两头德国黑背吃饭的饭盆一般大小。

众人皆傻眼，这叫我们如何吃得下？来自成都的二哥卷起袖子举起勺子，对大家说，兄弟们，吃！跟棒子拼了！

Hong反正听不懂，从我们沸腾的群情中，他也高兴起来，因为他请客的这一顿实在太实诚，太够分量了，经此一役，简直有为国争光的自豪感写在脸上了。

因为Hong回国就要开始服兵役，临别我和亮白一起送给他一本中国风光画册，他又请我们吃了一顿大餐，发誓一定要来中国旅行。旅途中总有如Hong一样可爱的异国朋友，生动清新如夏天的椰子树，成为回忆中最欢乐摇曳的风景。

在路上的朋友其实不分国籍与民族。

瑞典妞儿宝林本来是金发美女,却偏偏喜欢东方人的黑头发,来中国旅行前,特地把头发染成了黑色。

【回顾】

旅居生活中,时常遇见外国朋友。

他们中绝大部分一个中国字儿也不会说,大喇喇地走南闯北,所以我认为,去国外旅行要英文很顺溜,绝对是个误解。我认识一个瑞士的六十岁老头,在中国前后旅行了一年,靠的就是本小字典而已。

在中国遇见外籍旅伴结伴而行,尤其是在西部旅行时,我肯定被国人认为是导游,各种关卡都找我收发护照,以及衣食住行负责讨价还价,还得给老外们解释种种奇特现象。

民风民俗也罢,有很多无法解释的,譬如对蘑菇过敏的苏格兰小伙通过我再三交待餐厅,请不要在他的炒饭里头放蘑菇丁儿,但是端上来的饭里头永远都有蘑菇丁儿——我得帮忙调换,一边看着苏格兰小伙捏脖子吐舌头做蘑菇过敏休克状,一边无奈地应对餐厅老板翻白眼说蘑菇有啥不能吃的就老外名堂多。我砍点价不是被说成汉奸,就被大小老板们拉到旁边,商谈给老外抬价以给我回扣之类……以至于我沿途都想在各种岔道甩掉这些老外朋友,或者对同胞打招呼充耳不闻,他们就开始议论我到底是日本人还是韩国人。

在国外旅居就不同了,我大摇大摆也是个老外,跟一帮老外在外国旅行,就没有什么负担,多半是他们提携指点我了,从没发现过他们有谁想半路甩掉我,因为不太会有砍价之类的问题,我还能凑份子Ａ一下。

算起来,我跟很多国家的人都结伴旅行过,印象最深刻的莫过于犹太人,只要是犹太人,甭管国籍是哪儿,都展现出惊人的一致性:无比精明。有一回天色已晚,我好心帮以色列籍的一对犹太情侣找了辆小面包,谈好价送去目的地收费45块。谁知以色列青年男子听说要45块,不屑地冲我嚷嚷说他在网上查了,去目的地一个人7块,他们两个人最多付15块车费。藏族司机听我说他们只肯出15块,当即狂翻白眼,随后把他们的背包扔下车扬长而去。我也十分郁闷,因为时间很晚了,再加上他们两个人相当于包车,一个小面包7个客座,跑一趟收45块,实在也不算坐地起价。重点是这对情侣压根就没感谢我帮忙找车,反而一副我合谋欺诈他们45块的模样,骂骂咧咧说要去自己找车。当时我实在巴不得赶快甩掉他们,立刻指路汽车站,实际上,那么晚了,小地方的车站保证早就鬼影子也找不到啦。

博客中记录的我在泸沽湖住时,村里那位美籍犹太女人,美国某大学的人类学者，不仅在俺家蹭一切能蹭的，还老瞧不起我们。最后她的论文完成，做的那个"摩梭电影节"在村里开幕时，请了一些北京外媒的记者过来访问。我跟其中法新社的一个老外聊天，聊了一阵，他忽然问我：你觉不觉得那犹太女人小气吧啦的？我俩相视一秒，都爆笑起来。

不知道是不是小时候被白求恩之类"国际友人"的故事教育多了，对外国朋友最初都是猛尽宾主之谊。后来见多了，发现外国人也是人，既然是人，人性才是放之四海而皆准的真理，无论如何还是要感谢来到中国旅行的外国朋友们，起码不远万里自费前来丰富俺的见识，都是必须笑纳地。

少年润宝

Thursday, April 26, 2007 5:11:08 PM

润宝不是闰土。

润宝是我请来的装修小师傅，白族小伙子，瘦瘦的，18岁，有个哥哥叫做润银。

润宝已不是第一次帮我装修了，每次我都把装修交给他们两兄弟做。

虽然他们也会拖拖拉拉，但是润宝做起事情来我非常欣赏，行动迅速，水电木工等等样样行，并且负责任，绝不叫苦叫累。润银负责在外面接活，润宝是主力工匠之一。

只是润银常常会不管自己的施工队的能力，拼死拼命接活，他自己也是主力工匠。润宝则是负责执行的小弟，他们拖拉了十天之后，我终于打电话骂了润宝，说你们还不来就不要来了！

我知道他们这段时间很忙。

下午润宝来了。直接冲进来就锤子凿子叮叮当当开始干活。润宝可以说蓬头垢面脏不拉几，好像人更瘦了。

润宝说，头一天四点才睡，实在太忙了。

后来又来了一个润宝的搭档一起干活。润宝寡言少语，做事速度极快，服务员笑叫对面铺子的扎染架子倒了，润宝就凑到门口看看怎么回事，我们笑他，说你看什么啊。他也腼腆的笑，说看看热闹呗。

润宝初中毕业就跟哥哥一起出来谋生，哥哥早几年出来，在外面学装修受了不少罪。润宝说，哥哥很辛苦，跟着自己亲姐夫学木工，还得不到真传。

润宝不喜欢装修，尤其是那个油漆味道，刷了油漆回家都要晕倒，润宝说。

但是润宝仍然努力地干活。他跟哥哥都很疼家里的小妹，可是不懂事的小妹总是开口向哥哥们要钱花。

我哥买一双一百多的鞋子给她，她还嫌不好，要买三百多的。总是穿得破破烂烂的衣裳和塑料拖鞋的润宝摇着头说着家长里短。不过无论说什么，他的总结语都是同一句话：总归是兄弟姐妹，怎么能不亲。

埋头干活的润宝，左手的大拇指被锉刀蹭去一块皮，他哼都没哼一声，继续干活。

继续忙活的润宝，啪的一声，左手大拇指被气钉穿透，他连一声哎哟都没有，停下来，想用手拔出气钉。拔不出来，润宝拿起一把老虎钳，钳住穿透拇指的气钉的一头，吭哧拔了出来。

我们都看得心惊肉跳，润宝还是没吭一声，却安慰我们说，不要紧的，没事的。

一直过了夜里12点，总算完工了一部分。

润宝用他的自行车，托着气钉枪的机器，跟工友一起回家了。

我问他什么时候来啊明天。

润宝说，柜子还没做好哪，那说不清，说不清。

骑上自行车，润宝照旧说一句那我走了，生意好。

慢走润宝。

【回顾】

润宝让我想到了鲁迅先生笔下的闰土。

除了一些看上去很体面的、有各种头衔的朋友，我还有很多润宝这样的朋友。卖水果的，炸葱油饼的，修家电的，开车的……

如果在城里头，他们就叫农民工。

即使就在家乡，他们相对于定居的居民，也如同一支游牧民族。

刚到北京时，一京籍朋友给我讲笑话，说他家小区每到过年，就有居委会的大妈在楼下挨个单元的喊，小心佳木斯小偷。

虽然我很不爽这个"笑话"，佳木斯的小偷还是毫不客气地划烂过我的背包。

在旅途中，来自社会底层的各种朋友，不喜欢也不习惯温情脉脉的各种面纱，他们赤裸裸地展示着善与恶，美与丑。

一切简单起来，我深刻地领会了不同阶层朋友们的同与不同。反倒是体制中的人，无法相信这些游离在制度之外，又无法脱离制度而生的人群，有着更宽松也更残酷的生存方式。他们凌晨三四点起来贩卖水果，风里来雨里去，可能颗粒无收，也可能比一个在CBD写字楼工作的外企白领挣得多得多，也辛苦得多。

看水果摊儿的大叔摇着扇子对我说，白领肯定吃不了他的苦，但是他也不乐意在写字楼朝九晚五；在大IT公司月收入过万的小白领，则无论如何也不相信自家门口摆水果摊的月收入可能比自个儿高。

在丽江我认识一个每天围着油腻腻的围裙，炸土豆韭菜的阿姨，她会脱下围裙，坐丽江飞昆明的早班机到昆明血拼，然后再坐晚班机回丽江，这样也不耽误第二天准时开摊儿炸土豆韭菜。我知道她每天的毛收入是两千左右，成本就是自家房子、她跟老公忙活儿，土豆韭菜以及辣椒面儿、一炉火、一锅油。

见多了，我开始觉得自己活得越来越轻松，安全感来自内心对生存状态的需求，当你不再被超过生存需要太多的那些物质或者方式所吸引，而又拓展了生存的门路——我常安慰我爸妈，急啥，俺聪慧过人勤劳勇敢善良，虽然大学四级英语都没考过，也不妨碍我满世界乱转，就算脱离原来的社会圈子，我也会活得有滋有味且很健壮，有什么好纠结的呢？

事实告诉我，所谓优越感，只能是遮羞布。

什么羞呢？

有趣的是，哪怕其实过得很好的土豆韭菜阿姨和水果大叔，也希望自己的孩子们能登堂入室成为"正式工"；而正式职员，当然更希望自己的孩子们也能是更"高级"、"正式"的职员。无论体制内外，人们受到了绝对一致的教育。

生活有时假装是百花齐放的，却殊途同归了。

陌生朋友

Wednesday, January 18, 2006 10:46:40 AM

  好友曾写过一个实验剧本,叫做《陌生人》,开头写道:
  陌生人:(断断续续,不成调地哼哼小曲)我不管你是谁。在你怀里沉醉。我和你紧紧相偎,唱一唱甜蜜滋味。两只燕子双起……(一束光渐亮。舞台右后方陌生人躺在一张木板床上。他的脸涂得很白,像面具。静场片刻,缓缓地)一条潮湿小路,地上铺了木屑,远处是倾斜的烟囱。
  迎来送往,当面对某些闯入我的视线的陌生朋友的时候,请原谅我绝无恶意的揣测,我常常会觉得他(她)们来到这里,有这样的感觉。在别处的、容易飞起的感觉。
  昨天有一个小姑娘的到来,加重我这样的感慨。
  她端庄而安静地坐在院子我刚刚弄好的木头桌子边,极其文艺地递给我一张小纸条(看得出来她是鼓起勇气,让我觉得拒绝她有点残酷),大意是可不可以在客栈打工,由我来提供吃住。我家朴实的服务员真的以为她在找工作,她们互相用摩梭语交换着意见,说这个文静的小姑娘会做什么,劈柴生火做饭洗衣涮马桶?何况,我家现在还没有被服务的对象……
  面对这样的愿望,我常常不知道怎么办才好。因为这个姑娘并非第一个,我经常被这样申请……无数的陌生的姑娘以及小伙子,他(她)们带着各种各样的心情,给我打电话,或者在网络上倾诉这样的计划,大意都是来打工,我提供吃住……也许满怀热忱,却给我带来了一些困扰。
  我只能告诉这个在念大二的姑娘,现在是在淡季,我家服务员都没事可做,我真的没有能力提供这样的机会,非常抱歉。因为我正在赶写一点东西,所以给她端来茶,请她先坐一会儿,我上楼写完东西再跟她聊聊。
  等我再下来时,她已经走了……
  曾经有一个英国小伙子,问过我同样的问题,他羞涩地介绍了他自己会做哪些事情之后,要求是他想常住一段时间,希望借此获得一些 discount,折扣,这样的做法在国内外自助旅行中,如果有需要,实际上也是被接受的。
  我不得不先接受这样一个自我认同,我真的成为一个老板了么?可是我实在没有足够强大的经济实力……

如果是你，你会怎么做呢？

【回顾】

一些地方的所谓包吃包住的"义工"，多少都有想找文化程度高点儿的能陪客人聊天玩乐、可以上网做宣传的一类廉价劳动力的成分。

"义工"在西方国家的旅行中是被接受的一种用劳动交换旅行花销的行为，通常是短期的劳动获得一些双方认可的折扣或者报酬。不知为何在国内就走形了，一方面，很多年轻人误解了旅行短工的含义；另一方面有些生意人利用孩子们的热情，当他们是免费劳动力。

实际上，做长期的此类为营业性商业机构的"义工"，与在社会福利、慈善机构服务的"义工"也是两码事，在国内因为慈善事业发展的滞后，并没有太多这种机会，但是在国外，有很多国际组织援助的慈善、环保机构，比如临终关怀、有机农场等，都会提供类似的工作机会。严格来说，这些工作机会都可以为义务劳动者提供基本的生活保障，是年轻人了解世界的机会，也是锻炼自己、服务社会的机会，大家可以在互联网上多了解这类信息资讯。

另外，还有个问题挺有意思。我认识一些最开始想靠招募义工来填补下人手的生意人，他们也并没有剥削的想法，只是提供的回报跟当地劳动报酬差不多，但对于城市孩子就显得太低了。但是后来他们很多都主动放弃了，原因是招来的青年人，都抱有不切实际的幻想，并且根本吃不了苦，都以为旅居生活，应该就是悠闲轻松愉快的，跟勤奋等等词汇不沾边的，没帮上忙不说，还不能接受批评，常常添乱。

生活如何能懒惰呢？

旅居生活虽然是另外一种生活方式，可也要谋生计，各种生计，也是辛苦的，关键是自己能否从中间找到生活乐趣，要明白自己到底要的是什么。我觉得这并不是逃避现实的好机会，也不是懒人的天堂，跟朝九晚五相比，反而是更认真、严肃的面对现实的选择，因为承载了自我所追求的意义，特别需要对自己的这份选择负责。

Part 3

路过

　　高山，峡谷，沙漠，海洋，城市，乡村……都不过是：这里，或者那里。或者在这里和那里之间。这里、那里；或者之间的阡陌纵横，公路桥梁，我们在其中跋涉，难道就是在路上了吗？猎一角风光？挣一袭华服？还是一箪食，一瓢饮，做个很会走路的苦行僧？

　　噢，倘若是这样的在路上，我这里都画叉叉。沿着心中北斗星的方向，一骑绝尘而去，抛下秦皇汉武、三纲五常、六道轮回、十全十美……去九死一生、起死回生、两个黄鹂鸣翠柳；一行白鹭上青天……心中只有远方。

　　不只我是过客，每个人都是。祝一切得到继续得到，一切失去永不回头。我祝福自己的、所有人的，永远。

　　短暂（张子选）
愿那自永远来的，复归永远
风往北吹，翻过山，仍是往北
骑马向南，过了河，继续向南
造化的手指伸开，通常有长有短
我曾看到一个时间旅人，从身上拍落两场大雪
由心里携出一篮火焰，独自穿越整个冬天
也知道有人会在一百零八盏佛灯之外，额外点上
属于自己的一盏，只为照一照岁月尽头的深暗
真的，愿那自永远来的，重归永远
而我的名字叫短暂
倘若万念之中尚存一念有望成莲
请原谅，我可能也会哽咽难言

花火

朋友思远,从未上过高原,也没有自驾车走过山路。忽然他充满信念地准备在长假走川藏线自驾车进藏。刚好,新闻接连播报了几个类似的消息,因为高原反应命丧新藏线的驴友,以及因为坏天气被围困在某山的旅行者等等。

我感到担忧。

因为当初我也是莽撞地上山下海,徒步EBC时还曾摔下山崖七个小时才获救,侥幸捡回一条命。多年旅居生涯,令我深刻理解了对自己的道路负责的含义。

忆旅途漫漫,虽风光无限好,险阻也不少。不由深深希望,所有亲爱的朋友啊,都能一路平安。

祝福所有在路上的朋友

(2012-04-07 20:58:56)

思远,我亲爱的朋友。

请相信,从来没有任何想要阻止你的意图,也许在朋友中,除了身体里面镶满钢钉也不能停止骑摩托的奥里凡,没有谁比我更理解,你想要上路的强烈感,胸口满满溢出的情感,不唱歌,意难平……

今夜不冷,微风,翻出电影《转山》,安静地看完。

噢,那是一条我熟悉得不能再熟悉的路,那些山,那些树,那些炊烟,和冷不丁冒出的牛羊。

已经记不清了,这些年,我睡过多少次藏式的硬沙发,各种帐篷、各种床,甚至各种岩石;以及从各种各样模糊的窗口望出去,莫测的月色和透明的云脚;也记不清,翻过多少座雪山垭口,那些在风中呼啦作响的风马旗和我亲手撒出去的五色龙达,它们怎样翻滚着飞走。

更记不清,多少次在途中,那些友善的孩子,年轻人,老人,他们总是问出同样的问题：

姐姐，你什么时候回来？

姑娘，你什么时候回来？

孩子，你什么时候回来？

我永远无法回答。这样的问题，甚至在任何半球，任何大陆，被任何肤色、年龄的人种问起。

对此你只能转过脸去，看见一颗眼泪跌落在心灵某处。

在我漫长的旅途中，遇见过美好，也见识过丑陋；遇到过危险，尝试过生离死别，却无法停下脚步。

无数次，独自凝视远方的时候，我都在想，为什么，我，或者像我一样的人，要不断地上路？在我的生命中，已经超出了一般的旅行的范畴，就好比《转山》这样文不对题的小清新电影，却依然能深深打动所有在路上鲜艳过的生命，为什么？

没有行走过的人真的不会明白。并不是什么逃离都市的灯红酒绿，也不是什么涤荡红尘的旅途，或者对自由的向往之类，当我们克服所有的困难，终于抵达目的——那些困难，是人类刻在DNA中的记忆，当你作为一个平等的生灵，失去你的社会身份，仅仅作为活着的一员，与万物一起游荡在途中的时候；当一尾不知天寒地冻的鱼在你身边的小河游曳，与你同在的时候；当你坐在某一个草坡，那却是鼹鼠的气孔、它愤怒地拱你的屁股的时候，那些无法言说的感觉……

我想过千万次，那种感觉，是孤独的极致，也是作为人，终于不再孤独。

而所有的这一切，所有的出发，都是为了回家。

这是我最深的感受。

我远行，经历一切，所有的酸甜苦辣，每次我在垭口撒龙达，心中默默祈祷的，都是让我平安回家。

不断地出发，天知道，正是因为对生命无与伦比的热爱！

所以，在你出发之前，了解你的情况，也了解路上可能的困难，以及也许比你更深刻地理解旅行的意义，虽然那对每个人可能都不同，但我坚信，任何旅途都是为了回家的幸福——

我们会因此更懂得生命的美丽、生活的意义。

已经记不清，这些年，我睡过多少次藏式的硬沙发，各种帐篷、各种床，甚至各种岩石；以及从各种各样模糊的窗口望出去，莫测的月色和透明的云脚；也记不清，翻过多少座雪山垭口，那些在风中呼啦作响的风马旗、和我亲手撒出去的五色龙达，它们怎样翻滚着飞走。

所以，我用了最大程度的恐吓式的提醒，那都是希望你能做最充分的准备，并且能最大限度保护自己，以及同伴的安全，因为，我们不想失去任何一位。

亲爱的朋友，感到心中那个召唤的声音，你才会无法停止远行的脚步。你一定听见了自己心跳的回响，满心欢喜，没有什么能够阻挡，enjoy你的旅程吧，回家，然后告诉我们，你们在路上的幸福。

写给所有在路上，以及正准备上路的朋友。祝福你们。

路过

Tuesday, October 25, 2005 3:51:49 PM

今日有朋友问曰：想念北京否？

答：不想。

朋友又曰：一个月以后再问你。

答曰：100年以后也不想。

昨夜，在泸沽湖小酒吧火唐的客人，是从亚丁到泸沽湖，没有按照传统路线而是攀岩越岭没向导没马匹，直接暴走7天的一对情驴，女孩子文静，男孩子彪悍。

赶紧捧上暴暴茶，女孩子撑不住早早回去休息，扬言再给500万也不去徒步。男孩子越来越精神，自称神经病，把我家的青梅酒喝了个精光，并且手舞足蹈讲解徒步自虐过程。

这真是一种病。

"稀饭"的东西人家未必喜欢，可自己是由衷地爱啊。

天知道怎么回事。

上午，湖就晴朗了，买了彝族采蜂人的蜂石，回家泡茶喝，这几日不停地说话，嗓子也嘶哑了。

明日送父母回丽江，他们要回北京。

无论怎样，总是念想的。

而那个巨大的冷漠的城市，只是沙漠中的海市蜃楼，于我，停留不如路过。

骑游

Wednesday, October 26, 2005 3:55:18 PM

昨夜，湖的上空堆满星星，客栈有一对度蜜月的新婚夫妇，在三楼走廊上拍了半天的星星，还妄图拍下银河，多么清晰的银河啊！你能看见它一抹而去，凝结在似乎伸手可及的头顶，可是，想让它在数码相机的记忆卡上显山露水，不是件容易事。

客栈的服务员永珍为了照顾熟人的生意，非要帮我定车，只好依她，今天早上果然出了点麻烦，原定十点半的车九点就屁颠屁颠地开来，还换成了小车。

永珍好不尴尬，我也没有办法，只好将就着，送父母返回丽江。同车两位大概是东北人吧，跟司机聊天，说到了泸沽湖里格村的扎西，说到了落水村的商业化。

听到这个，我头上一定是冒出了火气。

因为前日，父母想买个塑料盆洗衣，却遍寻整个村子而不得，严重训斥我怎么抛弃大城市的好日子不过，在这种极不方便的山旮旯里面讨生活。

如今，却总是有傻瓜随意指责这里商业化那里商业化，无非就是价格贵贱有别，无非就是新鲜感一点点褪色，无非就是给自己贴上更在别处的标签，偏偏就找了个商业化的借口。泸沽湖门票又涨价了，我在售票处念叨了一句，太贵了人家都不来了，售票员头也不抬的回答：

不来最好，人多污染大，人少好管理。

最讨厌在旅途中听见人说商业化，真傻。

好在途中发现一队四川牌照的摩托党，都是老头老太，神气活现地各自驾驶一辆摩托车，统一着装，在弹石路上鱼贯前行，颇为赏心悦目。

虽然已是雨季的尾巴，但前几日还是结结实实地下了几天雨，这条道路会因为下雨而有滑坡、落石乃至路面下陷、塌方等等的可能，于是，这群老头老太的简陋的摩托车装备以及他们的年纪，令我有一丝担忧。

果然，在经过一个彝族村落的时候，我远远地望见一辆骑游车队的摩托车翻倒在路旁，四周聚集了许多村民，好在此处是低处的山坳地带，较为平坦，我也并没有看见有受伤的人。

这只能是一个疑问，因为我的车迅速地经过他们，我无法知道究竟发生了什么事情。

我们都在骑游，选择一段路途，一点点艰难地挪动脚步，随时都有危险。

希望某位老头或者老太，安然无恙，骑游继续。

上苍保佑吃完饭的人民

Wednesday, November 2, 2005 11:11:32 AM

明天阿屎就要去丽江印象跳舞了。所以今天我去村里的锅庄会耍，让阿屎同学带我跳一圈，他的舞跳得非常好。

几个北京游客住在我家，我又不得不回答诸如前往泸沽湖"投资"之类的问题。

忽然，我觉得这些城市词汇很好笑。

每天早上起来，我就打开电脑，然后煮一壶茶，看看书，跟摩梭服务员一起出去买菜，回来了教她们认字，说简单英文。然后在自家的小酒吧坐着，开始弹琴。再然后，随便吃点东西，开始回楼上写东西。不时眺望湖光山色，心情恬静。

傍晚，跟大家一起踢毽子，跳绳，或者去跳锅庄，听兴奋的游客唱跑调的摩梭情歌，哈哈大笑。回酒吧，服务员会生好火，我们就围炉而坐，遇上好奇的朋友闯进来，我就煮茶暖酒，放些音乐，或者，大家一起聊天，弹琴唱歌。

更多的时候，我满山遍野乱跑。

不过我很怕被盘问前来"投资"的问题，以及这里"商业化"的问题，这些词汇属于城市，根本不属于这里。我也只是过客，在这方寸的乡野之间，看着城里人来来去去，问些不搭嘎的事情，一时间会恍惚乱了阵脚，我不是这里的原住民，不能不使用电脑，不能大无畏地在高原阳光下晒自己，不能大嚼肥腻的猪膘肉……我也不是城里人了，没有工作，没有时间表，成天闲

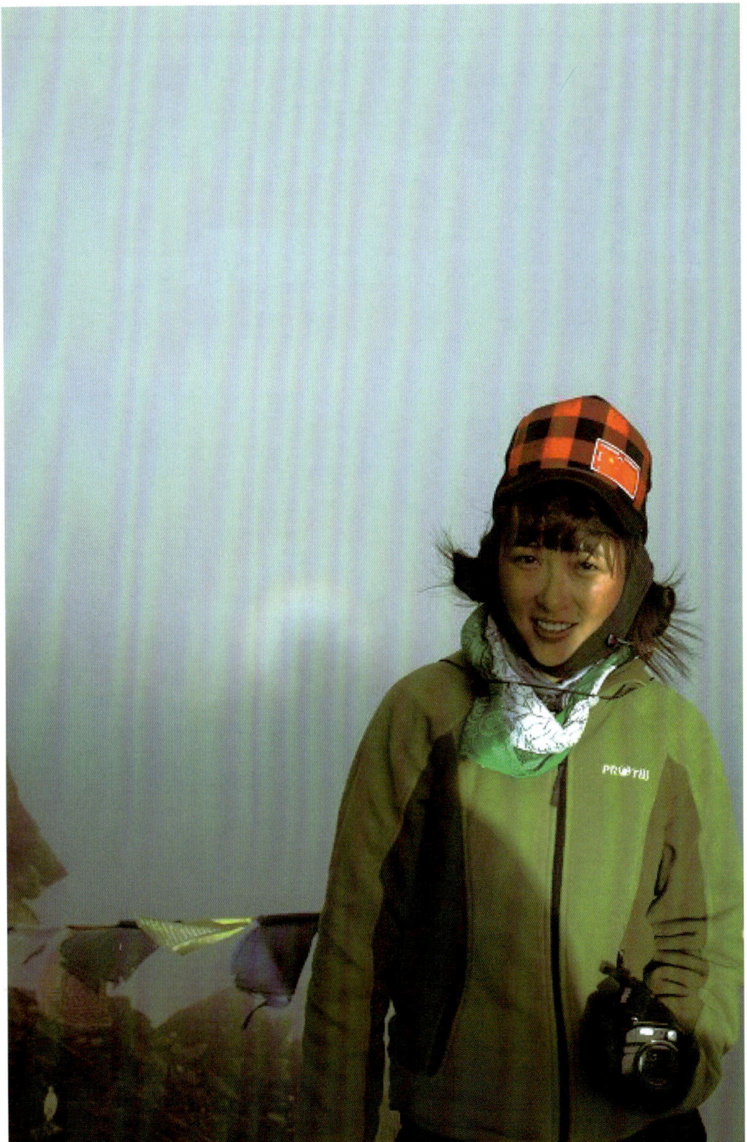

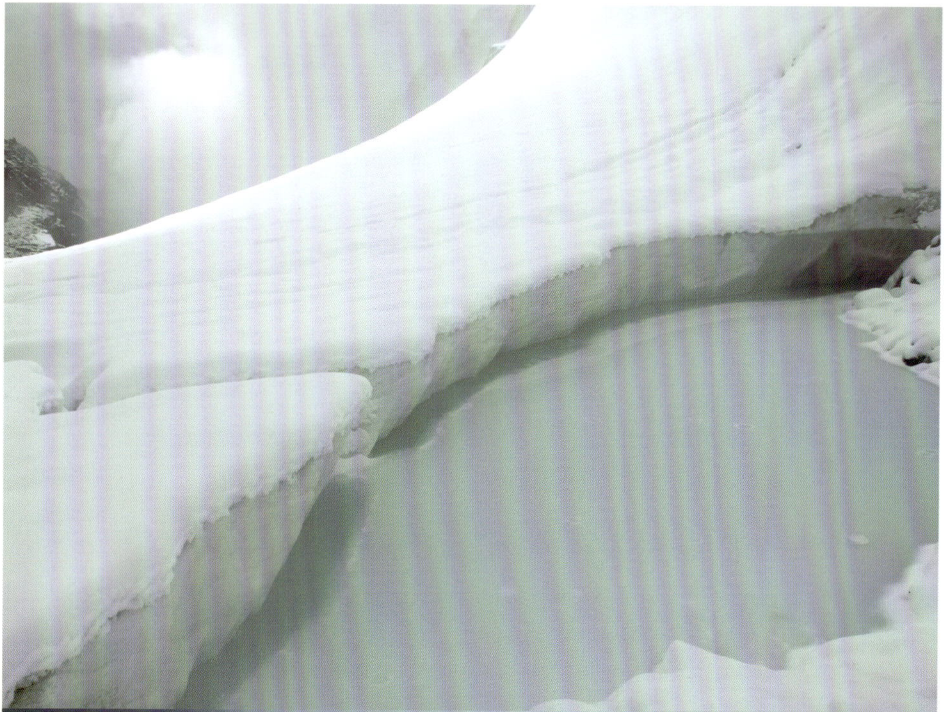
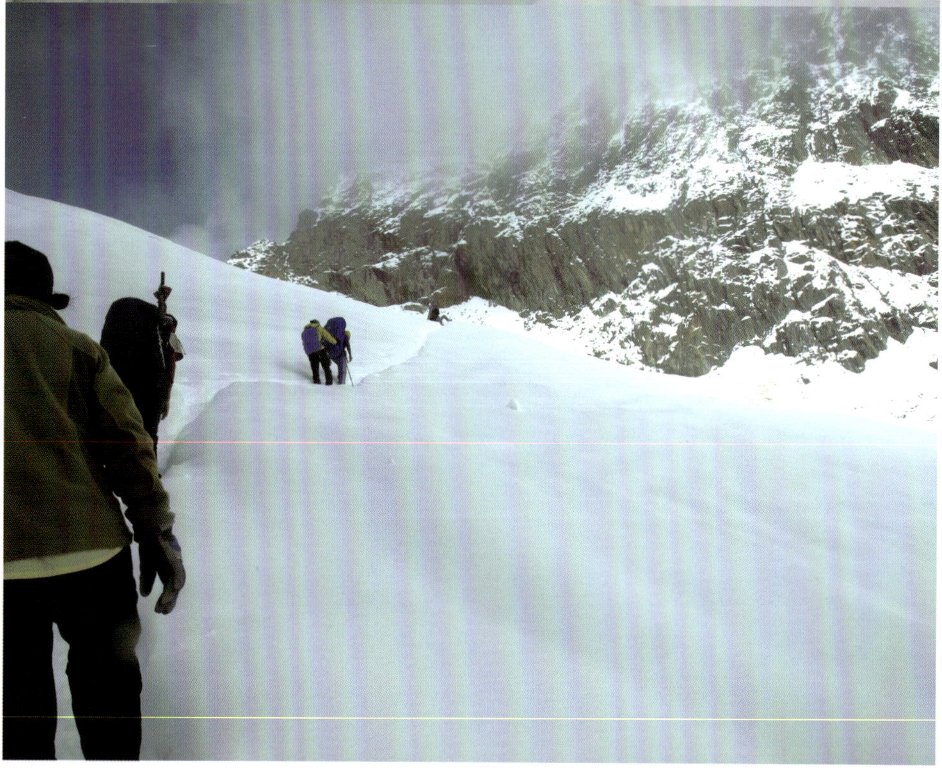

晃，不知道最近上映什么电影，不知道新出了什么唱片……

朋友给看了条新闻，让写个评论，刷刷刷，我就完成了。

可是，翻开这些光鲜的网页，这些拉锯新闻，这些消耗，我的脑海中就出现了张楚的老歌：

"上苍会保佑吃完饭的人民，无所事事的人民。"

题外话

原生态天使vs商业化魔鬼

Tuesday, July 25, 2006 1:03:05 AM

以下是我的观念，作为对同一个疑问的统一的解答。

NO1. 商业化与不淳朴

我的耳朵怎么可能不起茧子？

自从来到云南泸沽湖畔的落水村，开了这家天空之城客栈，无论是旅行团还是自助客，都日复一日孜孜不倦地在我跟前唠叨：

唉，这里也商业化了。

据我统计，紧随其后的结论有99%的可能是：不淳朴了。

这一感慨足够反映当下旅行者的基本观念。旅行社大力推出的生态旅游项目成为市场热门，尽管行程安排一般都颇为可疑；自助旅行的人们更是热衷于言必称生态，行必说环保，还衍生出了若干不成文的自助游守则，"除了照片，什么也不带走；除了脚印，什么也不留下"之类。

国际生态旅游协会曾有一个定义：生态旅游是具有保护自然环境和维护当地人民生活双重责任的旅游活动。说起来似乎并没有反对商业化的意思，但是到了旅游者这边，当你在完全不搭嘎的旅游区买到一模一样的纪念品；在南辕北辙的目的地均能发现茶叶、药材与银器；在大自然的鬼斧神工中赫然发现粗制滥造的人工景观；以及经常发生的缺斤短两、以次充好乃至假冒伪劣、各种谎言……难道不是商业化魔鬼的如山铁证？于是，"商业化"三个字成了旅行者们严重鄙视的导致民心不古的罪魁祸首。

具体到泸沽湖，我听到的问题也是千篇一律。为什么当地的摩梭人，平日也不穿民族服装？他们竟然从容不迫地穿着最时髦的冲锋衣，还知道在摩托车上贴个"熊出没"？去老摩梭的核心传统建筑祖母房中家访，竟然还要送礼物或者缴费，传说中的热情招待不见了，住的摩梭木楞楼中全是席梦思彩电卫生间一应俱全的标间，原始村落哪里去了？划船、牵马、篝火晚会都是明码标价!

尽管我喝不到大果粒酸奶,买不到塑料脸盆,据此对自己所在村落的商业化落后程度极为不满,还是根本无法反驳旅行者关于过度商业化的集体判断。

他们不知道冲锋衣对于四季常刮大风的泸沽湖极为合适;不知道出了相对富裕的落水村,同为泸沽湖四周的很多自然村落有人家穷得一年中很长时间只能吃土豆;不知道每日在祖母房中主持大小家务的老阿妈烦透了游客腆着脸询问走婚的话题,关于走婚在祖母房中完全是禁忌;不知道每家每户每天派出一个人划船、一个人牵马、一个人跳舞,所有收入全村人平分。

是的,他们不知道,全部的结论,都只是酝酿自短暂的往返。积极一点的会在旅行之前上网做功课,得到一些过期的或者见仁见智的传说与指南,绝大部分游人实践的旅游方式不过是上车睡觉、下车尿尿、景点拍照,回家一问,除了摇头评点商业化真没劲,啥也不知道。

并且,贫穷落后的景象仿佛才能激发某些游人享受自己的同情心,满足于窥视、施舍的情绪快感中。一旦发现,对方好像不那么需要帮助与怜悯,那一定是太商业化,因为他们挖空心思想的是赚钱,而不是唱支山歌给你听。

每天来往于丽江与泸沽湖之间的高快大巴的司机唐师傅,跟我一样是耳朵起茧的聆听者。对于大同小异的商业化评论,他总是摇摇头说:"以前摩梭人没有厕所,都上果园解决,住的便宜啊,你们说条件太差了,受不了,住宿搞好一点,会有更多人。现在贷款修了标间,有卫生间啊,贵一点,你们又说不原始了,不喜欢。鬼知道你们城里人喜欢什么。"

另一个有趣的例子是泸沽湖所在的永宁地区温泉的变迁。上个世纪中期,摩梭人的温泉还是不分男女、没有围墙的天体"澡堂会",是摩梭人休憩、玩耍、交流的重要场所。直到游人的闯入,对此大惊小怪的反应令摩梭人害羞,椭圆形的温泉池从此开始被一堵矮墙半分成男女浴池。但是,最早的矮墙只是"意思"一下,男女温泉池还是相通的,随着游人越来越多,那面小矮墙越来越高,池中剩下的相通部分最终也被一根大原木挡住了。温泉最终成为当地人的澡塘和外地人的景点之后,"自己人"收费2块,游人收费则是20块钱。十几年前就来过的自助游大侠们只能在网上发文缅怀,那不花一文钱,兴高采烈地被领去泡温泉的好时光。末了总结,昨日如那东流水的原因,当仁不让属于商业张开的魔爪,大而"化"之。

NO2. 公地与反公地

对景区的当地人来说，早已学会了用玩笑敷衍游客千奇百怪的提问，学会迎合他们所理解的市场的需要，虽然时常画虎不成反类犬。参观者与被参观者的文化差异、文化程度的良莠不齐，和主观需求的经济意义上的对峙变成中国式旅行的深渊。不同的利益阵营令沟通成为拔河，善意自然也能逢着善意，但现实是，善意总是让人怀疑，惟一可靠的桥梁似乎只存在于消费中。

一个游人曾经向我抱怨，篝火晚会每个人收了10块钱的门票，可是那些摩梭姑娘小伙为什么边跳边互相聊天，那么漫不经心？

她的结论是：太不敬业了。

假如不收费，相信不会有人要求跳舞的摩梭人达到电视晚会的整齐划一。因为收费，代表主流文化思考方式的旅行者认为，篝火晚会的表演构成了商业行为，观众出资购买观看权，自然要求获得相应的价值回报，无可厚非。对表演的摩梭姑娘小伙而言，篝火晚会上的传统舞蹈，本是青年男女结识相爱的方式，他们理解的表演只不过是传统的舞会成为有大量陌生观众的、有收入的重复工作，并且不存在竞争。爱看不看，他们没有任何压力。

说到压力，最大的问题已经出现了。

泸沽湖跨越云南、四川两省，沿湖村落众多，居住着彝族、普米族、汉族等等许多民族，即使同为摩梭族，泸沽湖四川岸的摩梭人和云南岸的摩梭人从宗教信仰到民族服饰还有不少差别，泸沽湖并非是只有摩梭人才能利用的自然资源。看着云南这头泸沽湖边的落水村靠旅游，从前只能在湖里打鱼去永宁镇上换回油盐酱醋盐巴的摩梭人都富裕起来，周边村落的村民怎能袖手旁观？

最典型的莫过于落水村旁边的三家村，近年来拷贝了落水村的划船、牵马、烧烤、晚会等全部旅游项目，采取给予司机导游回扣等手段争取接待基础设施相对完善的落水村的旅游客源。

这样的发展形态令我想起了一个有趣的经济学理论：公地悲剧与反公地悲剧。公地悲剧理论来自英国教授哈丁（Garrett Hardin）撰写的《公地的悲剧》。"公地"制度是英国历史上出现过的一种封建土地制度，封建主无偿拿出土地作为公共牧场，每个牧民当然尽可能增加自己的放牧数量，随着牧畜无限增加，牧场最终成为不毛之地。现代社会中，公地悲剧通常指理性追求最大化利益的个体的短期行为对公共利益造成的损失。这一现象带来的后果只能是资源被过度使用而迅速枯竭。

反公地悲剧则由美国教授黑勒提出,"反公地"特指存在着众多的所有权人、产权明晰的资源或者财产,没有任何个体能独霸"公地"。这样,无人拥有真正有效的使用权,资源也得不到有效利用。

在泸沽湖的乡村旅游发展中,正好同时存在"公地"与"反公地"现象。泸沽湖是这一地区原住民的公共资源,旅游格局混乱,基本以自然村为对外单位,以家族为村内单位,自己干自己的。拿我的客栈所在的落水村来说吧,村里的家家户户只要有钱,都会无休止地盖房子。据初步统计,不算普通间,落水村的标准间床位数量已经超过5000个,即使是客人最多的黄金周,日均客流量也不过一千多人的规模。就算接待能力严重过剩,你来到这里还是能看到,摩梭人新的木楞房正在不断拔地而起。我家旁边的撒鲁平措家的新房子正在盖,有次我问他,你家这栋新房子要干什么啊?他腼腆地笑:不知道,盖好了再说。

另外,整个湖的生态环境保护也完全属于自发状态,堪称各村自扫门前雪,哪管他村瓦上霜。不同的湖区分属不同的地方政府管理,在利益协调上面基本按照行政区划,由原住民自行协商解决。

云南落水与湖对面的四川左所,谈判后就划船往来业务作出了规定,各自只能带游人划船去对方地盘停靠,除了随原船返回的游人,不得从对方地盘捎带新的游人。这样的办法能够维系,因为左所和落水都是摩梭人的村落。前面说的那个也在湖边的三家村,跟落水村却早已誓不两立,关键在于三家村是个汉族村子,村民穿着摩梭民族服装招揽生意。落水人不是泸沽湖的所有者,当然不能阻止世代也在此居住的三家村人开展划船项目,可是对此落水村最新的村政策是,所有前往三家村划船的团队被发现以后(目前三家村尚不具备团队接待能力,团队必须居住在落水),就会被落水村旅游管理委员会处以与划船费用相当的罚款,否则拒绝接待。

在我看来,所有问题的根源,绝对不是人们通常认为的商业化的结果,恰恰是因为没有引进正常的商业机制完成这一地区的良性开发,才导致生态旅游保护自然环境和维护当地文化的双重责任无法实现。单纯的利益追逐导致竞争的产生,竞争是商业化趋于良性循环的最初动力。因为没有现代商业的发展手段、社会责任、经济契约乃至道德原则的约束,与很多非城市景区一样，泸沽湖旅游的话语权并没有遵循商业之路，而是依靠族人的习惯力量和政府管制力量强硬维护，落水村附近的里格村强制拆迁、整体后挪80米修建排污管道的工程，为了补偿费用问题足足拖了几年，就是一个明证。旅游商业被扭曲了，封闭的、垄断的利益暂时脱离商业化本质得以延续，却会最终造成资源枯竭、生态旅游的可持续发展无法实现。

当下旅行的主流观念一边倒向原生态，排斥商业化，以至于但凡原生态就是天使，只要商业化便成魔鬼。何谓原生态，何谓商业化，存在各种解答的可能。作为一个风景区旅游经营者，我见到的普遍现象是，贫穷落后往往被当成了原生态，收费服务还有现代生活的痕迹便是商业化。无知所带来的洋溢着荣耀和热情的相遇，成为旅行中人们最容易赞美的淳朴。一旦当地人忽然明白，不求回报的真诚接待根本无法应对大量蜂拥而入的游人，开始艰难地运用他们以为商业的交换原则的时候，那种毫无基础的"淳朴"就成为游客某种空想式的怀念，出现在无数记录性的游记中，影响着后来者的判断。现实则总是在"商业化"，遭到旅行者一致唾弃。

所以不难理解，为什么我们常常可以看到相对偏僻、原始的景区旅行攻略中会有作者好心的提醒，请大家携带一些烟酒食品和文具等礼物去原住民中做客，不要大吃大喝之后付钱，不好怎么量化是一方面，付钱的最重要的不良后果，据说是会破坏原住民的"淳朴"，让其逐渐"商业化"起来，用货币衡量游人的敲门声。

我以为，中国旅行者的心理结构不可避免打上了传统的中国文化的烙印。钱，是个不入流的"阿堵物"，吞吐钱的商业，在中国数千年历史中就是个不招人待见的东西，是轻贱的万恶之源。哪怕在城市生活中，人们心安理得的享受着商业社会带来的便利和快乐，却仍然在潜意识中瞧不起一个沾满铜臭的"商"字。现代旅游业关于生态旅游的发展如果仅仅基于环境保护和对大众理解的商业化的排斥，怎么可能找到出口？

有意思的是，优秀的生态旅游的构筑不得不通过良好的商业化来完成。有个民间自发的旅游活动叫做"多背一公斤"，就是希望驴友们出行时多背上一点书藉、文具或衣物，带给沿途遇到的贫困学校和孩子。关于这个活动最让我感兴趣的讨论，正是发起者希望靠自己网站商业化来实现"养活自己以全身心投入一公斤事业"的理想。倘若官方、民间关于生态旅游和商业化的调子继续停留在天使与魔鬼的阶段，"多背一公斤"的矛盾就不言而喻了。

丽江到泸沽湖要七个小时左右，每天下午三点到五点是游客陆续到达的时间，乘船去湖心岛观赏是游乐项目之一。全村每家出一个劳动力，不分男女，参加集体经营的划船活动，所有收入全村以家庭为单位平分。家里人手不够的，就当二老板请邻村小工代替劳动。

划船牵马完毕，各家人回各家门，吃了晚饭，就开始准备去参加篝火晚会的跳锅庄了，女孩子们悉心打扮，男孩子们则会仔细包好传统腰带。

NO3. 谁才是傻瓜

我家客栈的服务员永珍卓玛，喜欢装傻。

某些游人总是问：你家有电视吗？她回答：没有。问：你知道电脑么？答：不知道是什么东西。问：我从北京来，首都北京，你知道么？答：北京是什么地方，没听说过。

同样，我发现当地的年轻人莫不如此，似乎这种抵触变成了带着强烈自尊色彩的游戏。永珍的总结是：把我们当傻瓜，还不是一样把你们当傻瓜。

摩梭朋友阿客次儿曾问我：难道你们想看我们穿着草裙跳舞、吃生肉才觉得高兴吗？

【回顾】

关于商业化，是旅居生活中最大的Bug。

记得我当记者时，原生态音乐的概念刚刚兴起，由于无谓的争辩，有回我差点跳到一个中层领导桌子上嗷嗷叫，事后这个领导打电话给我意图和解，一口一句"你这个原生态小孩"怎样怎样。

仿佛原生态代表了某种可以被绝对包容的童真。

后来我终于旅居到那些看上去蛮荒的村子，才慢慢开始了解，所谓的原生态，跟商业化的渊源，以及鲁迅先生为何要说，青年也会变成虫豸，人或者事物本来的面貌，并不一定就代表着文明的方向。

这个古老的国度，似乎仍旧不能真正理解商业的规则和意义，而原生态的概念，正是因为混杂了良性商业的原则，从而被广泛宣传接受，可这一部分血统并不完全属于本来的原生态。

这其中经过无数次曲解，最后就变成了天使魔鬼的二元结论，实际上，现实大量存在的，是中间的灰色地带，这才是最糟糕的状态，既没有继承原生的规则，也不遵守次生的规则，反而是劣币驱逐良币，只论目的，不择手段。

这些文化的东西不是只言片语可以说清楚，但是旅行生活，不需要这样的二次元空间，活得更辽阔，那必须站得更高，看得更远。

自杀

Friday, November 18, 2005 8:49:22 AM

这几日每天都有人家宰猪，愿意吃的话，每天都有杀猪大会的饭局。

不能再吃啦。躲在家中，听俺家服务员聊天，忽然听说有人投湖自尽。

记得我第一次来泸沽湖那年，就有一人投湖自尽，最后实在没有任何身份证件，无人认领，只好在湖边火葬。

然后跟服务员继续聊天，这个投湖的是丽江女孩，不知道为啥。

于是大家说起了近年的自杀事件，不说不知道，一说吓我一跳。

原来近年选在泸沽湖自杀的还不是一个两个，多着呢！我家的拉措说道，去年，就有一个在啊哈巴拉客栈饮毒身亡，还有一个日本游客在观景台投湖自尽……说到不幸，世间各人有各人的不幸，这么多人千里迢迢来到美丽的泸沽湖，倘若只为了结束生命，真是让人不知道说什么好。

而且最不幸的是，这些不幸有的时候并非那么不幸。

湖对面村子有个女孩，出去打工多时，回家时没有赚到钱，家中人说了她几句……她竟从湖心黑瓦俄岛投湖了。

还有很多例子……

服务员们说，要死还要挑我们这里来死，真可怜，真是搞不清楚这些人。

无论在藏佛还是摩梭达巴教，自杀的人是得不到解脱的。

神山海子，无法不接受决绝的人们卑微的身体，但是他们的悲伤的灵魂会飘到哪里？

这山水，断断不收。

所有跋涉至此的人们啊，这里不是世外桃源，更不是涤荡凡尘的归宿。

聪明的你，在路上，请用力，深呼吸，

握紧自己的心。

【回顾】

其实我也自杀过。

一些朋友以为我是因为失恋，我自己知道，多少有情绪上的关系，但是关系不是很大，作为凭感受生存的人，我年纪尚小时，从没有人教过我，如何对待世界的丑恶与苦难，就像小时候那些可爱的毛绒玩具，从来没有刻画过下半身。既然很多人教育过我，原本世界是如何真善美，却并没有告诉我，世界为何不能真善美，且时常美丑莫辨。

关于失恋，有个朋友的女朋友，因为身患绝症，外加朋友脑子短路有理无情地提出分手，她淡定地说好，然后挂了电话，从楼上飞身跃下。

前些日子，阿毛的大学同学，据说是班上最漂亮的女生，后来去当了空姐的姑娘，也在跟男朋友大吵一架后，从十多楼纵身一跃。

虽然我们感叹，不要用别人的错误惩罚自己，可我理解她们，横亘在很多青春面前的世界，跟从小用来教给我们的世界，截然不同，抛弃与拥抱都是来之不易的取舍，不是一句珍惜就能蒙混过关的。

还有关于痛苦。

我仰慕的马雁姐姐，我喜欢的女诗人，历经忧郁症和幻听的困扰，也许还有无法为世人所道的隐秘的痛苦，终于也在2010年最后一天从异乡楼上决然跃下。

听到这个消息正是新年第一天，我已经在路上旅居了很多年，那天，刚从意大利的bari海港乘船到了希腊，饥肠辘辘等待一早上，甩掉了气势汹汹吼叫"just 1 €"乞讨的黑人青年，好不容易买上了去雅典的汽车票。

我坐在一大堆非洲籍的黑人打工者中，在蜿蜒旖旎的希腊沿海公路上，默默地抽泣了一路。那种刚烈的死法，那些女性柔软的躯体和心脏，蕴藏着多少疼痛，才能抵挡住死亡的瞬间？

阿毛听到好友跳楼的消息后，悲愤交集，独自跑去北京最高的蹦极地儿，连跳两次。回来以后他向我保证说，所有跳楼的人，跳下去的刹那，一定就已经追悔莫及，却只能赴死。

我尝试自杀时，年纪尚小。实在搞不懂为何世界并不像教给我们那般灿烂，人心为何不像天空一样湛蓝。为什么有人减肥，有人饿死没粮；有人无恶不作，不但没有什么法律的惩戒，也没有什么良心的责难。忽然连看上去可以信任的人也可以骗你没商量，心中积蓄的黑暗部分开始大爆发。我厌恶，不想成为其中的一部分，被教育的、或者说习惯性的非黑即白二元思维方式竟然如此强大，又无力改变事实，也无法假装没察觉，感到自己难逃厄运，死了算球。

"死给你们看"。仿佛死亡可以惩罚任何带来苦难不幸的一切，顺带粉饰了太平，假装成最大的抗争。这个死亡逻辑刹那间膨胀的力度，超过了生的希望。

拍给出租车司机一百块，央他领我兜一圈，那天阳光很温暖，但死亡的念头令人颤栗地挥之不去。我又买了个小刀片，从楼上扔下去，跟自己打赌说，下楼去找找，三分钟能找到就死，找不到，就不死。

谁知道楼下那么大片杂乱草坪，我刚出楼门，哪用三分钟，一秒都不要就看到小刀片洋洋得意地躺在楼门口，也不知道我是怎么扔的。回到楼上我打开电脑，新闻耸人听闻地播放头条，张国荣跳楼身亡，四月一号，愚人节。

心中那个沮丧就别提了，老天爷挺想收了我去，似乎全世界都在暗示我：

你可以去死了。

回忆起来简直就是个笑话，听起来我对生命似乎毫不尊重。可当时的痛苦是实实在在的。尽管当我用小刀片切割手腕时，才顿觉那个痛叫真痛，但惨绿少女时代，无法理解世界运行的万象现实所带来的个体追求意义的痛苦、挫折，当时真的对自己有极大的破坏力。

无论是有何种悲恸、以各种方法寻死的平凡人；还是在衙门前下跪的扛着各种冤屈的百姓；又好比以自杀威胁雇主的讨薪农民工……我们行为本质上完全一样。似乎对于许多"我们"来说，以主动伤害自己为代价，"死者为大"就是个人解决问题的终极方式。当我终于成功的意识到，这不是一个解决，生命不能用来彰显任何"主义"或者"思想"，莫非"我们"千百年以来从来不曾真正成长过？然而，这也并非是用简单的坚强勇敢之类的词汇就能支撑的关于意义的绝望，也不是所谓关注弱势群体就能够有所进展的人道主义，可毕竟要跳脱自己才能看清自己和周围，才能正视生存感觉与自我选择的关系。

感谢当年身边的一群同在新青年网站工作的大哥大姐们开导，我选的死法儿也不够决绝，更像对自己的招魂仪式。事情过去很久，却也是长大一些以后不断回顾才慢慢懂得，时间并不是疼痛的安慰剂，必须直面外在世界，

流浪

安详令人静默。这不是什么受伤与复原的故事,而是生命必须经历的旅程。

也必须扒开自己的内心。只有成长,必须学习主动成长,才能身心无恙。

在这里,希望给所有正经历苦痛的心一个狠狠的熊抱。

就像马骅最后回京我们吃饭,听说我干的傻逼事儿,气得立即举起一本厚砖头书狠狠砸了下我脑袋说:你个蠢货!

哪怕当你觉得黑暗降临的时刻,仍旧曾有、正有、将有无数心灵,陪你一起渡过,就算连滚带爬,任四周小鬼油锅,只要过了这座奈何桥,那一边并不是黄泉,而是真正展开的人生风景和意义,所谓凤凰涅槃,不过如此这般。

这不是什么受伤与复原的故事,而是生命必须经历的旅程。

走起!

雨夜

Thursday, February 16, 2006 1:41:34 PM

这次上丽江，住在一个很深的巷子里面。

傍晚时分，细雨纷纷扬扬地洒下来，我穿过巷子去吃饭，忽然想起那首诗，便也希望逢着一位丁香一样的姑娘，娉婷而过，摇曳生姿。

闭上眼睛深呼吸，清澈湿润的春天的气息顿时扑鼻而来。忆起城市雨中浓重的灰尘味道，觉得当下真是舒畅，在这个4平方公里的古城中，不知道游走着多少奇奇怪怪的人生，没有围墙的一旁，如有雷同纯属巧合的城市正在拔地而起，除非丽江的水变成臭水沟，玉龙雪山风化坍塌，否则，这个跟时光纠缠不清的海市蜃楼，也许永远都是形形色色的人堆积孤独倾倒心事的那个洞口。

你知道自己究竟要做什么？你知道自己到底要去哪里？

酒后狂笑的套裙淑女，醉后痛哭的西装叔叔，讨价还价的似曾相识，到此一游的经典笑容。我看着眼前的灯红酒绿，想着城市中的灯火阑珊处，不知道奔忙生计的人们在那里究竟沉淀了多少疼痛，然后，他们捏着荷包来到这里，抽刀断水，举杯饮愁。

而我，藏在隐秘的角落冷眼旁观，升起的潮水即将涌上脚边之时……

我总是，拔脚就跑，落荒而逃。

对不起，先生

Wednesday, December 7, 2005 6:02:18 PM

来过丽江的人都知道，古城中有若干具有国际先进水平、代表先进生产力以及古典建筑学与现代科学技术完美结合典范成就的公厕。

这几日前往丽江进些吃食，走在古城，忽然内急。

闪入一豪华公厕解决问题，出来时恰逢两男人酒气扑鼻地互相搀扶着前来如厕。

两人争相付费之余，输者一人先进去了。

另一人付费成功后，攀扶着收费前台，啪一声，在收费台上拍了10快钱，此君醉眼朦胧地说：

小妹！（即公厕收费员）

给你十块钱，带我们去四方街！

原来，这哥们两个在曲里八拐的古城喝高了找不着方向了。

这时只见，收费员小妹回答：

对不起，先生，我不能离开工作岗位……

直白

Sunday, September 17, 2006 2:50:01 AM

在丽江朋友客栈遛弯，见一肥头大耳中年男士进门，客栈小妹迎上。

小妹问：您好，要看房吗？

男士问：你们有多少间房？

小妹问：您要多少间？

男士问：我们要十间房……你们这里有小姐吗？

小妹问：没有十间房了……什么小姐？

男士问：就是有小姐吗？

我 问：是服务员吗？

男士问：就是服务员……小姐有吗？

我问：是红灯区的小姐吗？

男士问：红灯区在哪里？

……

喷饭……

【回顾】

　　这可都是正版笑话。虽然现在丽江古城的公厕早已不再收费，我还是时常想到那个不能离岗的小妹，那会儿，丽江艳遇的名声还没有现今这么如日中天，我认识的很多人，不管是外地的，还是本地的，无论是哪个民族，都有一种，"给钱老子也不干"的小无赖和小豪迈。

　　去年在丽江处理一些店面事务，遇到一朋友，叫我带他去吃些游客找不到的美食，我便带他去吃了一家顶呱呱的黄焖鸡。

　　吃得高兴，他跟我聊天讲艳遇。

　　他特意跟朋友一起组团来泡妞，各自开了一间小复式的大房，专门猎艳。

　　朋友自己边说边笑岔了气。他猎得自己昏了头，有天晚上喝过一顿后遇到三个美眉，他看上其中一个，以其经典台词出马，对其余两个曰："美女们，介意我跟你们这位朋友聊聊天吗？"

据他说，结伴而行的美眉们，通常没有那么警惕，而结伴的姐妹，绝对不会当面阻止点名搭讪的男子。

他相中的美眉的女朋友们，自然称没问题。于是他又问一遍女主角，是否介意他跟她单独聊聊？岂料他搭讪的那个女主角不紧不慢地回答，好是好，只是，"这是今天第二次你问我同一个问题了"。

原来他喝茫了，第二次搭讪了同一组姑娘们。

他颇为得意地说，那至少充分证明了他的品味始终如一。

我也被逗乐了。

接下来他说，这种技术足够泡妞了，只是妞们也很有脾气，得小心伺候。某晚他睡到半夜，女玩伴忽然起床啜泣，他只好起来陪聊人生，据说猎艳也要有"品格"，女玩伴始终无法入睡，嚷嚷着要回她自己的客栈住处，他也只能陪着起来四处溜达等天亮，因为凌晨四点的古城客栈，可都是大门紧闭。

朋友说到这儿，又自我反省，觉得自己无聊猥琐，枉费了有这么蓝的天空和温暖阳光的地方，便冒出另一个故事。

当他洗心革面，决定好好溜达，不再妄自菲薄女子时，偶遇一个飘逸的单身姑娘，颇为顺眼，聊几句后，也十分投缘，真心实意一起闲逛，毫无轻薄之意。

他顿时觉得自己纯洁起来，心情前所未有的轻松愉快，跟姑娘非常开心地逛了一天，谈天说地，吃了晚饭，便打算送姑娘回住处。

谁知那姑娘不要他送，反而严肃地说，自己陪玩了一天，虽然没有上床，但是也很累了，需要他付费三百元。

朋友当场石化，拒绝，但姑娘竟然死拉住他绝不放手了。

最后，朋友问我：

暴暴你说说，我到底是艳遇好呢，还是不艳遇好呢？

……介个，一个巴掌拍不响，我还真有点为难。你们觉着呢？

自己人首饰店

番外篇

你忘了我吧

（2009-03-22 00:07:27）

  现实绝对可信版本不雷人愿偿命：
  无数人奔着丽江的一夜情和艳遇而来。
  时间：清晨
  人物：一美貌城市女子与一纳西族相貌一般之壮汉（据我家服务员小妹辨认，乃一游手好闲之本地混混）
  地点：某小卖部门口
  对话：
  男人：我反正没有钱。你随便买什么烟都可以。
  女人：买包十块钱的吧。
  男人（拿了烟）：忘了我吧。
  女人：我永远不会忘的。
  事件：一夜情开房完毕。
  其后，此女（之前屡次出现，心事重重，我家服务员小妹判断为城里失恋女，这个清晨之后，她心情开始转好）与同伴嬉笑而去。此男继续猎艳？
  阿弥陀佛，难道这就是这些白痴追求的浪漫么……我汗，汗，汗汗汗……
  认识的一个姑娘在酒吧当领班，她好心劝解酒吧专泡少妇的两少数民族男别游戏人生，男人们当着她的面，委托另一位小姑娘去跟远处一桌两个女人说，那边有帅哥想请你们喝酒。
  结果两女人立即（请注意，是"立即"）起身过来。
  男人对领班姑娘说：你看，她们愿意。
  领班姑娘无言。

【回顾】

我散居云南的时间最久，闲来无事喜欢观察研究不同的民族文化为乐。

在丽江与宁蒗之间，普米族聚居的区域，有一些可以探险的溶洞，每到冬季的枯水季节，是穿越溶洞的最佳时间。同时，普米族的民间宗教——韩规教，具有藏传苯教和佛教两个分支方向。并且迄今为止，村落族群仍旧保留着对自然神的普遍信奉，令我对普米族的文化非常感兴趣，宁蒗的普米族还曾保留一种用藏文拼写的普米文字，游历中，我还结识过普米族的诗人。

但这一切认识，都不及普米族的男青年导游给我的印象深刻：

他所在旅行社的团队经常发到我的客栈，可能因为我的问题特别多，特别喜欢缠着他讲本族的历史渊源奇闻轶事乃至丧葬婚嫁礼仪，他挺认真的给我讲了非常多的故事，我都用小本子记着。有天晚上，又是他带团过来，半夜他忽然跑到我房前敲门，不肯走。

因为我不开门，直接拒绝他的要求，从此后我便再也没见过他，他都会主动调团避开我。后来想到此事，我觉得他大约是有真心在的。

阿客是我的好友，英俊的摩梭小伙子。

夏天的时候，就能看到他裸露的黝黑手臂上有很多道刀疤整齐列满了胳膊。

头次见到那些刀疤我吓了一跳，问他怎么回事。他轻描淡写地说，一个姑娘一道杠。

有回喝酒吃肉，他对我详细道出了那些刀疤的原委。

不知他是不是有些羞涩，说他讲的不是自己的故事，是我们都认识的另一个摩梭男孩的故事。

刚刚开发旅游的时候，村里的游客很少，城里来玩的的姑娘们肤白貌美，又有见识，男孩很喜欢。后来有个上海来的姑娘人很好，也不嫌弃他是放牛放羊长大的，在湖边住了不少日子，他们相爱了。

但是姑娘毕竟来自大城市，终究还是选择回去，他非常伤心，无法忍受分离之苦，从家中不辞而别，独自跑去上海。

起初上海姑娘很惊喜于他的到来，但是很快他们之间的关系就不再平静了，他没有办法在上海工作，也无法忍受姑娘的朋友们异样的眼光，更难以适应都市的节奏与人们之间的冷漠，要知道，他成长在一个纯粹血缘为纽带的大家庭，家庭成员为家族的付出是不能有私利可言的。也许是他头顶的民族文化的光环，离开了鲜明的摩梭背景与湖光山色，姑娘也开始没办法跟他相处，最后，他默默回到了泸沽湖湖畔，继续作为家里的劳动力，牵马划船。

只是，他还来不及伤心太久，很快，新的姑娘们，更白更美更有见识的姑娘们，一波接一波的来了。起初也许是真心，到后来，无论如何也有集邮的意味了，小伙子们愈发无所谓起来，谁玩谁还不一定呢，自动送上门多好。

我总算明白了走婚为何艳名远扬。除了游人们不求甚解，摩梭男人们的猎艳，外地女子们的无知或者放纵，以至于半夜敲门打窗、篝火晚会抠手心儿这种事儿，经过导游们不负责任、投游客所好的渲染，变成了不少男女游客信以为真的"传统风俗"。

扯着传统的虎皮，我知道里格村的扎西，妻小都在跟前，毫无顾忌狂言已经睡够 1000 个女人；也知道门口摇着转经筒的老阿妈来我这儿好多趟是找谁的，她的孩子正跟外头姑娘在我家客栈开房呢，我也没办法，只能安慰老阿妈说我没看到⋯⋯当我旅居泸沽湖一年半载之后，虽然并没有滋生出卫道士的做派，但只要在网上看到自作多情的女子写文章回忆旅行，纠结自己的泸沽情缘之类，就恨不得把手伸进电脑，把那头的陌生傻×糊涂虫拽出来扔进泸沽湖。

有时候，并不是传统受到了现代文明的冲击，而是两种文化暗面的"礼尚往来"。我更好奇的是，这种"往来"，常常比台面上的"交流"，要迅猛磅礴且有效得多。进化这个事儿，并非是课本里头吹嘘的"进步的车轮将碾过一切"，时间流逝伴随的大面积枯萎，也是一种常态。

与之对应的是，摩梭女孩一般极少跟男游客乱来，敢乱来的男游客，大多都主动跑去了湖边的红灯区，那里有不少四川、东北籍的性工作者们身着民族服饰提供服务。我也听本村的姑娘们议论过更偏远山区的摩梭姑娘也有"做那个生意"的，但湖边的她们倒是更自觉地遵守摩梭真正的传统伦理，比较坚持一对一的关系，只不过，她们更倾向于结婚，建立自己的小家庭；而不是走婚，永不分家地维系摩梭大家庭，由舅舅做主，家中男丁集体抚养女性的孩子们。

旅居一圈下来，我不再以为传统多么需要拯救，反而是越来越单一的价值观，令人颇为不安。

当然，也有屈指可数的成功姻缘。如果你是一个肯背着竹篾大框弯腰匍匐在地里挖土豆的城里姑娘，闲来领着你男人在木楞房的小天台上看《24 小时》DVD，就像我的好友多吉娶的那个湖北姑娘一样，并没有打着某种城乡联姻的旗号做生意噱头，我想，那一方神山圣水乃至乡里乡亲、和我们一样的旁观者，都会给予最诚挚的祝福。

首都人民前来参观访问

Saturday, December 10, 2005 2:50:04 PM

首都人民真是好哇。

老同事刘玮率先代表首都人民前来参观访问，《新京报》文娱部第一人呀。

与俺在泸沽湖胜利会师，在扎美寺，跟我一起行藏礼跪拜，我想，无论是正殿的释迦牟尼还是宗喀巴，或者侧殿的护法金刚与强巴佛，看见宁静而无所求的尊崇，都会微笑吧。

领导小山，前一天喝酒到夜里4点，第二天一早就伙同新扎师妹小熊，包车赶来参观访问。不仅捎来了俺爸妈的北京烤鸭，还捎来了俺期盼已久的

小山哥、小熊和刘玮（左起1、2、3）。一想到我的客栈可能是很多爱情、友情的发源地与终结者，就坏坏地高兴。

到了后来，我们常常自己玩得兴高采烈去了，客人来了人影都没有，索性就写了个住店请咆哮。过了好些年，有住过的客人在我的博客中留言，不胜唏嘘："大四的时候在住店请咆哮处住过一晚，只是当年一起的女孩早已成为别人的另一半了。还记得跟你聊起你看奇志大兵的事，当场的5个人里4个人都是在外地长大的长沙人。可惜了那间暴牛B，还有你当年请我们吃的猪膘肉。不知道你近况如何，还在丽江开着自己的店铺吗？我2005年拜访的天空之城，当年还在读大四，现在已经长期在英国工作了。"

最初的时候，我在泸沽湖这间名为"天空之城"的客栈，还装模作样的做做广告，看看我的前台，哈哈，虽然有点简陋，至少在认真经营。

冬衣和蒙牛大果粒酸奶，最后，刘玮把防晒霜留给我，小熊把一瓶口香糖留给我，我真是感激涕零哇。

最牛的是，小熊的一本书在俺的频频暗示下被我占为己有。

最最牛的是，首都人民小宇宙强啊，她们一来，这两天我们客栈差不多住满。

最最最牛的是，一群散客想住在我家，非要跟我讲价，我又没有报虚价，跟他们说住就住，不住就算了，岂料他们走出去之后，一对小夫妻折返偷偷跟我说，他们把差价出了，就跟他的同伴们说我同意降价了，他们还是想住在我家……

最最最最牛的是，翌日这对大方的小夫妻付钱走了之后，我忍不住告诉被"赞助"的那群人中，打算留下来再住一晚的两位姑娘，以我的性格，不会乱报价，没有乱报价，就不会跟她们掰价格，多少就是多少，她们的差价被小夫妻出了。

我是有心，她们良心发现会告诉其他人，大家自己掏钱，别让人家当冤大头，那女孩自己也表示看过房间就不会跟我砍价……可是她们知道偶遇的陌生旅伴给自己买单后却并没有做什么表示，假装不知道罢了。最后结账的时候，还跟我嘀咕三人间的价格……我懒得跟她们计较了，替那对夫妻不值，下回不做这种生意。

最最最最最牛的是，同志们回北京之后，夜里我上msn，另外的同志要到丽江出差，询问如何前来。

首都人民又要来看我啦！

新鲜的酸奶们又要飞来啦！

哈哈哈哈……回想起在丽江的肯德基，我跟刘玮一起买甜筒冰淇淋吃，值班经理递给我们两个冰淇淋之后说，一百块钱实在找不开，算了。

肯德基从来没有这么可爱过！肯德基请客……

这几天就是这么幸运！

下午，以前的同事们走后，永珍说好可怜的暴暴啊，你的朋友回北京了你想不想家……

过了一会，里务比寺的阿乌扎巴就来我家了。

我安静下来，首都人民的首轮访问结束了，第二轮还没开始，在这里，我渐渐成为风景的一部分，迎来送往，那些好奇的人们，形形色色的人们。

他们是我眼中，流动的这世界上真正的风景。

【回顾】

我的同事刘玮和领导小山哥,因为这次在泸沽湖的偶遇,后来成了一对儿,后来的后来如何,虽然我不知道了,但是旅程中的因缘际会,往往比城市有趣,因为每个人都会暂时搁下各自的真实角色,尽量呈现出美好的那个自我。

有时这种美好的自我反而更质朴更真实,人们会因此觉得舒畅;有时这种美好的自我有伪装之嫌,人们也因此享受到短暂的崇高,或许会有一些反思。

替陌生的同行旅伴付款这种事儿,我干得不少,不管是在日喀则偷偷垫付了朋友们坚持要砍下价的房费差价;还是在理塘的小面馆,替被四川小吃黑了一把的外国朋友补全他们认为自己上当受骗而坚决不付的餐费。就像日记中那对快乐的小夫妻,其实前后没多少钱,但是换回了大家的高兴满意,旅途就少了很多腌臜的小刺儿。所以,那对小夫妻和我,才是最划算、最快乐的行者吧。

每天在村子里的大路上来回遛达，日子久了，连自己也有点分不清，哪个背影是我呢！

真言

Saturday, December 31, 2005 6:40:11 PM

夜了，跟拉措与永珍在漆黑的湖边漫步。

远远的，对岸的点点灯火与星星连成一片。不知道怎么回事，谈起了闹鬼的话题。她们两人从道听途说到家族传统，乃至亲身经历，说得活灵活现，说得三个人都战战兢兢起来，掉头逃回客栈。

拉措还特别叮嘱我，害怕的时候千万不要猛地回头看，因为我们的双肩上各有盏酥油灯，那是菩萨的守护，猛回头晃掉一盏灯就麻烦了。实在想回头，只能慢慢转过身看看，同时在心里默念六字真言：唵、嘛、呢、叭、哞、吽。

回到房间，才想起早上的打算是今天要录一首歌放在网上，差不多整个上午都抱着吉他在哼哼唧唧。

看看写了一半的歌，名为《谁偷走了那件漂亮的花衣》，不仅哑然失笑，要接龙早上的情绪还真有点困难,人类是多么复杂的生物。去年的最后一天,根本没有想到今年的最后一天,我会在这里数星星,听张潜浅神经兮兮地在《数数》中数数。

看看时间,差不多了。我也打开手机中的电话簿,开始一个个发新年祝福。

每翻到一个朋友的名字,就想想这个人的故事,历历在目,觉得很快乐。

收到回信,又想想这个朋友的现在,觉得很安心。

她离开北京,正在西安的青年旅社,暗自思量;他离开德国,正在上海的家中,为刚出生孩子的名字冥思苦想……每个人都在不停地离开,不停地抵达,不停地寻找,不停地失去,不停地得到。

零点到了,湖边响起了热烈的爆竹声,姑娘小伙在篝火边齐声用摩梭语唱着我听不懂的祝愿,伴随着欢快的甲搓舞。旧的去了,新的来了。

准备好了吗?

当时光从眼皮地下咻地飞过去的时候,你不得不相信,旧的终于会去,新的一定会来。

最后的最后,在心底默默念着唵嘛呢叭咪吽,许一个最好。

【回顾】

在路上生活,很多时候是寂寞的。

朋友康赫特意写了一封信给我,说看了博客,觉得太孤独,让我回去好了。

有时我的确觉得要疯掉,孤独像野草在身体里毫无节制地生长,你去割,不留神就拉个血口子;不割掉吧,眼见着要堵塞所有出口,令人窒息。

我喜欢的电影《返老还童》中的台词说,无论什么肤色,什么体型,人们都是孤独的。但可怕的不是孤独,而是惧怕孤独。其实孤独没什么不好,真的。

若不能跟孤独和平共处,如何得见绝世风景?如何能成为生命的体验者?至于为何要见到绝世风景,为何要成为生命的体验者,那是自我的期许与初衷,并非需要克服的困难,而是需要感受的幸福。

从早上5点开始登山，中午时整个山上只剩我跟朋友亮白不约而同在Gokyo ri山顶等落日。我们在连绵山顶不同位置的孤寂中各自等了一个小时才发现彼此。下午起了大雾，珠峰日落眼看无望，老天爷却赏了我们珠峰上的佛光，都要看哭了，而佛光逐渐消失后，竟然云开雾散，来了个完整的落日与晚霞！

　　如果不是攀上珠穆朗玛峰对面Gokyo ri海拔五千米以上的山顶长达十多个小时的寂寞守候，我如何能见到世界之巅那迄今罕有人见过的佛光？

　　如果不是离开城市的繁华一梦，我如何能明白，从今以后哪怕是烤红薯也可以养活自己并且活得很舒坦？

　　很感激那些独自面对苍茫戈壁、连绵青山的岁月，这份清静能让人多琢磨点儿事儿。千百年来中国式的生存方式，那种体制的禁锢并非天然生长，而是每个人自己选择的结果。

　　我背着装满孤寂的行囊，自己走啊走，还总想呼朋唤友，建个队伍，对自己的人生，用脚投票。

酒

Wednesday, July 19, 2006 5:12:11 PM

摩梭人太了不起了。

今天明天是小凉山地区的火把节，火把节虽说是彝族人最重要的节日，但是摩梭人向来喜欢玩乐，也找了这个借口庆祝一下。

于是，我们连同门口小吃店的店主，决定烧烤联欢，准备了乳猪以及土鸡一只，预备大吃大喝。

岂料小吃店没能按时关门，因为有一帮摩梭老头们喝酒喝着喝着就互相打起来了，一直闹到10点多，我才吃上烤乳猪。

同吃的有个小女孩，说她去期末考试的时候，监考老师喝醉了，摇摇晃晃走进考场，然后直接趴在讲台上呼呼大睡了……

题外话

晕乎乎的幸福

"如果没有高山的酒曲根
怎么能酿出甘甜的美酒
可再美的酒啊它也不会
说出祝福的玛达咪
喝酒的人定要把那吉祥话酝酿
虽说好酒是朵美丽的花
还要看喝酒人
编出个什么样的花环来啊"

当你来到泸沽湖地区的摩梭人家，主人便会这样一边歌唱着他们的美酒，一边为你斟上满满的一杯。

那些人过中年的阿乌们（尊称，意为叔叔、男性长辈），更有不少大白天的遇见了，也是眼神恍惚，我家的房东阿乌曾经开设酒厂，人称"酒老板"，他总是喜欢带着三分醉意嘟嘟囔囔地说："我们的酒，没事没事，你们的酒，不好不好。"

那他们的酒，到底是何方"神酒"呢？

雨侵寒牖梦，梅引冻醪倾

从"欢伯"、"般若汤"到"清圣"、"浊贤"，由古至今人们对杯中物都有各自的爱称。新年将至，摩梭人家称为"库施"，时间与汉族春节一致，在春节前的腊月间，摩梭人就要为过节忙碌，储柴火、备松明、磨白面、粘花糖、推豆花、制新衣等等等等，而其中最重要的一项内容，便是蒸新酒。

杜牧曾在诗中咏道："雨侵寒牖梦，梅引冻醪倾"。这"冻醪"，就是春酒，而摩梭人为新年准备的酒，正是寒冬酿造，以备新年开春饮用的酒，不过他们对这种酒有自己的称呼，叫做"苏哩玛"，摩梭语读作"坷日"。摩梭人家的年三十，有一个不可或缺的仪式：苏哩玛酒开坛，新酒预示着新年的吉祥。

为此，房东家的阿妈也早早开始打点好一切，准备酿酒。

阿妈跟我说，她家很早以前家里就曾专门酿酒，所以在她看来，家家户户虽然都会自己酿酒，但也能分个高下，阿妈骄傲地宣称，她酿的苏哩玛，是村子里最好喝的"坷日"。

泸沽湖的冬季是干季，每天都是洋洋洒洒的大晴天。在这个季节里登高了远远望去，就能看见家家户户摩梭瓦楞楼的房顶上，几乎都晾满了秋收的玉米。金灿灿的一大片在阳光中熠熠闪亮，印衬着蓝得眩晕的天空，似乎能让人嗅到香甜的味道，生气勃勃。加上那些在冷风中挺立着的或者低吟着的树木，大概是令所有凡夫俗子都会惊讶的色彩组合吧，浓烈醇厚，舒展而温暖。那些沐浴在太阳下的玉米们，则会一直在房顶幸福地住到自家开始酿酒为止。

玉米与青稞是泸沽湖的摩梭人酿造苏哩玛酒的主要粮食原料，青稞的晾晒与藏区一样,专门搭有高耸的老木头架子,早早就晒干了收入库房,但玉米要一直晒到硬邦邦干巴巴。

大约在春节前一个月,家中的年轻人会爬上房顶,扫落玉米。这不,阿妈挑了个日子,家中的二儿子一大早上了房顶扫玉米,不用多时,院落中干干的玉米棒子就堆成了耀眼的小山。

虽然家人早就在院子里准备好了玉米脱粒儿的机器,但是打玉米前还有一件小工作,阿妈要率领女孩子们在玉米堆中挑出白玉米,留作来年的玉米种子。湖边的土壤质地并不肥沃,作物通常只有玉米跟土豆而已。落水村是旅游开发较早的村落,村中的公共生产分配十分有趣,除了每个摩梭家庭每天派出一个人划船、一个人牵马、一个人去晚会跳"甲措舞",所有的收入全村平分以外,就连收割玉米这样的劳作,也是全村统一进行。那几日,每天天不亮,家家户户派出的男男女女就赶到自家地里,时辰一到,村长一声令下,大伙儿齐刷刷开始割玉米,只见玉米杆子哗啦啦也一片片倒下,场面壮观。

阿妈家开始打玉米的时候,只见大篓大篓的玉米被倒入机器的大嘴,瞬间玉米粒倾泻而出,另一边红的白的光棒子,也立刻成推成堆欢快地奔腾出来,被扫成一堆装袋,这些棒子将是家中的牛们最爱吃的零嘴儿。

剩下的工作,就是煮料了。这些玉米粒将与青稞一起和匀,放在柴灶的大锅中煮上一整天,晾干后用自制的酒曲发酵。

阿妈说,这些酒曲是由当地山上采的野生植物制成,现在也有现成的酒曲可以在集市上买到,但是都不如自制的酒曲来得好。至于那些制曲的植物,阿妈只能说得出摩梭名字,据说有火草、黄芩等几十种草药,专门酿酒的人家大概还有些家传的秘方,如我一样不相干的人实在无从辨认。

其实,摩梭人自酿独具风味的苏哩玛,已经有非常久远的历史。在《云南志·摩些蛮》(唐代称呼摩梭人为"摩些"人)中就有记载:"所酿酒,采野花作曲,蒸根和匀,以坛盛之,烘火侧,旬余以水浸之,以竹管沥其汁,曰琐利码(即苏哩玛),并糟啜之,曰'白撒',分汁于小坛,以竹管吸,曰'咂酒'"。

不过,如今的苏哩玛酒的酿造跟古书记载的相比较似乎已经缩短了时间,主要是发酵质量的提升,其余的工艺几乎原样保留下来。迄今摩梭人仍然遵循这古老的酿造方式,现代酒厂则已经解决了若干技术问题,开始大规模酿造这种流传了千年的美酒。只是老摩梭仍然相信自家制造，寻亲访友之时奉上自酿苏哩玛的时候，才引以为荣。

晚来天欲雪，能饮一杯无

苏哩玛好喝，却属于后劲绵长的那种，是摩梭女人们的酒。相比之下，摩梭男人们更爱"咣当"酒，酒如其名，咣当酒的力道决不容小觑，摩梭人喜爱的，正是咣当的爽快。

泸沽湖地区昼夜温差很大，太阳一落山，眼见着天儿就冷了。瑟瑟冬夜，坐在温暖的祖母屋火塘边，你咣当来我咣当去地伴着豪迈的酒歌，烧得旺旺的塘火映得每个人的脸庞通红，烟熏缭绕中，似乎能透过屋顶的一方天窗望见星斗。绿蚁新醅酒，红泥小火炉，良宵小酌，谈笑间任由千年时光灰飞烟灭，就连火塘上供奉的火神冉巴拉，一定也垂涎这人间酒话吧。待到晚来天欲雪，能饮一杯无，人生如此，又夫复何求。

我的朋友就曾如此这般领教过摩梭人的好酒。

记得他来到泸沽湖的第二天清晨，起床后在祖母屋里的火塘边刚刚坐定，就被阿乌递上的杯子里并非茶水而是酒吓了一大跳，并且酒的度数还不算低，怎么也有三十多度。空腹如此这般过后，朋友不胜酒力直接倒下，只好又回去接着睡，算是应了这酒的名字——咣当。摩梭咣当酒的意思就是，喝了之后你就"咣当"倒下了。

也许有人会说，这有什么奇怪，少数民族都好酒。

当我在湛蓝的泸沽湖湖畔居住了一段时间之后却发现，摩梭人的"好酒"二字完全可以更正为"嗜酒"，假如哪天夜里你忽然听见湖中传来巨大的水响，不必介意，第二天清晨准会有兴师动众的一帮村民在湖里打捞摩托车，那定是晚上吃完烧烤喝得飘飘然的摩梭小伙子，骑着心爱的摩托车风驰电掣决不减速地回家时，一不留神就从山路上连车带人咣当飞进湖里。

咣当酒，虽然用以酿造的主要原料也是玉米、青稞等，酿造方法与苏哩玛差别也不算很大，度数却高很多。简单说来，就是把玉米、青稞、稗子或谷子等粮食混合煮熟，加入酒曲发酵后，再放入密闭什物中加温蒸煮。蒸时，

烧得旺旺的火塘边，温一壶新酿的苏哩玛，再扒出灰烬中焖熟的土豆，
蘸着混了碎花生的辣椒面儿，真是非常幸福。

什物内放置大碗，酒料加温蒸发后，蒸气自然流入碗内，盛满后倒入酒坛冷却即可饮用，也有采用自制的冷凝竹管的。在大多数老摩梭的家中，长管大瓮，铁锅柴灶的，酿造咣当酒的土设备十分齐全，但是由于咣当酒的酿造工序比苏哩玛麻烦，因此近年来湖边人家早已不再自行酿造咣当酒，多为相邻的永宁小镇上的酒作坊酿造，酒度一般为30多度，酒味芬芳且口感极纯。

从酿造工艺来看，摩梭咣当酒的酿造已经采用了复式发酵酿酒法，糖化与酒化几乎同时进行，并非最古老的青稞类酒的酿法。谈到咣当酒的自家酿造，阿妈更是打开了话匣子，她说酿酒必须会酿，也就是说酿酒人的经验非常重要，因为传统的发酒方法如果不能掌握得很有分寸，酒料很容易酸败。阿妈也感慨，可惜她家的孩子们已经不屑于自己动手进行复杂的酿酒过程了，可是买的酒怎么比得上自家酿的酒？阿妈总结说，买的酒是泸沽湖的野鸭子，而自己辛辛苦苦酿造的美酒，是格姆女神山顶的星星。

也许，对于真正的老摩梭人而言，酿酒的乐趣并不亚于品尝美酒吧。酒于摩梭族，是喜庆的饮料，是欢乐、幸福、友好的象征，并不是"消愁"之用品，那么，这样一种喜悦的结晶，陶醉其中也就理所当然了。

醉的是身体 疼的是灵魂

很多人到了泸沽湖，总以为摩梭人都躺在云彩上恋爱，除了恋爱就是喝美酒，唱情歌，然后跳舞，真真一个歌舞升平的世外桃源。

与五光十色的现代生活比较，新鲜的感觉尚可，日子久了难免无聊，而且不难发现，村里的中年以上的摩梭男人，似乎大部分处于慢性酒精中毒的状态。红着一张脸，却笑咪咪地跟人打招呼说笑话，是你能在湖边的村里随便见到的情形。

其实，摩梭人最传统的一种生命观念是活在尘世，就要尽情享受人生乐事，不能虚度光阴，既与世无争、自给自足，也是生命无常、达观待之的生活态度，这与摩梭人普遍同时信仰藏佛与本土宗教达巴不无关系。

达巴是摩梭人的巫师，掌握着摩梭人历史、文化、古典哲学、天文、地理、医学以及部族世系祖谱、迁徙路线等等一切。摩梭家庭中，凡逢过年过节、婚丧嫁葬、为死者灵魂归宗引路、主持成丁礼等各种祭庆礼仪，均由达巴主持。

上个世纪初，著名的美国学者洛克曾来到泸沽湖，亲历摩梭达巴教的祭祀仪式之后，他这样描绘道："这些神职人员从黎明时分开始，就对神灵述说，直到日落时分才结束。当仪式结束的时候，他们全部醉倒了，只能被家人抬着回去。"

洛克一定是以为达巴因在做法事时不停饮酒而醉倒，实际上，摩梭人认为，酒只是一个引子，达巴们借酒与神灵鬼怪对话，醉的是躯体，疼的、消耗的是灵魂，掌握着一个民族的文化，带着神的旨意与子民的祈祷，犹如在夹缝中出入。达巴的经文都是口口相传，酒的飘然恍惚中，我们只知道，美酒成为了信仰通往神地的密道，谁也不知道，究竟发生了什么奇迹。

达巴能够醉酒，在佛教中却是禁酒的，摩梭地区藏传佛教与达巴教却是同时被信仰，为什么在摩梭社会中宗教文化能与酒文化并行不悖呢？

由于佛教是戒酒的，因此摩梭人家家都有的经堂中，向神佛敬献和祭祀时是不用酒的，以净水代替，其次就是供奉酥油灯。对修行上乘密宗的喇嘛来说，酒也可以是一种工具，如同摩梭的达巴对于酒的理解一样，这种琼浆玉液是无限接近神的方便之门。

有位人类学家说过，文化的目的便是满足人类的需要。云南与四川的沿湖摩梭地区除了本族宗教达巴以外，藏佛分支主要是以"戒律精严"著称的格鲁派（黄教）以及萨迦派（花教），佛家四大根本戒中虽然并不包括戒酒，但在好酒的摩梭地区，喇嘛饮酒事例仍然极少，信教群众贪杯的奇多，二者并不矛盾，可见酒并非信仰中被深恶痛绝的部分。

这里有一种名为"青娜曼儿"的酒，也叫青刺果酒，人人饮用，并无僧人限制。实际上"青娜曼儿"并非酒，而是泸沽湖地区的摩梭人独创的用野生青刺果榨成的油。阿妈说，身体好的人喝了会更加身强力壮，身体不好的人喝了会拉肚子，却有益处，能治百病。

且不说这保健作用究竟如何，单单看摩梭人将这种植物油也命名为酒，就足以窥见这个民族对酒的偏爱。不管在佛前还是世俗的人们面前，酒都成为一种闪耀着奇特气质的东西，无所谓欢乐与痛苦，犹如神的舞蹈，兴之所致，酒被镶嵌进了生活本身，千丝万缕地编入了摩梭人的群体生命，根本无法单独剔出来，那一抹本源自粮食的芬芳。

大年初一到初三，摩梭人要按各家习惯，相互拜年，亲缘深的除了必须要带一整圈猪膘肉、一根猪肋，表示"一根骨"，意味着拥有同一个祖先，当然还要送上一壶苏哩玛酒。让阿妈感到骄傲的新酒已经封坛了，等待着重见天日的时候，赢得由衷赞叹与歌声祝福。

新年时，在火塘围坐，喝着清爽的苏哩玛，吃着由面粉、苏里玛酒、鸡蛋、蜂蜜和成的摩梭点心"厄勒"，该是怎样一种坦荡荡而晕乎乎的感觉呵，也许这才摩梭人享受生命的真谛，绝对纯粹的幸福。

佐酒

摩梭人的牛头饭（玉米制成）、猪膘肉、酸鱼、烤鱼、米灌肠都是下酒的摩梭风味主食与特色菜，米花糖、有花纹的米粑等美味糕点则是品酒待客的小食，尤其是米花糖，籼米、玉米、燕麦、黄豆、大米、苏麻、野苏麻籽等炒爆后，分别与青稞麦芽和玉米碎粒熬成的麦芽糖水混匀粘附加压而成，也有数种爆花混制，加以炒过的核桃肉做成，苏里玛酒佐以米花糖回味无穷。另外还有"嘎勒"，也是佐酒的摩梭特色点心，把米蒸熟后舂成糍粑，然后擀成薄如纸张，大小约一尺长、三寸宽的片，炸成点心，十分香脆。至于"厄勒"，本身就是加了苏哩玛酒制成的一种面点,也是佐酒的好点心。

当然,真正的摩梭风味在泸沽湖边一般的餐馆是吃不到的,必须去摩梭人家做客才能品尝到,一些摩梭点心,比如米花糖以及"嘎勒"、"厄勒",则能够在离湖不远的永宁镇上的农贸集市中买到。

生存
Life

活下去，绝对是中国式生存中最伟大、也最卑微的主题。只要能**活下去**，坑蒙拐骗，勿以恶小而不为，似乎没有什么是不能重建的。

在泸沽湖开客栈的时候，我最大的坚持就是不收任何回扣。但我也学会了站在小凳子上面，双手抓着铲子在超级大锅里炒菜，人均8块钱、一桌十人、八菜一汤带两瓶大可乐，是团餐的标准，不提供这样的团餐，那么团队就不会入住客栈，虽然一间标房的团队价格才35块钱，可房间空着等于浪费，有团队住多少能收回一点儿，餐饮等于半送，倒贴，还得保证一定的质量，否则客人投诉了，我们也遭殃。

不接团，亏得更多；接团，费劲，能少亏点，怎么办？

接呗。

于是，基本上不会有客人愿意吃的纯肥版的猪膘肉，便成了团餐上的菜品活化石，每桌必有，没有人动筷子的我们就回收，下顿接着蒸了上桌，反正摩梭人的猪膘肉，最少也放上了两三年。

在丽江开手工首饰店的时候，我则坚持了首饰原料、材质的真实描述。是否染色，是什么原材料，天然还是人工，或者经过了何种加工工艺，都一一标明。可我也学会了做个中间人赚个二老板的小钱儿，满嘴跑火车、花言巧语亏本大甩卖，当然那绝对是不能亏本的。

这些都是我生存下去的经历，旅居在路上，吃饭的活儿。日子久了我终于搞清楚，怎样靠做锅盔或者酸奶活下去；怎么在草原上闯进牧民的帐篷里讨吃的；如何在各种紧急危急状况下全身而退，等等。

只是，每次当我返回城市，反而找不着北。

在各种乡野风尘仆仆，鼻孔里头顶多有些灰尘，清爽得很。倘若在北京出门一趟，我就开始理解挖鼻屎的必要性甚至学会了拿纸巾卷成长条塞进鼻孔"钓"鼻屎，"钓"出一坨还心满意足，有战胜困难的喜悦。

牦牛奶挤出来扔在那里，就变成好喝的酸奶。超市的酸奶我却已经不敢下手了，那漂亮的盒子上面一长串的添加剂看上去就不是什么好东西。鸡鸭鱼肉统统心有余悸，苹果黄瓜也不敢衣角擦擦就啃了。生病了去趟医院，医生开的抗生素那叫一个牛逼，保证最新最高级。

为了生存真的是没有什么不能重建吗？

在美国看他们水产养殖亩产三百斤就算丰收了，我们的亩产千斤那算是很低的。那鲈鱼养殖场就更吓人了，普遍亩产量七八千甚至上万斤。有次常住大理的周哥全家去丽江玩,我做东请客吃饭,到了饭馆一看是养殖的黑鱼,餐饮业出身的周哥一家坚决不吃,细细给我讲解后,我的旅居生活从此又增添了一项食品常规观察内容。

渐渐的,我猜自己的生存问题已经脱离了谋生、命运、际遇本身,追求利益怎么可能就是生存的目的?超过生命存在的真实需要太多的利益,绝不是生存的彼岸。**非功利;非道德;非事业;非理想的生活**,也许更接近天人合一。

重塑雕像也算是一种权利,自从我在旅途中着手重塑了自己生存的意义,我觉得自个儿的生活越来越正常,而挺多原来的朋友却觉得我越来越神经。

关于这个生存大系统,到底是哪里出了bug?

后来我自己设计了一款名片,郑重其事地印上:

非正常人类研究所　暴暴蓝

无论如何,假如我真的有些"不正常",那我也只好说,自从得了精神病,眼见着我活得越来越精神了。

又一篇

自从得了精神病我更精神了

(2011-01-13 00:48:10)

今天列了一份书单,顺便回忆了自己的某一部分的阅读史,发现好的书籍真的是人类进步的阶梯,就像小时候的练字临摹贴上的名人名言一样,尽管很多话都莫名其妙,但这一句,是真理。

字还是很丑,书看得是越来越多。

在尼泊尔徒步的时候,我就带了一本书,霍妮的《神经症与人的成长》。

想趁着闲暇时光,回顾一遍这本对我影响巨大的书。

倘若不是这本书,我比一般孩子要敏感纤细得多的内心,不知道是否要承受更多的磨难和更多的曲折,这种建设性的阅读是最美好的人生体验之一。

可是还没来得及重温,这本书躺在我的包里,幸运地随同背夫回了村子,而我自己,一不小心就摔下了山。

挂在树上醒来的时候,我脖子死死被藤蔓卡住,有一只脚悬空,茂盛的原始植被和夜色让我完全无法判断自己的位置,近处的潺潺水声更令我不敢挪动哪怕一厘米。

窒息的伴随着腐败的落叶气味,以及夜晚山林中风的声音——这里距离卢克拉不过半小时以内的徒步时间,海拔近3000米,以天气恶劣著称,尤其是当时还在雨季。

这一切信息迅速构成我内心的恐惧,不知道这么卡了多久,期间应该有人路过一两次,可我无法呼救,我决定必须翻身,否则我被卡住脖子半窒息的状态连呼救声音都发不出。

悬空的脚尖终于在山壁上还算松软的泥层上掏出一个小窝着力,艰难的挪动持续了很久,当我终于翻转过来时,已经是涕泪交流,我很清楚,已经很幸运,是类似竹子一样较软的某种灌木和藤蔓挽救了我,再失足持续滑坠,无论是撞到大树还是山岩,我都会挂掉,尤其是无人发现的这半山腰,何况我还听到不算小的水声,不清楚下方是否是溪流或者深潭。

两手攀住软枝都不敢动,我大口大口呼出鼻里嘴里的烂泥和树叶渣,脖子痛到我怀疑摔裂了，死死盯住上方，这山野的夜晚会有人经过吗，我不敢肯定，可是只要我见到手电筒的光，我想好了，一直呼救是无用的，会浪费体力，何况我嗓子沙哑几乎喊不出多大声音，只要给我一点光，我就拼命呼救，必须超过水声和我不知道的滑坠下去的高度，务必让人听见。

不知道过了多久，终于有人一边用手机放着音乐一边唱歌路过了，我的呼救竟然没有被听到。

这太绝望了，我发现似乎滑坠得很深，因为我几乎看不到上方的手电筒亮光，或者那人并没有用电筒。

无人经过的时刻，我把脸贴在土壤上，开始冻得瑟瑟发抖，脑海中开始充斥各种各样的念头，被卡住的一只脚已经完全没有知觉，我以为一定哪里断了，有一小段时间，不知道是不是腐败的植被散发出的瘴气令人产生幻觉，我昏昏欲睡，觉得一定快要死了，没救了，心中充满被同伴抛弃的愤怒。

直到这股怒火因为虚弱而熄灭，因为恐惧等待中的夜晚的极度宁静而平缓，我开始混乱回顾人生中自己还不曾体验的美好事物，还不曾完成的种种愿望——有可能很多愿望都想不起来，当时根本想不出特别宏大的，不时被某种悉悉索索的声音打断，我怀疑某处有一条蛇正游走过来，不知道是不是因为我的愿望都是一个个简单的小幸福，离得比较近，我竟然想到了那本还没有来得及重温的书。

噢，是的，那个关于成长的我喜欢的书的名字，我多么渴望自己成长为一个不再惧怕世间黑暗，也不再害怕内心黑暗的雅典娜，充满强大而温暖的小宇宙，足够捍卫点什么，就像朋友鼓励我的那样：去吧去吧，让我看到你就觉得人生还是充满希望的……

而那一刻，我几乎放弃了自己，因为我从来也没有特别惧怕过死亡。

甚至我没有想到亲人，因为多年在外面漂游，我早已在家中一个漂亮的日记本上，用我最好的字体记录着每一件小事，如果我消失了，怎么处理我的钢琴、吉他、小提琴、曼陀铃等等等等，乃至音箱、CD、电脑、我的书、我的衣服、我的银行账户和密码，还有某一个小挂件、某一块小石头……出门前我也都会买保险，数额一定足够保障父母点什么，不要跟我说你的平安就是父母最大的需要之类，我爱他们，但我并不喜欢，就像他们爱我，也并不喜欢我一样，说起来很残酷，可我只是微不足道的尘埃，跟他们纠结得太久。

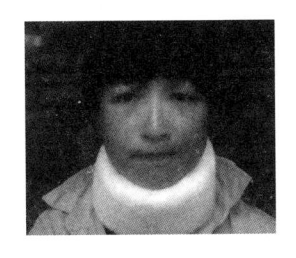

戴着颈椎固定套回到加德满都,头脸肿如猪头,持续了一个星期。为了不让这样的模样成为我固定的末世相片,终于令我下决心出两本书。这一本写零碎的经历,与人为善;另一本写旅居生涯的重口味故事,跌一堆眼镜,嘿嘿。

即便是尘埃,也想要漂浮得更久吧,落定就完蛋了……

那时候,我真的感到冉冉升起的真气,也许是求生本能,终于又有一个大人带着两个孩子路过的时候,他们打了很大一个手电筒,我发出了自己耳朵嗡嗡作响的一会中文一会英文,带着哭腔的呼救,甚至把自己呛到了开始剧烈咳嗽,我记得我还喊了一句尼泊尔语的"lamasidei",意为"你好"。

他们发现了有人滑坠这件事,但是他们在上方用手电筒晃来晃去也没发现我,直到两个小孩都贴着山慢慢滑下来,才确定我的位置,我知道很深了,后来听说是十多米。

两个小孩协助那个大人把我像颗土豆一样从缠绕中挖出来,背上山路,我开始放声痛哭,脖子被卡太久,口水开始条件反射的瀑布般涌出,那人说什么我都自动过滤了,但是他用简单英文说,我背你回村子,你付钱给我,我立刻大声说yes, yes, yes……

于是我得救了。

尽管此后数个夜晚,窒息的噩梦都拜访了我。

我被送到医院后检查一遍,然后被告知,脖子没断,扭到了,手脚都好,我欣喜的感到我想上厕所。

哈哈。

之后重看了那本书,神经症的种种精神症状迄今还是在我这里发生作用,只不过,渐渐我学会了面对和控制它们,首先是要懂得它们的存在啊,不要让真正的自我掉在伪装的无意识夹缝中而崩溃,没有人能避免神经症的种种表现,但是知识可以避寒啊,所以就算我得了精神病,眼见活得更精神了嘛。

读读书真是不错的享受。

一箪食,一瓢饮,一本书。

都是我的幸福啊。

Part 1

命运

每个人都有自己的命运。

见得越多,就越发现自己根本毫无资格去评价不同的命运本身。

个体的命运,忠贞地、一五一十地折射着群体乃至国家的命运。

每当此时,渺小感就会压得我呼吸困难。

我只是默默看着,路过它们。

零散地记录它们。

期待一个不同的未来,而未来,应该有无数种可能。

她们的命

Monday, February 27, 2006 2:22:44 PM

因为服务员拉措向往外面的世界，终于去丽江打工去了，新的服务员还没来，这几天，服务员永珍姐都只能一个人住。

她觉得很无聊。

永珍跟我聊天说，她们活着什么意思也没有，她们什么也不懂，不像我们"外面的人"知道那么多，她就是搞不明白人活一遭是为了什么，她觉得她们这么过日子很没有意思，什么也没有，死了也什么都没有，每天像傻瓜一样干活，看电视，那为什么要活着呢？

最后她总结，她们的命，就像苍蝇。

虽然我假装振振有辞地安慰她，但是我知道，这位不识字的女子一语中的。关于生命的意义，一切的解释都是苍白的，我只是无可奈何地挣扎着给出理由。

很多朋友以为我到了一个世外桃源，他们或者唉声叹气，或者调侃戏谑地述说种种大城市烦恼，办公室政治，小生活风云。

其实，自从我来到这里，才觉得真正到了生活的高原，俯瞰着走马灯一样的人，带着各自的讯息，来来往往，因此我得以见识最广袤的人性。

那么，眼下的她们的命，她们以为的那些卑微的、重复的、了无新意的命运，真的就如蝼蚁苍蝇么？

我们，所谓的我们，她们以为的这些骄傲的、独特的、新鲜有趣的命运，真的就"有用"么？

这二者，有怎样的不同。

这二者，也没什么不同。

当人类不可避免的成为追求意义的动物，也就不可避免关于生命终极的困惑。永珍大概永远不会知道，她的问题让我感到沉重，我刚刚教会她认识拼音中的 a o e i……

她却扔下我，越过层层迷雾，直接抵达终点。

孩子，你究竟是谁呢？

Thursday, July 20, 2006 4:19:24 PM

记得《约翰·克里斯朵夫》中有这么一段：

早晨的钟声突然响了，无数的钟声一下都惊醒了。天又黎明！黑沉沉的危崖下面，看不见的太阳在金色的天空升起。快要倒下的克利斯朵夫终于到了彼岸。于是他对孩子说：

"咱们到了！唉，你多重啊！孩子，你究竟是谁呢？"

孩子回答说：

"我是即将到来的日子。"

今天来的江苏人，带了两个5、6岁左右的小女孩，白白净净纤纤弱弱的模样很讨人喜爱。在他们来到之前，我在跟门口开小饭馆的一对夫妇的女儿玩耍，小姑娘5岁，叫芳芳，瘦弱，裤子穿成了抹布，但是同样活泼可爱。

我教芳芳数数，从1到100，江苏人的孩子跑过来瞧了瞧，从鼻孔发出轻蔑的哼声，跑去告诉她爸爸说她（指芳芳）竟然还在学数数。

江苏人的小女孩问父母要了火腿肠来喂我家的狗狗八戒，岂料火腿肠吃完了，八戒对她们就爱搭不理。小女孩尖叫：八戒！过来！然后互相说：它不来我们的火腿肠不就白喂了吗？然后，两个一起指着八戒使劲叫：你给我吐出来！把吃的火腿肠全部吐出来！

江苏人一家在餐厅吃饭，小女孩命令家长，讨厌，把狗赶出去！于是，家长轰走了八戒和丑丑，关上餐厅大门。芳芳在餐厅门外诡谲地笑，使劲却小声地逗着八戒：八戒，过来，过来……她一直把八戒逗到了厨房门边——我们的厨房和餐厅是连着的。

很明显，芳芳讨厌那两个城市的小姑娘，当然，我也讨厌。

中午跑出去吃米线，遇到了老家在重庆某县某村来泸沽湖地区务工的邓木匠，他特意坐到我旁边，讪讪地咨询我一件事。他的亲叔叔，跟着村里的小包工头去武昌工地打工，村里其他一同打工的人一个月前忽然回来了，然后转往其他地方打工去了，唯独他家叔叔没音讯，连日来家人终于听到传言，他叔叔大概已经死了一个月了。邓木匠说着眼圈就红了，说人不见了连个说法都没有，就算死了也要知道老人家怎么死的啊。迄今他家并未接到任何死亡通知。

尽管，村里一同打工人的突然回来并且守口如瓶、立刻远走他乡打工令邓木匠家感觉同乡似乎收受了钱财，隐瞒了真相。"这可怎么办？"这个汉子喃喃地重复着这句话，准备前往武昌讨说法，又担心这是一趟对他们来说花销昂贵却不会有结果的旅程。我尽最大的想象力给出了步骤和办法，可是，我的直觉只是告诉我，不会有什么结果，生命的消逝竟然真的这般容易，这只是另一个类似矿工安全事故隐瞒不报的翻版故事……

回家，看到两个小女孩在嬉戏，芳芳则搂着八戒自说自话。

孩子啊，你们究竟是谁呢？

如果你们真的是即将到来的日子，那么这些日子将有多么不同。

多么不同。

又一篇：

有钱人家的小孩

（2008-10-07 19:37:01）

分类：在丽江

开店的有趣之处是能见到各种各样的人。

并且因为交易的存在，更能窥见各色人生。

国庆期间很忙碌，印象深刻的并不是来找我算塔罗的各种年龄阶段的女人们，她们的感情烦恼就像银河系里面的星星一样拥挤，像星云一样纠缠。

因此我并没有记录太多的她们。

但是昨天遇见的几个男生，却叫我非常难忘，非写不可。

他们都是有钱人家的小孩。

什么是有钱人家呢？这个我并不能准确定义金钱的数额，就好比从小我认为，博士都是科学家一样，我基本上认为买东西不看价格随心所欲挑中了就付钱的人，就得算有钱人了。

可能你们会觉得我没见过世面，但是事实也差不多如此。

所以跟这几个从头到脚穿名牌的男生坐在柜台前聊天时，我开始察觉到他们是有钱人家的小孩，根本不问价格，几百块的东西普通人喜欢讨价还价的，他们说送这种便宜货给朋友玩玩好了。

但是他们并没有让我觉得讨厌，没有传说中那种纨绔子弟的轻浮和俗艳。

由于某些原因，晚上我带他们去朋友酒吧逛了逛，不同于酒吧街那些紫醉金迷的吵闹感觉的。

首先去火塘，结果他们中一个男孩不肯在那里玩，出来以后他坦陈，这种地方感觉有些高雅啊，等会儿你们万一聊些什么摄影啊什么的，他们什么都不懂岂不是会很丢脸……（这间酒吧正好有个朋友在做摄影展）

我就狂汗了一阵。

然后这两个跟我年纪相仿的少年十分坦白的跟我聊起了他们那里的生活。

其中一个强行把我拉去酒吧街的吵闹酒吧，说这样才觉得适应。

他们都是浙江义乌的，毫不讳言自己的家乡充满了暴发户，他们调侃自己没文化，是爸爸妈妈手上的风筝，想去哪里就去哪里玩，但是家里收线就得乖乖回家，比上不足比下有余，我很不知趣的抛出一个问题：万一你们家破产了怎么办呢？

其中一个很认真的回答，那家里还有很多房子啊，一栋房子怎么也要几百万。

我只好又汗了一阵。

他们都表示在家里太无聊了，除了继承家业就是吃喝玩乐。

我又追问，为什么自己不愿意出去打工，去追求另外的生活呢？

他们说，从小到大习惯了过好日子，在外面上班一个月几千块，自己一个晚上泡吧就花掉了，怎么办啊？再说在外面做事情家里从来不支持，失去家里的支持，钱花光了只能像小狗狗一样跑回家跟老爸说没钱了。

我惊讶的是他们非常清晰的感到无聊，又非常真诚的坚持这种无聊，并且非常坦白的说明自己就是俗人，没有精神追求，脱离不了物质享受。

而且这些人给我的感觉都很单纯。

说到他们家乡那里，他们很来劲，说他们有个朋友家7姊妹，就是没儿子，7个女儿每人一栋别墅。重男轻女简直是一定的。一个说，他有两个姐姐，在他出生之前，奶奶总是跟他妈妈过不去，自从他出生，简直其乐融融啊。

既然继承家业大部分是男孩子，那么没有男孩的家庭怎么办呢？

他们告诉我，那就招郎上门，用钱砸，砸到对方家同意入赘为止。

至于他们的婚姻大事，那就是门当户对才行，因为大部分早婚，离婚率是超高的，家里的长辈是这样教育他们的：你们只要带一个老婆回来就行了，在外面怎么玩随便你们，但是不要搞出事情上门就行。

那怎么办？老婆能愿意吗？

男孩子说，不愿意也没办法，男人在外面偶尔玩下很正常，只要不要有感情，不破坏家庭就行。然后他很认真的讲起他感到愤怒的一件事：他跟一个朋友去澳门玩，那个朋友带了小情儿，并且给小情儿买了个2万多的名牌包包，给老婆只买了个6千多的，所以他觉得真是太过分了！

我只好再狂汗一遍。

他们非常真诚的承认自己的无聊，虚荣，贪图享乐……等等。

他们也觉得非常无奈。

他们说朋友在国外念书的，家里再有钱，也比不上那些官宦人家的子弟，觉得很不平衡。不过看到很多人穷困潦倒，又觉得很平衡。

他们还说，就是这样的，他们那里都是这样的，没文化，全是暴发户，家长只会灌输他们那套给你，不可能让你用自己的理念。不过，给钱花啊。

给钱花是好，他们还坦陈互相攀比，你买奔驰我就买宝马，我提出一个问题，那我要是开辆QQ怎么办。然后他们就笑，说了一些方言，解释说那样真的会被嘲笑。

但是他们真的好单纯，没有什么戒备心，我也搞不清是不是真正的富家子弟就该是这样了。

真正的温室里的花朵。

他们一边喝酒一边自嘲：我们都是俗人，我们没有什么追求，hoho。

他们跟我差不多大。

我只能说，每个人都有自己的命运……

人生就是这样的奇怪。所谓的价值观，也许只是为了区分——如同一本书的目录一般，此消彼长，最终的目的都只能有一个，那就是——

获得平衡。

外一篇

今天廖福美很高兴

（2008-07-13 15:26:30）

今天廖福美很高兴。

廖福美是丽江大地震的孤儿，被朋友土摩托助养已经近8年，每过两年，土摩托回来丽江孤儿院看她一次。

一大早，随土摩托一起前往丽江孤儿院，现在改了名字叫做孤儿学校。今天周日，廖福美还在上课，据说明天期末考试了。但是土摩托只是路过丽江，下午就要飞离，办过手续，小福美还是被接了出来，土摩托想给她买些东西。

于是，从鞋子到内衣外套，乃至一个CD录音机，置齐了。小福美静静地走，对于问题很简洁的回答，点头，摇头，或者说不知道。只是这个不知道自己确切年龄的小学五年级女孩，面容平静如水，见到土摩托这个资助自己成长很多年的叔叔的时候，没有哪怕一丝的情绪波澜，甚至看不出任何喜怒哀乐。眼中藏不住的，却是小孩对一切的渴望，缺什么呢？什么都缺的。

吃饭的时候，小姑娘放松了些。也许对于我们这些满怀善意的人们来说，看到小福美会恨不得拿出自己最温柔博爱的胸怀，可对于小姑娘来说，我们都是陌生人啊，遥远的，只是似有若无的，一种爱的可能。

问小姑娘，在学校有没有好朋友？小姑娘不假思索肯定的说：没有。

又问：真漂亮，什么时候扎了耳朵眼儿呀。

已经不会说，也听不懂云南方言的小姑娘流畅的回答：前段时间本来要去北京表演节目的，老师给每个女同学都扎了耳朵眼儿，不过后来四川地震了，没去成了，换成我们的武术队去赈灾义演了。

听上去，孤儿学校有些欣欣向荣。

饭吃到一半，小姑娘更放松了。

不知道为何说起了学校的老师打人。起初我以为是老师玩些体罚淘气学生的小动作，打个手板心什么的，只是越问就觉得恐怖了。

老师还打你们啊？是不是你们淘气惹老师生气了啊？

小福美总是低眉顺目的模样，让人怜爱，土摩托也难得来看她一回。不知道孤儿院的孩子们现在怎么样了，除非去那边探望，否则也直接联系不上孩子。

嗯。（小姑娘老实的点头）

是不是男老师喜欢打人啊？

女老师打的更凶。

谁打的最凶啊？（到这里我有点急了）

教导处主任……政教处（小姑娘有些不确定这位的官职）

那你有没有被老师打过啊？

嗯。（小姑娘点头，比划了一下很粗的棍子）

什么？用棍子？每个同学都被打过？

嗯。

不会吧……

打的最厉害的是有一次一个同学被那个皮带抽，还在肚子上踢了一脚，我们都是一起的（小姑娘的意思是从小一起在孤儿院长大的孩子），我们都哭了。（小姑娘说的时候非常平静）

啊？这太……那个小朋友做了什么坏事吗？

嗯。

多大的坏事啊？

没有写完作业。

啊啊啊？跟老师对抗了吗？骂老师了吗？

没有。

我简直要晕倒……

土摩托已经狠狠的冒出一句，搞死他们！

我气极败坏的正欲再说什么，小福美已经怯生生地说……现在很少打了……

我不知道是不是因为她害怕。

小姑娘还说到有个四川灾区送过来的孩子也挨打以后，投诉到儿基会（应该是儿童保护基金会），说是要开除那个打人的老师（孤儿学校的老师都是正规国家教师编制），不过现在还没有开除。（既然如此，四川地震是5月的事情，送孤儿到外地寄学寄养应该是6月左右的事情了，可见小福美说的"现在很少打"大概是因为害怕了，总不至于这个"现在"就是这两天吧……）

那为什么你们挨打了不能投诉？

小姑娘说，因为他们（指四川灾区这次送过来的40来位儿童）是儿基会送过来的。

我又简直要被气死。

再接下去，我们还知道了，孤儿们基本上每个同学都有一位助养人，只是，给助养人写信是惟一的外界联系渠道，但是这信件却是要通过学校检查，重新撰写在规定的纸张上才能由学校统一发出（土摩托表示收到过这类工整的要钱信），孩子们平时就在孤儿学校的大铁门里面生活，基本上不可能外出，对外界完全没有任何真实表达的机会……不过小朋友感激的表示，可以问老师借电话打的……

我们都无语。

实际上，也许对于这些没有任何靠山，也没有任何自我保护能力的孩子来说，即便是这样的孤儿院，也已经是能够遮风挡雨的家。

对于丽江孤儿院的情况，以及那位曾经享誉一时的院长"胡妈妈"，有心的朋友可以百度或者google一下丽江孤儿院，就能看到大量相关报道，诸如"胡曼莉开办孤儿院接受大量捐款，接受捐款从不开具票据，开支也没有账目，孤儿在孤儿院内吃穿很差还遭体罚，还让孤儿到处去表演来募捐。"

只是我没有想到，在媒体大量报道之后的多年，这个孤儿院竟然能够一如既往的保持住了所有的恶，甚至变本加厉。

中国的慈善根本没有任何有效的社会监督机制，也没有任何非官方组织能够深入有效的开展独立活动，以至于成了发财的一条路子……

无论如何，今天廖福美很高兴，她得到了漂亮的新衣服，新鞋子，书本，CD机……

我希望她不要再挨打。

也希望她的CD机不要被"借走"。

我会再去看望她。

就这么走了

Tuesday, June 27, 2006 2:56:06 PM

  我家新来的服务员小罗,我还没有来得及介绍给大家,今天一早就敲我的房门,说家里有事要回家,她家亲戚来接她了。

  这边属于完全没有契约观念的地方,不存在合同,所有的服务员都是来则来,说走就走。我看一眼,确实有个中年妇女陪着她。于是我给她结算了10天的工钱,她是一个从来没有念过书的彝族姑娘,单纯,沉默,文静,勤快,家在泸沽湖附近的山上,只有17岁。我正找好了课本,准备开始教小罗认字,我知道这边都是说走就走,小罗才来就走,颇为遗憾。

  然后我忙着做自己的事情,下楼却听见永珍说,她临走前永珍送她上车,才知道她根本不是回家,去哪里都不知道,那个女的原来不是小罗的什么亲戚,隔壁草鱼家的服务员也被一起骗走了,大概还有些姑娘也一起走了,永珍没拦住,那个中年妇女临走还想叫永珍也一起去:

  "想当服务员就当服务员,想当小姐就当小姐"……

  至于那个中年妇女,不过是昨天才来到泸沽湖的陌生人!

  顿时我狂汗,17岁的小姑娘啊!普通话都说不好,就这么轻而易举地跟

彝族姑娘小罗,其实很爱干净,很可爱。

着一个陌生人去陌生的地方,还是一个"想当服务员就当服务员,想当小姐就当小姐"的地方,并且自己不识字,还没有钱,如果有什么事想回家都找不着方向!她的家里也根本不知道!

  为什么要去啊,听说来者许诺每月能挣几千块钱,还说,这年头不赚钱干嘛……

  下午我在自家院门口坐了很久,想来想去,小姑娘的命运,真是凶多吉少。

  可是我也没办法,外面的世界对这些姑娘的诱惑也许是致命的。

  永珍问我,小罗还会回来么?

  我的天,傻姑娘啊,就这么走了,尽管心底已经认定这是一场拐骗事件,我还是不敢相信,这样的事情居然能够发生得如此平静,似乎从来就没有发生过一样,一群生动的女子,一夜之间消失得无影无踪,好像她们从来就不曾存在。

  希望……

  都不知道该怎样希望了,不知道等待小姑娘的,是怎样的明天。

  我万分懊恼。

【回顾】

  门口的小饭馆,是一对在泸沽湖边"找钱"的外地汉族夫妇开的,我一直不知道他们的名字,只知道,所有人都管他家男人叫"酒瓶子",管女人叫"酒瓶子老婆"。

  这是极其善良勤奋的一对夫妇,他们的独女芳芳,放假时偶尔也会从老家来这边,俗话云,穷人的孩子早当家,五岁的小芳芳不仅时常帮父母剥蒜添柴,还会在客人走后,帮着收拾碗筷。

  我见过无数这样的孩子,他们羞涩而对世界充满好奇。但还有更多的孩子们,则是野生状态的成长,就像在泸沽湖观景台处,那些成群结队、衣衫褴褛的孩子们。每到一辆车的游客,孩子们蜂拥而上,拿着手上一袋袋的小苹果、野核桃、松子儿兜售,口中说着要为自己攒学费,很多游客面露厌恶地扭过头,也有很多游客爱心大发慷慨解囊,希望真的能帮孩子们攒点学费。

我曾专门到那里，对每个孩子的来历细细打听分类。说到念书，有孩子神情冷漠满不在乎，那是辍学已久的；也有刚刚辍学不久的孩子，说着说着就嗷嗷哭起来，因为他们中有相当大的比例，是被父母逼着前来贩售野核桃小苹果之类，卖不够钱回家还要挨打。只有一个小孩嗫嚅着告诉我，他妈妈说他交给家里的钱是攒学费的，就是不知道什么时候攒够。

可是学费已经免费了啊？

的确，但是具体到地方上，就连希望小学里人均5块钱的午餐费都要遭到克扣，学费虽免，杂费如刀，我认识个念希望小学长大的小姑娘从来不肯吃鸡蛋，就是因为学校午餐的鸡蛋永远都是臭鸡蛋，以至于她以为鸡蛋就是臭的那么难吃。

博客中记载的小罗，是我的客栈雇佣过的彝族服务员，被拐骗到丽江后，我们联系了她的家人，因为带走人的中年妇女给几个犹豫的姑娘留了电话，叫她们决定了再联系她。小罗的父兄拿着电话几经周折，辗转找到人带回家，后来小罗在我家继续工作了一段时间，我曾努力教她识了几个月的字，到头来她却一个字也没记住。

无论是童女小芳芳，还是少女小罗，或者更多的那些广阔西部的贫困孩子们，缺少的并不仅是物质，而是几乎一片空白的学习经历。传统、习俗、技能的传承上的消逝，现代学习的功利又可望而不可及，我不知道还将有多少代孩子们，在完全不同的环境中成长，这并不是一个单纯的经济问题，如果这片土壤不能肥沃起来，不能智慧起来，不能现代起来，那些在城里头喊了数百年的民主自由富强崛起之类的知识分子，不过是呕心沥血地动嘴皮子，喷出一幅海市蜃楼罢了。

而且，我一直很怀疑，真正的启蒙跟九年义务教育，究竟是个神马关系。

每个人都只有一个命运

Wednesday, August 2, 2006 4:31:35 AM

早上我还没起床,就有一个彝族姑娘来找我,问我家是否需要服务员。
我家确实需要一个。
但是,她的条件是请我一次性付给她半年的工资,她家小时候给她定了亲,现在年岁到了,她不喜欢那个男人,想退亲,家里穷得一分钱没有,退亲要退3900块钱的彩礼。她说可以把身份证户口本押在我这里。
摩梭朋友都跟我说,不行,跑了怎么办,就算不跑,做事情不好怎么办,你的工钱都付了。
我思前想后,几乎是红着脸拒绝了她,看着她家妈妈还有姐妹坐在我家门口,等着她别家去问,挺不是个滋味,山上的老彝族都是定娃娃亲,也许是太穷了的缘故,这段时间新一茬土豆还没有熟,老土豆早就烂光了,永珍说,老彝族家中一百快钱都没有的,这段时间别说米饭,连土豆都吃不上的。
跟朋友们聊这事,也都劝我别干这种不靠谱的事情。
朋友们说:
你会看到更悲惨的事情。你又不欠她们,量力而行,不用哭丧脸,不要滥用同情心,太把自己当成救世主。帮不了这许多人。
老教父说过:每个人都只有一个命运。
这个姑娘的命运,就是回去嫁给一个根本不爱的男人,为了3900块钱。
如果我预付给她工钱,她的这个命运就改变了?
只有那么一点可能性,不是改变,而是稍稍偏移一点点。
心里面冒出一个旋律,我的命,我的命……
那是盘古的一首旧歌。《火车在哭》:
我是火车/我是火车/我是火车

我不能越轨/越轨我就死了/我不能脱轨/脱轨我也完了/两条铁轨掌握着我的命 我的命

我曾帮助许多人迅速去了天堂/可没有人帮我离开这个地狱/我是火车/我是火车/我是火车/我想死 都死不成

还有一首：
我的心里没底／我的船是漏的／我的船等着沉／没有什么事能让人兴奋／我们还能坚持几年青春

我向前走／却向后看

【留言辩论】

Thursday, August 3, 2006 2:03:16 PM

关于彝族姑娘的事情，有朋友留言——

Immusoul writes:

假如你被骗了，能够对你一点影响没有，你就帮她。

但是，假如她骗了你，她就会继续骗下一个人。

假如她是真心的，那总应该有别的办法解决。

我就不信她只有这一条路可走。

如果她真的没有别的路可走，那就说明你不可能帮得了她。

同情心在这个例子里一点用处都没有。

Anonymous writes:

楼上的，谬论啊！

行善的价值对个人而言不在于帮助他人而在于安慰己心。

如果你见人溺水而不施援手，要是你不会觉得良心亏欠，那也不用我说你冷漠了；

如果你见人溺水而下去救人，要是你不幸反而被拉住一起淹死，那我虽惋惜却还是要说你无能了，因为你虽有心却没掌握正确的方法做正确的事；

所以你不愿施援手也就罢了，不必找什么水深水冷的借口。

更不该讲出来影响到整体的社会心态。

以此事举例：

首先不是你花3900元去帮助别人，而是你冒着3900元的风险去帮助别人。

然后你要明白，在中国，慈善成本是很高的。

如果你认为风险太高，你可以先走访下其村人，了解其人品、家庭、村寨评价，然后评估是否有帮的价值。

身份证什么的是能做个人抵押的，可以要求有村里其他人或其有一定经济能力的亲人担保（或者干脆由她向有经济能力的亲人活银行举债，你这边做担保，以她工资为抵押，风险也小了许多）。

如果说借都借不到，那么呼吁社会援手也是可行的吧，找3、4个人每个人提供1000元担保也不算什么难度。

这么点儿钱如果真能帮一个姑娘摆脱她一生的不幸，不是很值得吗，何况还只是风险呢。

所以我认为不在于是真是价水深水浅，而在于你有没有这份心。

谢谢，本次发言完毕，呵呵。

immusoul writes:

行善的价值对个人而言不在于帮助他人而在于安慰己心

——您要是这么想，我没意见。可我不是这么想的。

暴暴的回复：

楼上的楼上，你不了解这边的情况。

1、这边彝族人的经济条件是一家尚凑不足100块钱的现金，况论向任何人举债；

2、这边彝族人的信用状况是无信用可言，坑蒙拐骗偷是家常便饭（并非人人都是如此，但是这些传说中的彝族人的"特点"很大程度上我都已经亲身领教过，我想这是贫困的恶性循环），因此得不到其他任何民族（摩梭族、普米族、藏族等等）的帮助，当地摩梭人家的客栈不会用彝族女孩工作，为了雇用之前我家打工过的那个彝族小姑娘，我劝了永珍很久，她极其不愿意跟彝族人一起共事；

3、这边的身份证乃至户口本毫无抵押的作用，因为他们重新办一个不需要任何手续；

4、走访村落探访人品评价之类完全不成立，因为我不可能以我这张外地人的脸跑上几十公里翻山越岭去彝族村寨问他们自己人品如何；

5、我曾给这边的很多少数民族朋友提供过力所能及的从经济到一切别的形式的帮助，经历是令我遗憾的；这大概也是那个姑娘首先直接来找我的原因；

6、我个人的经济条件有限，在相对闭塞的少数民族地区开这个客栈很困难，这样的情况乃至各种你们也许无法想象的命运，在这边却是相当普遍；

7、我呼吁谁呢？至少在这边找三、四个人每个人提供1000元担保是天大的难度，你会有这份心么？

这就是我思的前想的后，我很想帮忙，可是跟朋友讨论过后，结论是，我的确无能为力，因为心有余而力不足。

【回顾】

遗憾，所有的人都会在自己的人生里捡回一大堆。

事情过去五、六年，那个提前贩卖自己的时间，希望赎回婚约的彝族女孩年轻的脸庞仍旧会在我眼前清晰浮现，同时还有泸沽湖村里有史以来开设第一个彩票售卖点后，山上的彝族人纷纷跑来排队买彩票的情景，他们中好多人以为只要买到手，就会中奖……

有时候，我试图拆解贫穷的程度与融入现代社会难度的关系，也许这些问题在学术上有诸多理论或者解释，但在最底层的现实里，社会学仿佛只有抽象的总结以及统计的概率意义，根本不能完整地答疑解惑。

我诚实地困惑着。

当年，我的摩梭朋友得知此事后，纷纷跑来劝我，房东的二儿子警告我，村里要是有人家丢了东西，肯定会去老彝族家里找的，不可能是摩梭人干的。还有要跟我打赌的，有的要赌这个彝族姑娘绝对干几天活就会溜走；有的要赌倘若我支付了这笔款项，便会有彝族女子排队过来找我，她们都要退婚了。

我也记得，摩梭族的服务员永珍一开始极不情愿接受彝族同伴，说她们不讲卫生还手脚不干净,虽然与小罗共事后,她并没有表现出明显的歧视,但后来的故事还很讽刺的证明,人性跟民族籍贯并没有什么关联,反而是永珍被小罗比了下去。

回想起来,这些都没有阻碍我最终雇佣了彝族姑娘小罗做服务员,也没有阻碍我穿越大小凉山时结交了不少彝族朋友,尽管他们还是会暗暗区分黑彝白彝,旧时的贵族与奴隶,我却尚可在他们中尾随到现代社会的契约精神与道德规范的影子。

可是,各种复杂的资讯综合起来,脱离了我的经验范围时,在那个恳请提前支付一年工钱以便退还彩礼的彝族女孩面前,我退缩了。这个伦理上的困境,包括日后我继续遇见的那些时刻鞭挞我的经验、学识乃至道德底线的人与事,犹如充满迷雾的山谷,在我的脑海中萦绕了多年,充满各种遗憾。

倘若再来一遍,我想自己应该会有更成熟的态度,会在自己实力范围许可内,选择相信。

这已经不关乎任何理论学说,如果人尚且有悲悯心可供利用的话,也许仍旧要比完全漠然要好一些。觉得长大之后我便不再纠结被骗这个主题,这也是在路上重要的自我给养之一,运用智慧,放出眼光,赠人玫瑰,手有余香。

Part 2

生活

以前没有离开城市的时候,我写了很多专栏:音乐、财经与娱乐三大类。音乐是我的爱好,财经是我的专业,娱乐是我的职业,写字需要计数,涉及到钱。

除此以外,我的生活除了弹琴看电影打游戏,乏善可陈。尤其是安定的日子持续一段时间以后,莫名其妙的无聊。

后来我走了,开始迸发出写字的激情,乐此不疲地记录着生活点滴,没人付我钱,我在博客上随手写得轻松高兴,反倒干脆不写专栏了。

住在丽江的时候,朋友介绍了一位大哥,是N个专栏的作者,过来玩。我热情地请吃饭,安排各种旅行活动,岂料大哥忙得很,在丽江的时间几乎哪儿也没去,都窝在房间里头电脑前头,赶稿。我怀疑他都没晒着太阳。他说不写没办法,光写专栏一年挣40万。

我惊了。

好多钱……那生活怎么办?

挣钱了好生活啊。

我有些疑惑,就像无数人对我羡慕地说,你真爽死了,我就不行,不工作没饭吃啊,还是多攒钱以后再出来玩吧。

谁说我不工作?

我干很多活儿啊,辛勤操持安排一切。只是,这一切的生活,并不需要那么多的钱,有时间的时候没钱,有钱的时候没时间,那是傻蛋才唱的歌儿。睡在拉萨平措青年旅社的下铺时,我上铺是个退休的搞地质的老头,六十多了,一个月退休工资才一千多块,独自一人在西藏各地转悠三个多月了,背个大帆布包,啥装备也没有,八角街小餐馆的咖喱牛肉饭七块钱一大盘,甜茶一块钱一大杯,不也生活得挺好吗?

并不是说每个人都要选择我的方式去生活。但是当人们感觉自己的生活若有若无时；当一个人觉得自己的生活破碎不堪时；当我们的生活想象遭到挫伤时……

旅行所带来的叙事，让我们重新找回自己的生命感觉。

这是一种需要——

人们需要借此，找回被生活的无常，抹去的自我。

所以我一边旅行一边写字，这是我的窗口，无论在何种境地，我都**必须打开这扇窗**：

透过它，**忘我的看到生活**。

马背上的民族

Thursday, October 20, 2005 11:27:56 AM

几天只睡了十个小时。

极度困倦中，带领一票啥也不知道的购物狂朋友马不停蹄地玩耍，其中包括我的父母和一个法国女孩。

所幸大家都很友善，那么也就很开心，采了好多嫩菱角一顿狂吃，然后当我在马背上驰骋之时，一个北青周刊《精品购物指南》的美眉电话来说，要采访我，说说辞职去创业的感想。

顿时狂汗……

我这是在创业吗？正骑在马上的我哑然失笑。

这是个问题，我得好好想想。

【回顾】

赚钱于我是件自然而然的事。

为了什么而赚钱，是抵达目的地必经之路。

路上的原住民都以为我是个有钱的脑子进水的小女子；城里的原住民又以为我是个有钱的脑子幻想的创业家。

就像电视里头鼓吹的，发现商机，下乡创业之类。

起初反反复复解释，后来干脆胡说八道。

如果我辩解，我就又被扣上另一顶大帽子：文艺女青年。

随着年龄渐长，变成"大龄文艺女青年"。

后来我明白了，是否被人理解并没有小时候自己以为的那么重要，更重要的是，在上路之前，每个人都应该了解自己真正的需要。

在这个搞清楚以后，就可以谈谈梦想，谈谈心情，谈谈天气。

不会那么急切的想要得到什么，也不会那么沮丧地觉得失去了什么。

就算孤独仍旧可以准确无误地击中你，偶尔也会垂影自怜，但毕竟……

未来有无数种可能，你是自由的。

阿诗玛

Sunday, October 30, 2005 4:18:57 PM

返回泸沽湖,碰巧同车的旅伴是也在湖开客栈的台湾人小白。

这次乘坐的车司机师傅一路哼哼唱唱,于是我贡献出随身携带的一张碟片,左小诅咒的《我不能悲伤地坐在你身旁》。

第一首歌就是《阿诗玛》。

听到这名字起先司机师傅还蛮高兴,但是不到1分钟,他就咧着嘴笑着念叨:这不跟我们摩梭的达巴(相当于喇嘛)念经一样么?接着退出诅咒,还是换上《高原红》。

我不禁乐了。

快到湖的时候,又出现了巨大的彩虹,这可真是彩虹天天见,回想起停车吃饭的农家,两个相邻的猪圈中,一边的一头大黑猪居然前肢直立起来趴在栏杆上,去吻隔壁猪圈的一头白猪,那头白猪也把嘴往上面凑,我就笑得更厉害,阿诗玛,高原红,彩虹,接吻的猪,噢,真是不搭嘎的一天。

我没有广角镜,只能分别拍下虹彩妹妹的两条美腿~

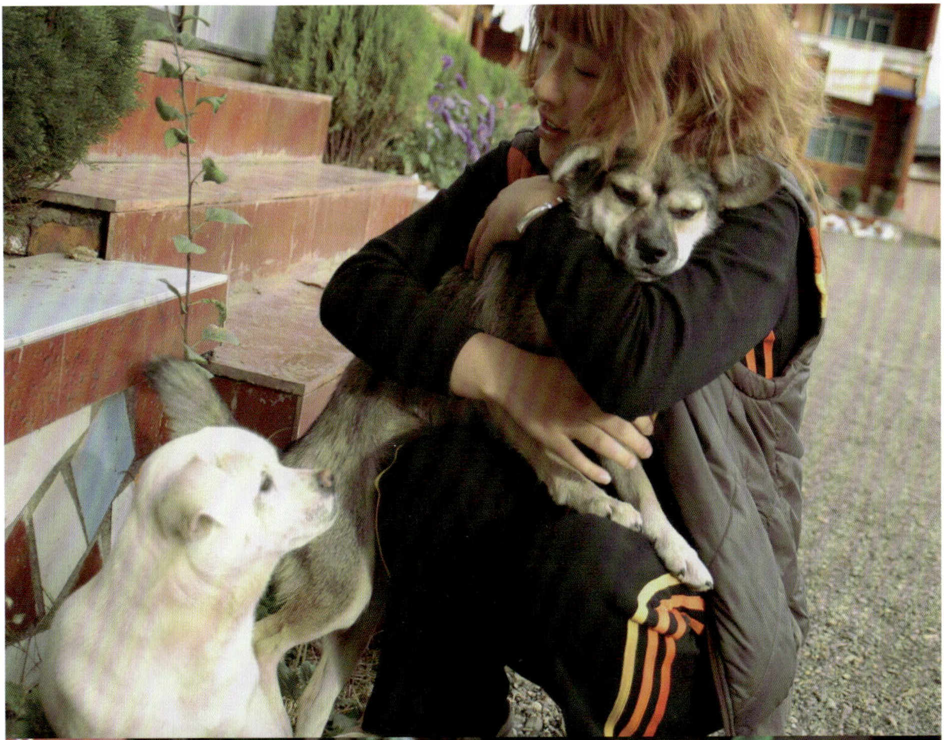
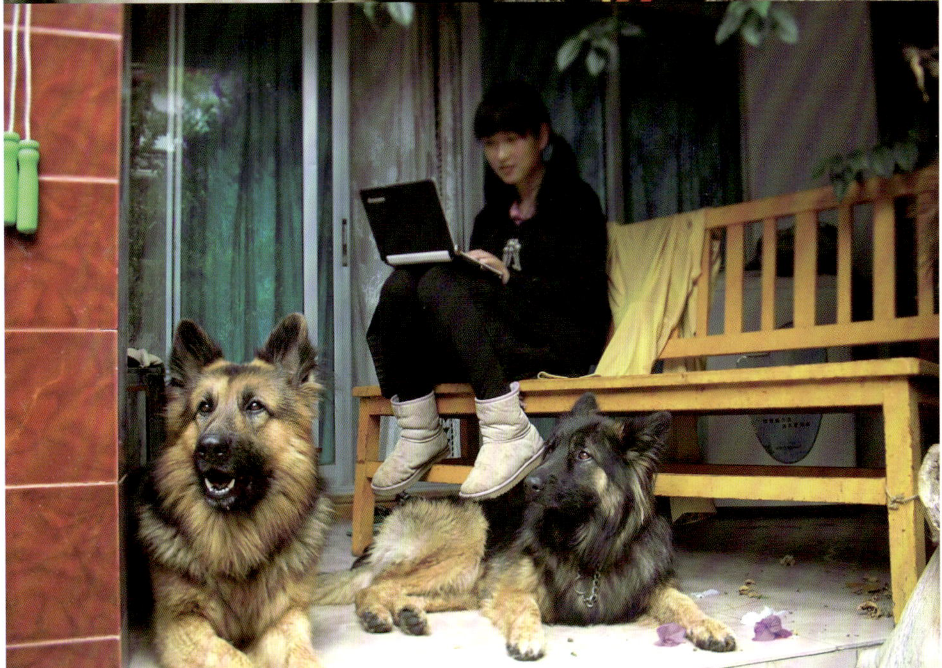

BEAR BABY

Remember Remember The 5th of November!
"自己人"我们还会回来的!
下次还会过来
加油!!!
DD很PP!

明天

Saturday, November 5, 2005 10:33:08 AM

简陋的小酒吧连同门口的空地终于弄成了我想要的样子。

光秃秃的凳子椅子不好看，我又没有钱再买什么豪华的装饰品，于是环顾四周，开始想办法把这块小地方耕耘一下。

最开始，叫上房东的二儿子，穿过他家的猪圈，到了自留菜地，那里堆积如山的晒干的玉米杆子，岂不是极好的装饰？费劲巴拉地抱出来几大捆，摆放好以后觉得颇为不错，岂料站在一旁的老二，说了一句沉重打击我的话：牛最爱吃这个了。

没错，这里的很多牛晚上都不回家，万一它们发现了这块好地方，整整齐齐摆放了这么多玉米杆子，还不奔走相告？然后还可以顺便在酒吧露天部分休憩，舒适地随地方便。

没办法，只好把玉米杆子全部踩倒，塞进空地旁边的沟里，甲次玛（我家客栈服务员之一）跟我一起把杆子们夯紧，她说，这样牛还能吃到，就放牛过来吧。

白忙乎了。

收酒瓶子的人来了，拉措（服务员之二）要把酒瓶子全部清理掉，瞅见青稞红酒的瓶子的我，又两眼放光，宝贝似的全部捡出来，跟永珍（服务员之三）一起洗去商标，琥珀色的瓶子在蓝得刺眼的天空下绽放出柔和的光泽，我大喜过望，率领一众人等，在湖边采集了大批野草芦苇之类，大家高高兴兴地开始"插草"，完了摆放在木头桌子上，大功告成。

最后，我捡了个干枯的向日葵，别在"天空之城"的牌子上，又用可乐瓶子装了一罐土，插上踢坏的一个鸡毛毽子，摆在栏杆上，"今有房"牌子的上方，拍拍手上的灰土，我洋洋得意得差点没大吼一声：太牛逼啦！

高原阳光实在猛于虎，我就把头巾蒙在脸上遮太阳，鱼贯而入旁边小吃店的摩梭年轻人见我这样，嘲笑我是蒙面大盗。被村里管事的扎西大叔看到了，他笑眯眯地说，怕晒黑了没人要哇，来泸沽湖嘛，我们要！

嘿嘿，我的脸颊两边，已经出现两团猴子屁股的颜色了。

不知道久而久之，我会变成什么样子，我开始不是必须每天要洗澡了，

倒腾门前的空地，还不错吧，是我们烤太阳聊天的好地方。

门口的小酒吧里头就是我和朋友们烤土豆、煮茶吃火锅、弹琴唱歌的地儿。

吃苹果在衣服上擦擦就开咬了……

真是顺,本来以为明天一定要去永宁买干炭了,结果中午时分,一个小拖拉机突突突地开过我家门口,吆喝着卖干炭。虽然贵了1毛钱一斤,但是看着这些烧炭的师傅个个黑脸黑脖子黑手,像是非洲人了,我就大无畏地买下了几百斤。

不用等到明天,温暖就有保障了。

【回顾】

明天总会更好。

这是屌丝的信念,也是最主流的声音。我也曾这么以为。

当我像一个不属于任何体系的边缘生物体,在旅居中生存时,才恍然大悟,我的存在已经不需要被证明,明天只不过是将要发生的一个当下,并且必然成为一个回忆。天空你已经飞过,却了无痕迹;这里你来过,但只是旧相片中的传说。并不是每个人都会选择我这样的生活,但是,人人都需要真正的活着。

麻糖风云

Monday, November 7, 2005 1:27:58 PM

下午时分，在阳伞下弹琴唱歌，不亦乐乎。

弄来两本流行歌曲集子，虽然我99％的歌都不会唱，但是跟着谱子挨个弹过去，为我家服务员伴奏，她们现场卡拉ok。

唱着唱着，终于唱到了《2002年的第一场雪》，对于这种红遍神州大地的口水歌，我还是会吼上几句高潮部分，于是乎，大家使劲地高歌——比以往时候来得更早一些……

神奇的事情发生了，两个新疆人推着麻糖车过来了，就是经常可以看到的新疆人用核桃花生以及葡萄干等等制作的一种点心，很大一整块的那种。

我差点没从椅子上摔下去，老天爷，这可是泸沽湖啊，菜市场都没有的泸沽湖啊！狂汗之余，决定顺势而为，上前打听价格，比划一小块，新疆人说，2块钱一两，刀切下来多少，必须全部买，我问他我比划的大概多少，他死活说不知道，要称量才知道，我豪气冲天，热血涌头，一个字，买！

结果……

我就比划了那么一小块，一共48块钱，我狂汗，不得不掏钱，进行了一次我来湖以后巨额的一笔零食消费。

剩下的时间，跟服务员一起狠狠地嚼着麻糖，服务员们一起说：剁了你了！

云南的泸沽湖的新疆麻糖。

这可恶的麻糖，还有可恶的刀郎。

【回顾】

麻糖就是切糕。

很多年后，神州大地又爆发出事关切糕的全民吐槽，把我逗得不行。

先是各种笑话，后来又有各种真相，卖切糕的和买切糕的都很苦逼。

其实这只是个生存悖论，遍地开花的四川小吃、沙县小吃和兰州拉面、过桥米线，都有同样的中国式小买卖逻辑。有一回我跟三个外国朋友在理塘的一家四川小吃吃担担面，问多少钱一碗，老板娘伸出四根手指头，用四川话说，4元。

吃完结账，老板娘说40元。

我诧异，不是4元一碗吗？老板娘说，这里海拔恁个高，4元就想吃到面条哦？！她坚称一开始她报的价是10元。

四川话的"4"和"10"的发音，的确也差不多。

可她的确比划了四根手指头啊？

这叫我如何向老外解释？英文的4和10发音可是天壤之别……摆明了就是忽悠我们。

僵持之际，老板娘一叉腰就开骂了，指着老外的鼻子说：锤子哟，莫以为你们是外国人就想在我们中国吃霸王餐！

我夹在中间，两头解释不清，恨不得找个地缝儿钻进去，趁他们推搡之际，自己偷偷把钱塞给老板娘了事。

后来在法国，花了50欧一晚的价格预定了华人旅馆。到了才知道，不过是他们自己租用的公寓套间，随便在booking之类的旅馆预订网站上，50欧已经足够能订到条件好得多的正规酒店房间。也罢，都是同胞，我将就呗。可恶的是，因为行程变更，一早临时退房，他硬要多收我半天的住宿费，还不退押金。一怒之下，我扬言要把房门钥匙扔进马桶，因为房间这种钥匙配起来非常昂贵，据说要100欧。

这家伙没想到我这么彪悍，便妥协退了押金，多收的半天房费我考虑要赶火车也就算了，不想跟他吵了。他却还骂骂咧咧说，"中国人素质真低"。

……

坚定的自由主义者

Saturday, November 12, 2005 8:59:03 AM

午后的阳光很强,我坐在自家酒吧小院里面,看书。

把吉他音箱抬出来,露天放音乐,夹杂着树上的鸟儿啾啾,间或一个小虫落在电脑的触摸板上,我便停下来,看着它缓缓地爬过。

山上的彝族人经常会背很多东西下山来湖边卖,今天来了一些,把枯竹扎成一堆,做成扫帚,卖给当地人1块钱一把,卖给我3块钱一把。山上的彝族人很穷,我知道那边有一些彝族人会强迫自己的孩子出来乞讨,或者让孩子摘些烂苹果卖,孩子回家不交钱还要挨揍。彝族女人希望我能买两把,可是其实我一把也不需要……最后我给她5块钱她不肯找我钱,塞给我两把。

我把这扫帚倒插在木头栏杆上装饰。但是拉措跟我说,不行!下午就会被牛吃掉……怎么牛爱吃这么多东西!

村里有个汉族的哑婆婆,她的子女不准她出来捡瓶子,但是她偏要出来每家每户收瓶子,家里在村头有座大房子,有三个女儿,说到大女儿,老婆婆就比划着大拇指,说到小女儿,老婆婆把小指放在嘴边啐一口,再使劲晃一下。老婆婆下午从我家捡瓶子,临走到门口小吃店前面抽了一根人家捆成捆的甘蔗就跑,人家对她无可奈何。

问永珍是不是现在摩梭家族还恪守着尊重老人的传统,永珍说,还是有些家庭不和睦的,她家在永宁地区。拉措则说,在她们那边的村子里面,就没有对老人不尊重的问题,她家离湖更遥远一些,都是大家族。

看自由主义,似乎完全适合这些发展中的旅游区。

但是面向尘世、不求永恒、纯粹追求外在的和唯物主义的观点,很容易被指责。人们认为,人的生活并不完全是为了吃喝,还有比吃、喝、住、穿更高级、更重要的需求。如果人的内心世界、人的灵魂空虚而得不到满足,那么即使他拥有人类所有财富也不会成为幸福的拥有者。他们认为,自由主义最严重的错误就是不懂得、也没有为人们更深层次的、更宝贵的追求提供任何东西。

然而,对于灵魂的追求却总是容易沦为另一种非常不完整、非常物质主义的想象。

某些人变得富有或贫穷，但它永远不能使人感到幸福，永远不能满足他们最内在、最深层次的追求和渴望。在这一方面，一切来自外部的辅助手段看起来都失去了其功效。政治手段仅能消除痛苦和不幸的外在原因；它可以许诺以及促使人们建立一个人人有饭吃、人人有衣穿、人人有房住的社会制度。但是，人的幸福和满足并不取决于食品、衣物和住房，而主要取决于人们内心的追求与渴望。自由主义坚信，任何外在的调节都不可能触及人们的最高或最深层次的追求。自由主义仅仅是试图为人们创造一个外在的富裕条件，因为它知道，人们内在的、心灵的富足感不可能来自外部世界，而仅仅只能来自于他们自己的内心。自由主义除了为人们的内心生活发展创造一个外部的前提条件之外，别无它求。

对于这样的理论，我试图解释给拉措跟永珍，但是房东阿妈家的牛回来了，永珍赶紧跑过去赶牛入栏，我回头问织毛线的拉措，拉措说：她不知道家里那边是什么教，但是是信的，永珍胃不舒服，还念叨着家里要不要请喇嘛念经驱邪。其实，对于宗教的这种日常信任与精神依靠，大概就是物质以外的需要之一。

李敖在北大的演讲中强调，他是一个坚定的自由主义者。

我糊里糊涂的了，想着晚上永珍炖了猪脚汤，也就不再追究了，何况两个法国人去永宁了怎么还没有回来，不晓得他们是否知道自己家乡的小朋友们正在打街霸跟魂斗罗，他们只是准备好在中国的旅行结束后赶往遥远的西伯利亚。

那他们大概也不在乎西伯利亚的禽流感了。

【回顾】

最初开始旅行，我还很关心各种主义的意义。

小孩子总是喜欢名词解释一样的东西，各种"主义"们都很有来头，又有渊源又有大师，听起来既神气又令人心生仰慕。

后来，我就渐渐把意义抛诸脑后。

不是刻意的，毕竟人是追求意义的动物。

可当我紧贴大地匍匐行走时，渐渐触碰到了自己的生存感觉，还有别人的，各种各样的，有着五花八门的渊源，人人都是自己的大师。

后来的后来，我就只看，不说了。

大件事

Sunday, November 13, 2005 11:02:54 AM

除了早上送一对活泼可爱的法国夫妇（老头子60岁，老太太52岁）的时候，有一点点伤感，老头老太依次拥抱俺告别。

然后我回房大扫除，想，待会洗澡，今天该没啥大件事了吧。

岂料还没等到我去洗澡，大件事接二连三开始上演。

第一是来了个电视摄制组的领导，到我家看房，说是12月要包下来俺的客栈，牛皮烘烘，拍电视了不起啊，被俺不冷不热地打发了。

第二件大件事就是全村开始停电，以至于我现在不得不用最快的速度简单的记录。

第三件大件事就是来了个84岁的老干部，包了一辆车，说要住4星级，他两个儿子随侍左右。看我们的房间，本来住下了，又说，啊，没有保安？安全问题怎么保障？又问，啊？大厨呢？有野味吗？

妈的，这里又不是总统府，我看这阵势，就懒得招呼了，自己上楼了，老头子指着地图上的泸沽湖大酒店……司机无奈地笑了。是的，那里可是有很多性工作者，老头子难道不知道花钱可以上地图，或者村干部的酒店上地图这回事吗？

84岁，不小了哇，真不懂事，还要保安，这么怕死，难道当年杀过日本鬼子？哼。

第四件大件事，下午刮大风，我便去坐船，把手划破了，但是听房东二儿子说，他昨天看见老外（就是下下文的那个美国女人）夫妇在我家旁边一家村委会开的酒吧吃晚饭，上网，当然都是免费的。

妈的，这个美国女人今天领着老公去永宁了，听说要住在我家永珍的老家里。那边吃住一定是免费的，不知道今天他们去永宁坐车能不能也蹭到，那我就佩服了，上帝啊，惩罚这些厚脸皮的美国人吧！

第五件大件事就是晚上来了一个团，说要加餐，导游要求加一个荤菜，而我们这里需要早上买的，现在都傍晚了，上哪里弄肉以外的荤？

服务员永珍嘟囔着说，这个导游厉害的，不能得罪的，当年跟我一起当服务员的，拿了老板的钱就跑了。

于是让我去借回锅肉，我出去了一圈，没弄到。

妈的，家里还有瘦肉，于是我亲自下厨给瘦肉裹了面粉，糖醋了一把，权当另一种荤菜。

第六件大件事，我炒菜之际来了个老外，说是国家地理（美国？）组了团她来看看房之类，没顾得上细说，飞快的领她看房，然后她问我要了名片。

第七件大件事，正当我率领众人即将出发购买蜡烛之际，来电了。

说到这里。下回分解。

【回顾】

住在泸沽湖，从村头走到村尾，也不过十来分钟。

很多朋友很关心我会不会无聊得要死了。

其实贴着土地的日常生活，比高楼大厦构筑的日常生活，要生动新鲜得多，所谓电影的梦工厂，不过在复原真实生活的一部分，我竟然幸运地搬着我的小板凳，坐在地图上的许多点，看着世界热气腾腾地美得冒泡。

想起在湖边，有天夜里，遥望对岸有星星点点的火光。服务员告诉我，对岸的新庙修建历时三年终于落成，全村人都在唱歌跳舞喝酒吃肉，当天晚上有盛大的篝火晚会。漆黑的晚上，那些火光跟天上的星星连成一片闪烁，犹如迷人的渔火，我在自家楼上心情恬静地望了许久，自己跟自己干劈了一晚的理想情操。

翌日一早在湖边散步，村里人急吼吼问我知不知道，说头天晚上对岸的篝火庆祝大会太热闹了，以至于新建成的大殿不慎被烧着了，好大的火呢！

我愣神了半晌，想着自己晚上对着点点光芒的那些思绪……

简直就矫情到太平洋了！

生活永远高于艺术，而且那么有趣，你只能低头潜行，低头潜行。

嘴馋了

Monday, November 14, 2005 1:57:45 PM

今天一大早忽然飘过来大朵云彩，先是下下雨，然后下冰雹了。下午才停，正当我欲听从服务员的劝告，回房间梦周公之际，忽然琢磨着我这整天得吃点什么，可是，我吃点什么呢？然后开始猛烈怀念城市的各种零食。

这个念头促使我决定出去溜一圈，看看湖边小商店有啥可吃的。

尽管我已经逛过一万遍湖边的各种小商店，但是我贼心不死，尤其在这个嘴馋的下午。

刚到码头，就被一个名叫泰山的摩梭小伙子叫住去烤火，然后便坐下看他变魔术，两个法国人正在跟店主比划午餐，我一去，顺便帮他们点菜，然后他们自然而然要去住我家了。

继续寻找吃食，最小型号的一袋恰恰瓜子也要3块钱，没别的什么好吃的。只好忧郁地回到小酒吧生火。

那两个法国人旋即带来另两个人，本来以为他们是一路的，岂料法国人说这两个人是他们捡回来的，因为他们要咨询一些路程。然后就撂下那两人在小酒吧，回房间了。我的天，自从我做了些英文招牌，他们全部自动过来训练我的英文外交。只好跟这两个人继续说，一问吓一跳，他俩居然是保加利亚人……两个家伙欲从永宁徒步到宝山，一个石头小村，想雇佣马帮和向导。有没有搞错，大冬天的还玩徒步，给再多钱人家也不愿冬天出租马匹的，它们要休养生息呢。

打发了此二人，我的馋虫挠心，便又准备出门瞎转，我要吃很多东西！

呜呜呜，呜呜呜。

还没出门又来一老外，这回我连他是哪国人也不问了，直接问啥事，老外腼腆地问能否帮忙定车去丽江。噢，我这里已经成了外国人免费服务中心，那些英文招牌看来效果巨大。

教永珍写"一"到"五"，她逃走了。跟导游结账，导游说，吃得好一点，新加坡的客人表面上客客气气，一回去就投诉。

我还想吃呢！

坐回到火塘边，跟服务员互相说一些吃食，她们讲解过年的礼节，我描

我是个吃货。但是在泸沽湖住的时候，除了简单饭菜，真的没有什么零食可以吃，我就跑到几十里外的小镇上买那种最古老机器制作的爆米花，他们都是用这种猪饲料的蛇皮口袋装给我，一次就得买上四五袋，解解馋。

绘各种点心的味道，结果馋虫肆虐，最后我请客，带领一帮人杀向烧烤城，用一些烤韭菜轰炸了自己的胃，了结这要命的一天。

对了，冰雹早停了，而且立刻太阳微微笑了，今晚的月亮更是曼妙得很，整个湖面都银光熠熠。

一个老朋友电话说，你什么时候休闲？

答曰：我从早休闲到晚啊。

晚上又有朋友问曰：你忙不忙啊？

答曰：我从早不忙到晚啊。

真是没办法，为啥没人问我，你要喝××酸奶吗？要吃好利来的蓝莓蛋糕吗？要不，来碗城隍庙的核桃露也行。

我要！统统都要！

【回顾】

自己最喜欢的一个绰号叫做"土肥圆闲二"。

是好朋友老猪大哥起的,他评点我的模样:土得掉渣,肥不溜秋,圆咕隆咚,闲得蛋疼,二逼兮兮。

的确,在北京,像我这么喜欢思考的家伙,很容易失眠。

自从我开始旅行生涯,吃嘛嘛香,一觉到天亮,清新的空气和干净的水,地里新鲜的蔬菜,高原粗糙的红米饭,还有那些炖的汤香飘十里的土鸡,啊啊啊,口水要流出来了。

虽然胖了,可我那么充满活力,健健康康,从没有臃肿的感觉,流个清鼻涕就算大病了一场。有时候登高望远,看着广袤连绵的大山,郁郁苍苍的树林,层层叠叠的田野,心中洋溢的安全感简直要爆棚。

前不久,一个北京的朋友为了锻炼身体,从12月到来年2月,坚持跑步三个月,结果咳嗽不止去医院一检查,医生说,怎么回事?你的肺怎么这么脏,坏掉了。

用自己的肺过滤北京的尘埃雾霾,哪能斗得过呢?这么看来,流传甚广的、那个坚持在国贸一带跑步八个月,结果回美国后发现得了肺癌死掉的老外的故事,可信度颇高了。

我是那么热爱的这片大好河山呀,现在想想,竟有遍地疮痍的不忍。

为了生存,为了更好的生存,开凿地下深井排污、往下一代的口粮中添加毒素、家家餐馆混合动力油伺候、满大街的口罩党、套着农药口袋长大的苹果……

万物皆有度。向自然索取超过我们真正需要太多的东西,自然不答应。

不答应咋办,只能霸王硬上弓,干了再说。

貌似都得了些好处,物质极大丰富,但这些丰富,难道不是小时候奶奶故事里头的绣花枕头?总有一天,有的人可以逃走,多数人留下买单。

鸦片

Saturday, November 19, 2005 12:41:34 PM

里格很多人抽鸦片……

汗，今天才听说了这个消息，包括公安局如何稽查的情形，包括当地的朋友告诉我，在里格可以买到鸦片，清凉油盒大小的一坨，50块钱。我万分庆幸我在落水开客栈，而不是里格。

原来这边毕竟离毒品还是很近了……听一位焦灼的担心弟弟染上鸦片的哥哥谈论情况，真闹心……

村长

Sunday, November 20, 2005 3:16:34 PM

今天终于见到村长啦！

村长夸我家客栈位置好风景好房间好，开了三间房给他朋友住！

不过，村长，

没有提钱的事情……

【回顾】

　　千万别被《玉观音》中警花与毒贩的爱情弄得五迷三道，毒品真是个很可怕的东西。在丽江认识一对老年夫妇，说起家事儿就老泪纵横，他家一对原本貌美如花的双胞胎姐妹，都成了瘾君子，老人们已经倾家荡产全力以赴，这对姐妹却屡次戒毒，屡次复吸，几个家庭因此而破碎不堪。

　　云南的一些边境地区的确毒猛于虎。云南有四千公里国境线，接壤缅东、缅东北的陆路通道就有上千条，而萨尔温江以东整个缅甸掸邦高原是传统的毒品生产制造基地，有资料表明，那里出品着地球上70％以上的鸦片、海洛因。而云南地区在近现代本身就是赫赫有名的毒品产区，鸦片"名牌"——"云土"就是云南所产，叫人无语的是，那时有些云土品牌，竟在包装上印着林则徐的头像，以防假冒。

　　时过境迁，我这么坚决反对烟草的人（个人认为香烟是现代人的合法"毒品"），总是在私下无来由地琢磨，云烟的辉煌，也许得算上云南这地儿有点种植烟草方面的"天赋异禀"。

　　至于不付房费的村长，我的确想管他要钱来着，被我们服务员拉住了，她们咯咯地闷笑，说：你傻呀！

　　我傻呀？

　　相比有形的鸦片海洛因，因为毒品贻害身体而荒废精神，跟权力寻租天经地义这样的认知，因为贻害精神而罢黜了多少代国人的身体机能！譬如我，最终还是没能挪动我的腿，走到村长跟前要房钱，只在心里悻悻地骂了个祖宗十八代。

　　怪谁呢？

乡村嘉年华

Monday, November 28, 2005 3:31:32 PM

永宁地区本年度最大的集市，维持一个星期左右，我也跑过去凑了个热闹。

在我家服务员描述的多得不得了的人的集市上……其实一定没有肯德基的用餐时间的人口密度，但是对于一个偏僻的小乡镇来说，这样多的人也许已经是一年里面最热闹的日子了，每个人都在说着赶会的事情，我看见杂货铺把东西都摆在了门前，大黑猪则率领活蹦乱跳的小猪崽在马路边觅食，最后，我买了很多客栈的必需品，比如清油，还有煮普洱茶的杯子。

最最最有趣的，莫过于观看沙包游戏，简陋的木头架子上，摆放着小花瓶以及丑丑的毛绒小狗小娃娃之类小玩具，还有矿泉水饮料等等，一个沙包一块钱，打下来什么就送什么，这可不就是乡村版本的嘉年华么……

很多人参与了这个游戏，当然也有拎着酒瓶的坏蛋打沙包并不付钱，一位组织投橡胶圈圈套香烟游戏的家伙大声地呵斥我：

拍什么拍！

去永宁自然要去扎美寺点盏灯，下午的时候恰逢喇嘛做法事，住持与大部分喇嘛都在主殿中念经，几位信徒来寺里供奉酥油与钱，小部分喇嘛则在阳光地中做着酥油花，有位戴着老花镜的老喇嘛独自在地上坐着，阅读经文。因为二十八，也就是明天，还有一场喇嘛会，今年的大规模宗教法会也就结束了。

我好奇地跟一位小喇嘛聊天，最后那些供奉者纷纷在主殿前磕头，后来，庙里的管事开始分发钱物，也就是信徒的供养。我看到大概按照喇嘛的等级不同，每人分得5块钱到10块钱不等。其70多岁高龄并且高大的住持步出之时，我一直谄媚地对他微笑，但是住持根本不搭理我……

后来我去偏殿供灯，又遇见一位坐在二楼的窗前阳光中的老喇嘛，他盘坐在一块毡毯上念经，面前的矮桌上摆放着大堆的藏文经文稿，老人家一页一页地念，看见我，只是示意我顺时针绕佛像转一圈，口中的念念有词并未停止。

回家的时候，因为雇用了一辆走十米就要停下重新发动的小货车，导致我花费了一个多小时才回到落水。准备好了，明天去看喇嘛会，听说因为人太多，护法会拿着木棒打人，而且被打伤的人是不能说什么的，当然那是些乱挤的家伙。于是，我提前打探好了寺庙的花坛以及最前方不能站，明日观法会完毕，再向大家汇报。

跳槽

Wednesday, November 30, 2005 2:06:22 PM

服务员甲次玛实在是太懒了，经常回家去玩，常常有朋友来我家住，见识了她的懒惰，都管我叫"服务服务员"，说我对她们太好了。以前我都没有说她，因为每次她都有理由跟我先请假，但是这次，她没有跟我说一声，就回家了。

另外一个服务员拉措也心事重重。终于傍晚时分，她跟我说，她要走了。晚上跟永珍聊天，永珍这才跟我说，甲次玛她们都是想去攀枝花打工。

甲次玛走了，我一点也不惋惜，我跟永珍说，告诉甲次玛，不用回来了。拉措要走，我想留她，因为她是个摩梭好姑娘，之前甲次玛总是偷懒，对她来说是不公平的。

永珍则不想去，于是也劝拉措不要走，因为她们一起相处好几年了，永珍出去打过工，知道外面的世界很精彩，外面的世界也很狰狞，"外面压力大不是？空气不好不是？没有星星不是？"还是在家乡开心，永珍总结。

最后，拉措决定不走了，她说以前去过广西打工，只待了两天，就想家了，然后跑回来了。

所以，我家的服务员现在还剩下两个，她们自己说，客栈的活，她们两个人就全部搞定。

那么，我琢磨着，勤劳的姑娘，该给她们涨工钱，可是我家服务员的工钱已经是泸沽湖第一了。

或者，过年发红包？

【回顾】

大家赶紧环顾自己身边的同事友人，是不是云南籍的特别少？

相比传统的沃野千里的中原，盆地，江南，以及长江两岸，云南虽然拥有丰富的自然资源，却并非是特别适合农耕的地儿。但也恰恰因为山高路远与自然资源、民族文化的多样性，云南人靠山靠水依恋家乡，对于走出云南打工这事儿，并不热衷，不信诸位看看劳务输出大省，云南绝对排不上号。

在云南旅居的数年，我发现，云南人骨子里头还有一种在高原烤太阳的闲散，活在当下的幸福感往往比其他地方的人来得强烈，对于家乡根源的认同感，也非常突出。

如果刻意跟福建人比较，云南人的特点就更有趣。我在国外旅行遇见的福建人多如牛毛，并且也有相当彪悍的乡土情结，但倘若两个省份的人都有共同的生存困境，福建人是想方设法越洋谋生，宁可先与家人分开独自活；云南人则是宁可坚守老家，抱在一起死。福建人吃得苦中苦方为人上人；云南人是饿着肚皮也比受着委屈好。何况，两者对生存困境的标准大概也完全不在一个层面上，爱拼才会赢与喝茶烤太阳，总归是难以比较的。

情绪！我需要的是情绪！

Friday, December 2, 2005 3:54:08 PM

村里通知，今晚的篝火晚会推迟一个钟头，并且挪到码头举行。

起先并不以为意，后来听我家的客人一说才知道，原来有个摄制组在拍什么《西部女儿国》，十之八九就是上次来我家想包房的那个电视剧组。

最搞笑的莫过于……

除了使用村里每天跳舞的姑娘小伙做做摩梭背景，其他的跳舞人员大概都是什么民族舞蹈队的成员吧，蔫不拉几的，只见导演同志双手挥舞，大声冲着演员们嚷嚷——

情绪！我需要的是情绪！情绪再饱满一点！饱满一点！

客人绘声绘色地模仿着导演的肢体语言：

情绪！我需要的是情绪！

哈哈哈，笑死我们了，那些天上的星星幸亏住得远，不然早就笑得从自己的宝座上掉下来……

砸中那需要情绪的导演同志，他也一定会情绪饱满啦。

五个四川人 PK 四个广东人

Saturday, December 3, 2005 12:56:38 PM

今天傍晚,来了自驾车的五个四川人。

他们去我家客栈兜了一圈,然后诡秘地笑说要再出去转一转别家,再看看,不知道住不住。

我自然没放在心上,来看看房间的人很多,不一定都住的,何况服务员永珍那九十多岁的小奶奶(奶奶的妹妹)生病了,我忙着帮永珍找车回永宁家中探望。

后来永珍妈妈电话来说病情转好,让永珍别晚上回家了,否则还要独自走半小时山路,大家松了一口气,这时候,我发现先前来过的这些四川人又回来了,他们说,决定了,住在我家。

最后,让我大跌眼镜的是,这五个人,四男一女,说挤在一起不安逸,每人开间房……就是五个人五间房!

我狂汗,因为我家的客栈房间是标准间,而且相对泸沽湖其他客栈的标准间来说,我家标间的两个床都是加大的床,两个人睡一张床都未必挤……何况一个标间有两张这样的大床!

好安逸安逸安逸安逸安逸!

我忙不迭地回答着这些四川朋友,心中暗想,这些四川盆地人,果然安逸得紧……不由得回想起昨夜四位广东美女,四个人衣着入时,有钱人的样子哦,非要住我家,但是又跟我磨叽说她们四个女孩子不会用我家热水,她们只要一个标间就好……

我的脑袋真叫给磨出了血泡,后来一想,反正是出来玩的几个女孩子,你们实在喜欢我家,就住吧!咱也别什么不用热水,多那个什么……

然后她们欢天喜地上楼,唧唧喳喳地说,我给开的那间房怎么没有正对着湖……我家服务员听不下去了,用摩梭语骂了几句这些姑娘怎么回事,得了便宜还卖乖,去别家谁肯让她们这么住。最最最让人绝倒的是,她们住下了以后出去逛,大概一个多钟头以后我在码头上看日落,她们老远冲着我说:

北京美女,这里没什么好逛,我们要去永宁逛。今晚不住你家了,谢谢哦！可她们都已经进了房间，烧过热水，在床上小憩过了啊……

我坚信坚信坚信坚信坚信坚信！

太阳就是在听到这些话的一刹那投湖自尽的！

这些广东女孩子，永宁可是只有一条不超过500米的街，大城市还没逛够么……

【回顾】

这也没啥。

当我扛着自己的背包，在旅居中路过各种风景，想必也有当地的好事者，对我的种种不合情理翻着大白眼。

立场是一个奇妙的东西，同样是跋山涉水，不同的人们总是怀揣着不同的目的，看到什么样的世界，恐怕还得唯心主义。

过小年

Sunday, December 11, 2005 1:58:41 PM

明天就是摩梭族的小年,傍晚,阿妈过来叫我们一起吃小年饭。

我家客栈在码头,阿妈家在村头,穿过整条村子,到阿妈家一看,火塘上炖了一大锅汤,萝卜、摩梭香肠、猪膘肉、排骨、风干猪脚等等,哇塞。

等了一会,终于小年饭开始了,猪脚、香肠好吃好吃真好吃……

可是,我感冒了,眼泪鼻涕直流。

于是饭后,阿妈煮了一壶茶,放有生姜、红糖、花椒、桔子皮等等,让我喝。醍醐灌顶之后,我的嘴巴被花椒麻得直哆嗦,一分钟之内,鼻子不塞了,阿妈说,明天一定就好了。

阿妈的二儿子骑摩托车送我回客栈,一路狂飚,泸沽湖属于昼夜温差大的地区,白天太阳贼大,夜里狂冷!鼻子又塞住了。

到了客栈,永珍跟我说,她家过小年是明天早上5点起床敬神的,要去山上砍松树的,我们明天早上怎么办呢?

怎么办?

前天我去永宁买了上好的牦牛酥油,明天早上打一壶酥油茶,每个人煮个鸡蛋。就这么办了,虽说这个小年已经是普米族的正式的新年,但是摩梭族还要过春节,所以小年主要是猪跟牛过年。

这是阿妈说的。

那普米族跟猪跟牛一起过年,岂不是……

拉措捂着嘴笑,永珍狂笑着捶打我说从小到大就没这么联想过,嘿嘿。

三楼

Tuesday, December 13, 2005 12:38:14 PM

来了一些拖家带口的新加坡人,那些小孩子明显对我的小狗丑丑发生了浓厚的兴趣,但是得到父母允许之前,他们只是充满好奇地盯着丑丑,彼此兴奋地交谈……令我非常不习惯的是,这些看上去很像邻居家小孩的孩子们交谈都操着熟练的英语。

我当然说普通话,相信他们全部能够听懂,告诉他们楼梯在哪里。

我家客栈是典型的三层全木结构楼房,并且按照摩梭木楼的传统样式建造,楼梯藏在拐角。

这时候,一位拿到三楼钥匙的中年妇女问了个大跌我眼镜的问题:

有电梯吗?

各地人品大全

Saturday, December 17, 2005 1:21:28 PM

朋友说，将来我可以写一本书，名为《中国各地人品大全》。

今天我做了很多招贴，比如请按时退钥匙、请不要拿客房毛巾当抹布、用床单擦鞋、请温柔地使用电热水壶等等。

不是我舍不得一次用品，大家出门在外，通常都带了自己的洗漱用品，请减少使用客栈提供的一次性用品，因为泸沽湖并没有垃圾处理，这些东西只能被拉机车运走掩埋……

这些都不算，我本来还写了一个，后来没有贴上去：

请您不要过于喜爱我们的电视遥控器、还有遥控器中的那对7号电池，以至于把它们带回您遥远的家。

【回顾】

一方水土养一方人。

这话真是没错呀。

作为湖南籍的女青年，我在泸沽湖畔观摩世界各地的人们此起彼伏地演出时，他们大概也看到了我这么个吃得苦、耐得烦、霸得蛮的湘女，还倍儿多情地记录着这一切。

王小波说，人生太孤单，我们要找个有趣的人一起过。

所以，成为有趣的人，看遍有趣的生活，也是孤单人生里头最紧要的事儿了。

干得好事

Friday, December 16, 2005 3:06:53 PM

吃完晚饭跟我家服务员还有房东的二儿子一起看了会儿电视。

恰逢中央12台的道德观察节目,讲的是一位八十七岁的老人家,住在小女儿家高楼前的一个低矮窄小的棚子里面,天天一个小板凳坐在门口,翻捡垃圾找吃的事件,并且这个女儿还真是亲生的,竟然交待左邻右舍别告诉老父亲自己的门牌号,而老人家实际上有两子三女。

永珍说,太可怜了太可怜了,我们摩梭人不会做这样的事情。

拉措说,这个女人要遭报应的,真的,对老人不好,将来小孩也要对她不好的。见我没有立刻赞同,拉措加重语气补充了一句,真的,将来她也要捡垃圾吃的,这是会轮回的。

对于重家庭轻夫妻的传统摩梭家族来说,因为母系家族这边不分家,孩子都是家族共同抚养长大,家中的老人们彼此都是有直系血缘的兄弟姐妹,互相扶持,家族的孩子们也有绝对的义务侍奉、尊敬老人,确实不太可能发生遗弃老人的事件。

末了,房东的二儿子总结说:

这就是你们城里人干得好事。

【回顾】

不管我旅居在何处,如何努力地成为一个"本地人",似乎都成为当地朋友眼中的外来代表,他们喜欢把世界划分成两块,一块是他们怎样怎样,一块就是"你们"怎样怎样,这个"你们"的代表,就是俺。

问题得由我来解答,尽管多数情况我并不能给出什么解释。我在村里居住时特别讨厌道德观察一类的节目,每次俺都无辜躺着中枪。道德本身在不同的时代、地域都有不同的规范,对于人类争取更好的生活,真的具备强大的规范作用吗?而那些个体趋利避害的行为模式,跟道德更是纠缠不清了。

在旅居生涯中,我见识过各种丧葬仪式,相比汉族已经普遍接受的火葬，传统民族文化光环、道德观念笼罩下的葬礼，跟现代伦理中对人本身的尊重，往往就有冲突。

摩梭族的传统葬礼中，有一道程序是将死者包裹成在母体中的形状，暂时埋在地下。摩梭族的传统建筑祖母房中都有一道小门，小门通向外院的过道中，就是死者暂时被埋葬的场所，必须等待喇嘛算好日子后才能将死者掘出正式出殡，正式的出殡实际上是火葬。这种礼仪在传统道德中恰恰是对死者的尊重，是摩梭达巴引领亡灵回归祖先迁徙路线、回归故土不可或缺的环节，而放在现在看，却是颇不符合卫生习惯以及现代人的观感。

在藏区，我观瞻过各种各样的天葬台。尽管各种主流文化对藏族天葬给予了最大程度的诠释，宗教背景下人与自然的高度和谐统一，以及圣洁、神秘等等，我仍旧心存疑问。我当然没有资格、也没有必要去质疑天葬本身蕴含的藏族传统文化和道德伦理，毕竟这种奇特的丧葬风俗表达着藏族对肉身与灵魂的取舍和对来世、解脱等等观念的实践。

所以，道德伦理更多的时候更像是一种文化相对论，在旅居生活里，每个行者都需要尝试理解，小心翼翼地穿行其中。

回想村里跟大家一起看电视的日子，又暗暗庆幸当时村民们看不到北京台，不然婆媳不和、兄弟反目、财产分割不均打破头的各种"城里人干的好事"，我这个活靶子跳进黄河也洗不清了。

好笑的是，对于"城里人"来说，我又成了当地的代表，结果两头交集，又两边不靠，归属感荡然无存，说好听点儿那是沟通桥梁啊，说实话呢，那就是二逼青年勇往直前，要是自己也找不着北，就完蛋了。

沦陷

Wednesday, December 28, 2005 4:08:39 PM

记得我再次把辞呈递交给《新京报》的总编的时候，他问我有什么想说的。

我摇了摇头。

他叹了口气，边签字边说，不想再说什么了吧。

我点了点头。

数月之后的今日，听闻新京报高层大变动，从总编到副总编南方系主力遭集体免职，光明日报系进驻。又有朋友报告说总编下午就已经前往新浪就职。接着又传来消息报社中层乃至普通员工集体抵制这一决定，结果暂缓公布任免，结局不得而知。

我偏安西南，想着千里之外的角斗，心有戚戚焉。

对于新闻的理想本身，我是怀疑的，因此入职之初就说明工作原则，我没有职业理想。

对于他人的热忱本身，我是相信的，所以如今之时惦念朋友们的处境与去向。

从负责报道一切，到负责报道一些，都只是沧海一粟，尽管我们都没有谁计划若干年以后再续写一本《往事并不如烟》，现实中坍塌一点总归叫人难以接受。

我只知道，那些复杂的我所不能明白的社会齿轮，从来就没有在历史中掉过链子。烟熏火燎的同时，每个时代都有胸怀大志的孩子们拿着自己的皮肤希望能擦净齿轮上的黑色痕迹，却总是伤了自己。

这是一个泥潭。

【回顾】

南方系在媒体圈是一个响当当的山头。

时隔多年，我没有再试图了解过当年新京报大换血的来龙去脉，即便当下的南方系或者新京报又有很多关于新闻自由的大件事发生，譬如2013的新年献词，我有一点惊诧的是，心底不再有波澜。

个人没有职业理想是一方面，更主要的恐怕是，在我渐行渐远的旅途中，对精英社会模式的反感，对知识分子在当下语境中主动选择的方向、那些有着高山仰止的旗帜飘扬的方向的疑惑。

甚至窃以为，假如所有编织在唇齿之间的信念，不再停留在唇齿之间；所有坐在电脑前的脚，先学会了用脚投票，走出去，去任何遥远荒芜的疆土，丈量现实大海的深度广度，手绘出的世界，就不再是海市蜃楼。

卖炭女和市长大人

Friday, December 23, 2005 1:48:01 PM

今天一早去永宁买干炭。

到了集市忽然发现满大街的背着干炭卖的彝族妇女全都消失了。

正东张西望寻找之时，一彝族女人走到我身旁，压低声音说：要干炭么？

那阵势，绝不亚于地下党接头。

我瞪大眼睛问她，干炭在哪儿啊？

她说，你要多少，跟我来！

于是我跟着她曲里八拐地到了一个小院，看见很多装满干炭的背篓整齐地堆在一起……

原来说是镇政府封山了，不让彝族人再在山上烧炭，也不许卖，被逮住了一律没收，罚款则免了，因为山上的彝族人穷得要命，根本没钱可罚。

买了四大篓，大概两百斤，也没地方称，只好估算重量。

回到落水村，见到一个熟识的导游，她也压低声音说，唉，麻烦了，今天带团带了个市长。

市长？

我来了精神，哪里的？

山东济南市的市长！

为啥麻烦，消费力强大嘛，对你们有好处才对啊。

就是麻烦，市长要住总统套房……

啊！

阿乌扎巴住我家

Saturday, December 24, 2005 12:41:02 PM

阿乌扎巴今晚率一众喇嘛入驻我家，为患肾病的巴金哥哥祈福。

明天一早天不亮就要开始做法事，今晚他们都在经堂忙进忙出的，不知道在做什么东西。我也不好意思随便问问题，每个人都神神秘秘的。

平安夜的泸沽湖看不出任何圣诞节的痕迹，倒是我为了新年的即将到来而挂了两个大灯笼，并且请了很多喇嘛念过经的五色哈达挂在客栈。

回想起前天我本来想买那些精美的唐卡挂在客栈，岂料店主听说我不是把唐卡挂在经堂而是挂在客栈，连连摇头不卖给我了。

另外我买了很多漂亮的铜酥油茶壶，看中了一些雕花的铜碗，可是卖碗的老阿妈听说我用这碗喝酥油茶，也急忙劝我别买，她说这些碗是给菩萨敬水的碗……怎么能让我去喝酥油茶？

以至于下午我坐在三楼，看着蓝蓝的天上白云一缕一缕飘走的时候一直在想：这山里面，到底有没有住着神仙呢？

阿乌扎巴是个很风趣的喇嘛，住在泸沽湖心的里务比岛上，我很喜欢跟他聊天，听他讲翻山越岭从西藏去尼泊尔的故事。

春节流水账

Friday, February 3, 2006 3:54:52 PM

大年三十

偕同几位朋友，在祖母屋中一起吃烤鸭，土鸡，等等等等……撑得半死，就着阿妈送来的新开坛的苏尼玛酒，一边大吃大喝一边观摩电影《金刚》。酒足饭饱，一行人等欲前往湖边放烟火，被罚款5000的传言喝退，困，回去蒙头大睡，零点之际，忽闻爆竹声大响，窗外烟花袅袅，气愤中睡去。

大年初一

一早被服务员挖起来。大家一起扛着顺长的挂着经幡的竹枝朝山神庙前进，看着近，实际远，吭哧吭哧终于爬上去，好家伙，满山都是村民，大家都去挂经幡，放爆竹，然后挑选一块草地全家野餐，随后村里所有十三岁的孩子（一早刚举行成丁礼完毕）都集合，开始表演节目，今年13岁的男孩们尤其漂亮，我们开玩笑说不是属于日系就是韩系的小帅哥，大部分都唱了民歌，但是其中一个居然唱了周杰伦的《七里香》……然后村里的男女老少自动表演节目，一群小伙子上去大合唱，极帅，一曲终了，一位老外激动地递上100块钱，要求再来一个，小伙子们毫不含糊，再来一个，钱也收下，嘻嘻。

大年初二

好像就狂吃喝来着，不记得了。

大年初三

人超多，忙死。

大年初四

人超多，忙死。传说活佛来村里，大家互相打探，无确切消息。晚上听说湖边有人扎帐篷，一帮朋友一起去看热闹，分别负责观察人物以及装备，结果发现是一堆中年叔叔阿姨之类，共有六顶帐篷之多，据说从洛阳自驾车而来，其中一位忙着用莲花炉煮粥的大叔无比自豪地介绍说他们去过哪里哪里，都是帐篷云云，最后总结："我们户外全这样！"

大家在夜色掩护下，均狂笑着撤退回家。

大年初五

一早跑出去看村里的赛马，太好玩了，女子组的冠军马直接冲进沟里，连带一票看热闹的家伙们掉进沟里，哈哈。男子组不能不提阿史，他可是四连冠，今年想再来一个冠军，可惜最后被干掉，男子组骑马比赛热闹又好笑，是小伙子展示自己的最好机会。乘着混乱，我偷了一块"投石打靶第二名"的奖状牌子举着笑眯眯让阿毛给我拍了一张，嘻嘻。然后开始摔跤比赛，当然是矮个子的摩梭小伙泰森当仁不让夺冠，奖金1000块呢，我琢磨着得让他请客。

大年初六

一早房东的大儿子激动万分地跑来说活佛就快到了，要坐船去岛上。快点准备点心果品！还从客栈房间拿了一把好靠椅给活佛送去。可惜左等右等也不见活佛，阿毛忍不住说活佛晃点咱们了，结果话音一落，就开始喷鼻血，吓得他赶紧胡乱拜一通神仙，直到椅子被送回来，也不见活佛老人家，我们只好轮流坐了一下活佛坐过的椅子，洋洋得意。

后来听说活佛住在摩梭园，直接从门口的湖边就上了船直奔岛上去了，难怪我们在码头没见着。很有些明星走秘道的意思，码头游人太多，一见活佛还不得天下大乱？

另外，今天客栈住的全是好吃鬼，我们做饭就忙到10点……睡觉啰！

大年初一全村人都要去后山祭拜、插上柏树枝，放鞭炮，集体野餐。

同时举办少男少女年满13岁的成年礼，孩子们都要盛装出席。

成人礼结束后，13岁的孩子要回自家祖母屋里，向灶神火神跪拜，老祖母则坐在火塘边，等孩子来讨红包。

摔跤比赛是摩梭男子们展示自己的好机会。

阿毛弟弟和我趁着赛马女子组有马匹冲到赛场沟里去了的混乱中，偷偷拆了村委会比赛的奖状，摆个pose留影先，可惜没找到第一名的奖状，只好将就第二名啦。

村里的美女们盛装大合影。

会说话的八哥

Wednesday, February 15, 2006 4:18:21 PM

这几天来丽江办事，住的客栈二楼，拐角挂了一个鸟笼，养了一只八哥。
这只黑色的八哥见人就开始嚷嚷，嘟嘟哝哝的不知道说啥。
有次恰好客栈主人在，八哥又在嘟嘟哝哝冲我嚷嚷，我就问：
它会说话吗？
店家主人回答，会啊。
那它说什么哪？我怎么听不懂？
哦，它讲的是纳西话，它问你，听得懂纳西话吗？
汗！

妈妈，我像卫生纸一样白

Sunday, March 26, 2006 2:55:21 PM

妈妈又在电话中痛心疾首：
你姨妈说你怎么现在变成又黑又红，跟乡里妹子（姨妈住在长沙）一个模样了……是不是晒得很黑了…变老了（潜台词是嫁不出去了）…怎么办啊……
噢，我的天。
忽然想起来这茬儿，我立刻自拍了一张照片。
妈妈我知道你每天都来看……快看，多了不起！高原的阳光被我打败了！放心吧，我像卫生纸一样白！

事实是，我的高原红外加小雀斑急速生长，哈哈。

【回顾】

一直以为自己是美少女战士，肤白貌美。

从来没有人指出这是我18岁以前对自己的理想认知，上山下海风餐露宿之后，这个认知早就该更新了，何况我还懒惰地多少年没用过洗面奶，且热情地晾晒自己。以至于终于有个叫亮白的朋友犹如皇帝新衣中的小孩子，在尼泊尔反复指出，"你怎么这么黑"；"你皮肤一点也不好"；"你脸上好多斑"；"人家皱纹都长在眼角，你的小细纹那么奇怪都长在眼睛下面"……

好伤心呀。经过艰难的自我接受，我才彻底认识到，在路上的生活，不可能练就一个肤白貌美的美少女，只剩下战士可以做呗。并且岁月和旅途，不可避免的要在我的身体和灵魂上留下均等的印记，得学着在心灵上与时光同步一下，美丽才会继续属于你。

个个都是武林高手

Saturday, April 1, 2006 9:06:04 AM

来了一帮大盖帽，挨家挨户办理新的卫生许可证和从业人员健康证。

说原来的过期了。

交了总共100块钱，永珍做为代表去验了个血，卫生许可证就领回来了。

其间，填表的中年妇女瞪着我说：这是谁验血，你挡住我我怎么看，我要检查她的外貌，皮肤！这是检查！

然后，我瞄了一眼检查表，那位中年妇女"目测"之后，永珍的健康表上，除了皮肤病肝啊肺啊脾啊肾啊什么的划了勾勾，让我目瞪口呆的是连"性病"乃至"艾滋病"一项都划了勾勾，那妇女果然天资一饼，目光如X光啊！

回家的时候，同村的小伙忿忿不平地说，昨晚停电，昨天一百多人的验血结果今天早上全部出来，他们点着蜡烛化验么？

看来，机关单位的吸星大法，是不分民族、地区的，个个都是武林高手……

泸沽湖虽小，也是江湖的一部分啊。

超大风筝

Tuesday, April 4, 2006 3:03:12 PM

跟从北京来看我的超级老友强记一起用盖柴禾的塑料布做了一个超大的风筝，尾巴有3米长哦！

就是最简单的造型的那种，叫娃娃鱼风筝的那款。

看我们做的大风筝一点也不轻盈，修太阳能的徐师傅嚷嚷着，说他玩风筝多少年呐，这风筝皮厚骨头架子太重，总之就是不地道，要是能飞上天，他的"徐"字就倒着写。

我们雄纠纠气昂昂地扛着大风筝去码头。

现在是春季，每天下午按时刮大风。

当然，可能风筝头太重，3米长的尾巴也不够平衡，大个子风筝拔地三尺晃悠了一下就以头抢地。

我们就用尾巴打个结捆住一块小石头，结果，呼拉拉就飞起来了，稳得很呢。

立马回头去找徐师傅，嘿嘿，没影儿啦。

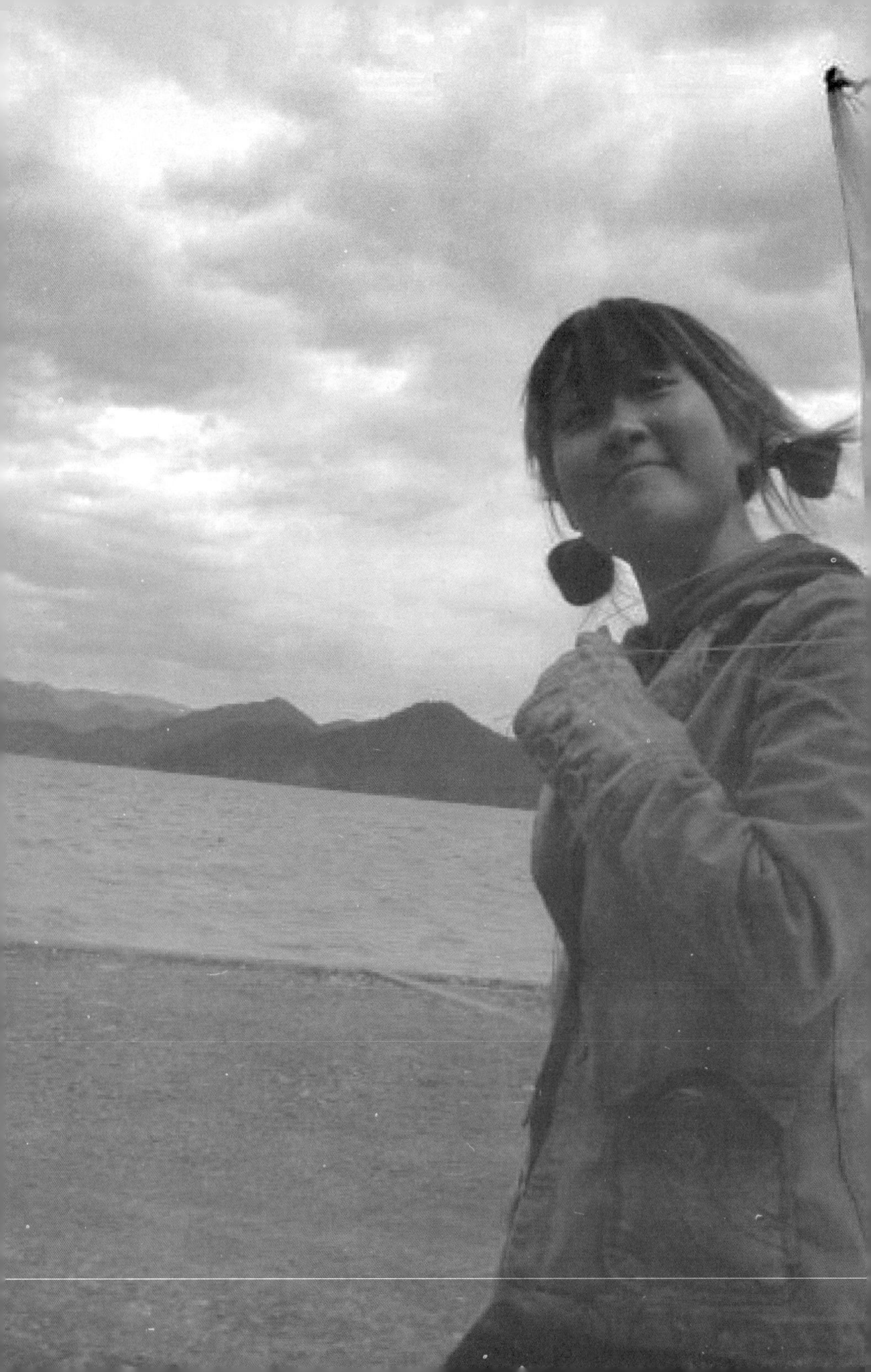

清明时节

Thursday, April 6, 2006 12:25:16 PM

昨天是清明节。

清明时节果然会雨纷纷，但是我没想到，路上行人欲断魂至少在泸沽湖没有发生。

昨天，强记帮我修理一些房间电路，需要用到电烙铁，于是我们出门去借。

发现，村子里为数不多的一些店铺纷纷关门大吉，一打听，方知道今日清明节，大家都出去了。

他们都出去祭奠祖先了吗？

噢，他们出去玩了。

我被这个回答吓了一跳，出去玩……

后来才知道，摩梭人的清明节，基本上是用来耍的，几乎全村的闲人倾巢而出，三五邀约前往幽谷、湖滩等处玩耍踏青野餐，就连全村的电工都自己给自己放假出去玩了，导致我们没能借到电烙铁。

最后，村头惟一还在卖菜的阿姨絮叨说，她的女儿全部出去玩了。"好耍得很，要不是卖菜，我都想去了。"

说得我是欲断魂啊。

一气之下，买了只土鸡回家宰了，大吃大喝一顿，以示庆祝。

欢快的清明节……

还真有点不习惯。

【回顾】

从小到大觉得要过烂了的几个汉族节日着实无聊，于是，我节约记忆内存地把它们记成了月饼节，粽子节之类，似乎就剩下吃了。

出门一看，世界之大，无奇不有，不仅各种节日在不同地区、国家都有着生动的版本，那些意义交错甚至相反的节日，更是不容错过。

蒙古的赛马节那是透着草原往昔荣光的盛大节日，因为争夺冠军的意义重大，以至于参加赛马的优势选手们都是一溜儿的小屁孩，娃娃们体重轻啊，马儿们驮着娃娃自然跑得比驮汉子们快。

青海甘肃一带的赛马节，则是长达一星期的草原狂欢，人们载歌载舞，搭起帐篷野炊，重点完全不在赛马，而是姑娘小伙们互相看对眼的巨型自由相亲会，据说还可以直接抢亲，就是相中哪个妹纸，直接去钻帐篷，只要妹纸不拒绝，那就成了一桩美事。当然，倘若妹纸有哥哥，你是跑不掉的，必须娶了妹纸回去。

四川阿坝一带的草原上，也有赛马节，重点虽然也不在赛马，却也不是相亲，而是家族财富的集中展示炫耀，可以看成是珠宝首饰展览，届时年轻人将披挂着家传的几乎全部行头上阵，是我梦寐以求的时刻，因为可以毫不费力就看到沿袭数百年的地方金工技艺和首饰设计之精髓，那叫一个华丽丽。

国外的节日就算是圣诞节这么普通的大众节日，也有完全不同的地方传统。就算在中国南方小镇的大集上，社戏和木偶戏现在也几乎绝迹，我却在意大利南部的一个小镇的圣诞节上，见到人山人海的木偶戏表演！而复活节这种普通的节日，在不同国家地区也并不是孩子们提着南瓜灯挨家挨户讨糖果这么简单⋯⋯

还等神马呐，快点收拾行李，去看看外面的世界怎么过节呀！

逍遥

Wednesday, April 19, 2006 9:48:28 AM

我回北京了，阿毛替我看店。

阿毛急电告知，村子里面计划大罢工……因为跟邻村三家村爆发生意争夺战，村委会召开紧急会议决定是否全村罢工一天，停止接待游客。

阿毛心急火燎，我回到北京，听说北京刚刚下了土，还没来得及调整状态去关心我的客栈，于是我在QQ上跟阿毛讨论着客栈的生意，另一方面，想着晚上吃点什么咧，这些天狂吃到上火……

老友邓瑜大哥给我发来一段对话——

南方都市报：听说你要关掉公司，离开北京，去丽江办宾馆。为什么想离开北京？

李亚伟：它不是一个宾馆。我们接待的是背包客，一些艺术家、作家在这里呆下来创作。在北京，我呆了十多年。有一天我突然发现：呆在这里干什么？我就自嘲说，李白在长安也呆了十年。十年够了。也许我这十年都在等着一个重要的电话，要委以重任，电话没来我就走了。(笑)我和张小波一说，他说你的这个问题问得对。

其实我是一个非常懒惰的人，被金钱套了这么多年，我突然醒过来了。一个人真正需要的是对生活的热爱。在北京，生活和自由是虚假的，整天都在饭局上打滚，每天都有很多扯淡的事要谈，这不是我要过的生活。很多人可能会由此干到死。这次去云南香格里拉，是和默默、赵野一起做一个叫做上游俱乐部的旅店和工作室，是作家、诗人、艺术家呆的地方，又好玩，又能养人，还有更多的时间写作和读书。

然后又推荐看年度小说家东西，说他有大才。

于是我顺手点击，最后忽然看到李师江说：

"逍遥，

其实是一种内心的修炼。"

抬头看见爸爸妈妈盘腿坐在海绵垫子上，二老面对面在阳台上玩麻将牌，你来我往，好不热闹。

我只能想，

这世界的人们，总有一些，不得不逍遥……

就好像有另外一些，不得不奔波一样……

I'm so young

Thursday, April 20, 2006 12:28:29 PM

阿毛弟弟在泸沽湖当代理老板。

我问：丑丑八戒如何呢？

答曰：两头狗都相当健康。

我问：八戒有没有变大一点？

答曰：肚皮是一如既往的大……

我汗……考虑到住在房顶的野猫可能已经生了……在我提出偷一只小猫的非分要求之后，阿毛义正辞拒绝说，你想开动物园吗？

于是我看阿毛的博客，这厮居然！

请看阿毛的英姿。(滑板！)

阿毛在泸沽湖开发了很多新型运动，他的博客叫做：

I'm so young.

真好……

此时若不盛开，更待何时绽放？

好家伙，阿毛在泸沽湖玩起滑板啦。

【回顾】

　　时常有人对我说，你这么生活谁不想啊？但是现实怎样怎样，怎样怎样，所以不得不怎样怎样，怎样怎样。

　　我注意到一些纪录片的细节：看过一个眉飞色舞地说他如何用计算机模拟计算，古代化石中的鱼类下颌咬合力的年轻帅哥，戴着朋克式的尖刺耳环；也见过一个骑着改装过的酷毙了的摩托车风驰电掣越过大街小巷去博物馆上班的家伙，摘下头盔却是个满头银发的老太太……

　　所以我以为，选择什么样的生活，跟生活当下的困苦或者富有、制度的优越或者愚蠢等等这种非常一般的度量衡无关。主要还是由自己的价值观决定。

　　小时候如果他人的价值观跟我不同，我就认定对方要么被洗脑了，要么是棵老帮菜，腐朽。

　　后来虽说假模假式接受不同的价值观，内心也以为自己的这套是最优的。

　　后来的后来，总算搞清楚了，自己这套，只不过对自己最优罢了。

　　但至少有一点没有改变，没有一趟意义非凡的旅途，一个市井小儿日日坐井观天，很难想明白，对自己最优的，究竟是神马。

我喜欢城市，所以在远离它的荒原上眺望

Saturday, May 6, 2006 4:01:34 AM

  每天早上都去隔壁的成都小饭馆吃米线。
  因为总有很多其他人也在那里吃早点，就免不了互相微笑攀谈。
  因为微笑攀谈这种事总是相忘于江湖，也就免不了胡诌，特别对于我在偏远村落这里居住这一事实，也就经常随口胡诌出各种各样的理由。今天早上，离开小饭馆的时候，阿毛忍不住笑着对我说，我们岂不是每天都要搞出很多版本的解释……
  的确，来自城市的人们十分好奇，这里的原住民无法理解，就连我自己，也常常迷糊了。
  扪心自问，我是多么喜欢城市。
  城市里面有门类齐全的超级市场，有好喝的各种口味的加了大果粒的酸奶，还有呼啸着竖着转圈的过山车，动物园里还有我喜欢的大猩猩和大熊猫。我可以上午在脖子上喷绘一个张牙舞爪的大鸟，佯装正点刺青，更可以下午就喜新厌旧地洗掉，并且再去花15块钱在手背上喷绘一只大熊猫，在做这些事情的同时，我还可以跑去大三元喝一碗双皮奶，或者在人流如织的新街口买到最新的D9，晚上在家可以飞速上网，还可以在环绕音响中看碟，最不济，也有超过100个电视频道可供来回切换。
  有一个名词叫做公路电影，我会想到这个问题，因为维姆·文德斯在他的公路电影中说："我喜欢城市，所以在远离它的荒原上眺望。"而再次记起这一句话，因为早上链到了杨波的博客，他一如既往文采飞扬的谈到了地下丝绒，我无比热爱的一个乐队以及其灵魂人物，娄·里德。
  尽管文末，杨波说：不会再有"地下丝绒"，因为对于青年，不会再出现那样的时刻：这个世界如此古怪，而我的内心又如此新鲜——因为在任何城市的周边，再也找不到一处荒原。
  我偷偷笑了。
  城市的周边，当然，从来就不存在荒原这样的概念，它只存在远离城市的地方，或者城市人群的心中——它从不间断、比任何指数增长都要快速地匍匐生长。

【回顾】

有一年，我在甘肃青海交界处的公路检查站借宿了几日，四周都是山头，满眼是一片荒原与云脚的虚无。

我漫无目的，旅居中的旅行生涯，我有大把时间，旅行方式比较土鳖，也不怎么耗费金钱，不怎么做功课，也不会制定行程，基本上也不爱去景点逛，那会儿就在检查站休息几天，琢磨着去哪儿溜溜呢？

忽然来了一辆大越野，停车检查，车上的人下来透透气，最后下来的是个大喇嘛。我立刻明白了，其余的那些人都是汉族的居士，难怪这些男女手上都握着不同规格品相的各式念珠。

据我穿行过无数大小寺庙的经历，藏区的寺庙、僧人，有相当大的比例都有来自内地、沿海的供养人，这些人有大款，也有普通人，随手捐数千万修庙宇的煤老板，以及潜心向佛的上班族，不同的身份、角色，都为了求一个"善"字背后的内心宁静。

以至于哪怕我走到再偏僻的乡野，寺庙中的潮流也跟收养孤儿、筹办学校等等相关，藏传佛教僧人的等级、地位乃至汉语的熟练与否、社交能力，一定程度上决定了他们的经济条件。历史上，政教合一时代的西藏寺庙鼎盛，是以普通藏民倾尽全力耗尽毕生的供养为前提。有个名叫丹增的喇嘛曾请我吃过一顿饭，虽是素食，结账时他眼也不眨的拍出一百多块付账，让我和朋友觉得汗颜，因为我们在路上多数时候不过是一箪食一瓢饮，何况丹增对我们的热情款待，来自于他对我们的殷切期望：作为汉族修行的朋友，是他们通往外界的桥梁、窗户，他说他想办一间小学校，集中他老家牧区的一些孩子念书，因为牧民更愿意把孩子送到寺庙学习，而不是学校，需要我们帮忙筹集善款。

现实情况比较复杂，这里不便过多详述我对此类人与事的看法，但那最后下车的大喇嘛显然是颇有地位的上师。他见我孤身一人，便问，小姑娘，你要去哪里？

我诚实地答：不知道，还没想好呢，随便去哪里。

上师竟然激动地大声招呼那些弟子们，说，你们看见没，这才是大自在啊。

那些身着冲锋衣的、明显来自大城市的善男信女们连连称是。

我只听见自己内心哈哈大笑。

从那以后，我开始觉得，站在远离城市的荒原上眺望——不过是一句诗意的句子罢了，生活，处处是城市，处处皆荒原。

而我，只身打马，穿越，再穿越……

弱水

Saturday, May 20, 2006 11:21:58 AM

我非常喜欢汉字。

小时候不认识那么多字，把"溺水"念成"弱水"。长大以后，发现"弱水"还真是存在的一个词汇，虽然极少用到，却一旦用到，属于汉语的重量级语言，因为弱水三千只取一瓢。

……

不知道为何下楼一趟，啃了半个西瓜乃至做了些杂事再回来，已经不记得为何要写弱水了……汗……大概与今天把浴缸刷干净了以及与游泳之内的东西相关……头大……

忽然有朋友说戛纳电影节不允许报道了，京沪穗三地关于这个电影节的消息消失。原因也就是老掉牙，据说其中一部很可能得奖的华语电影涉及到了64。

不知道为什么，我没有什么感觉。

有对好心的游客给我留下了最新一期的《通俗歌曲》摇滚版。我仔细看了看，也没有什么感觉，倒是其中一个关于吉他袋子和旅行包包二合一的产品广告引起了我最大的兴趣。

很久没看过这本杂志。但是我可以清晰的记起很小的时候，在一间漏水潮湿到天花板长了蘑菇的房子中，一边用一部老掉牙的双卡录音机播放patti-smith的打口带《马》，一边为通曲写了我的第一篇音乐随笔。我当然不可能事先预料，我会结识这个圈子里面的人，甚至为这本早年中国最重要的摇滚乐杂志设计过改版。如今我看到它，完全没有老大徒伤悲的情绪，更没有任何不满，它完全按照早先掌门人规划的道路前进，我只是略略嫌弃，这么多年它前进的速度也忒慢了。

我还是有点惦记，一开始我究竟打算写写什么呢？弱水忽然成了我的谜语，顿时让我觉得时空错乱，惘然不已。

有的时候就是这样，在你捕捉自我之前，它们就已经做鸟兽散……

扔下一具迷惑的躯体，冥思苦想。

【回顾】

时间久了，经常有不知身在何处的恍惚。

在希腊的某个小岛的夜晚，我独自去买了一瓶酒小酌，然后躺在旅馆三层的天台上，望着深邃墨黑的地中海，开始感到场景似曾相识，在泸沽湖的三楼走廊上，对着一面湖水，我搁脚的桌下，应该趴着我的小狗。然后我掀开桌布发现并没有小狗，便开始四处寻找，找着找着自己又恍然大悟，哎呀，这可不是在泸沽湖。

同样都像间歇失忆，犹如健忘症表现，可朝九晚五中的信息繁琐大脑死机的状态，跟信息飘忽大脑随意接线的状态又不同。

前者头痛，后者只是淡淡的，不知道今夕是何夕，一行白鹭上青天。

玩

Thursday, May 25, 2006 3:02:10 PM

　　村子里面的小伙子们几乎人手一台摩托车。

　　早就听说他们计划组织一个车队，从泸沽湖驾驶摩托车到四川去玩，途径稻城，奔雅安，沿途露营，但是不去成都。

　　这几日眼看这一牛逼计划似乎将被执行，小伙子们个个摩拳擦掌。

　　端午节也可以数得着了。

　　听说去年的端午节云南这边的泸沽湖和四川那边的泸沽湖，两个村子划船pk赛，落水村大胜。

　　晚上吃饭，永珍还唠叨，端午节的时候要喝青娜曼儿（一种果子榨的油），家里要做好多馒头，各种各样的肉食准备好了，连同咣当酒，一起用大盒子包好，亲朋好友互相送来送去，必须送来送去。

　　什么意思呢？

　　永珍说不知道。她强调青娜曼儿很难喝……但是旅游指南会介绍到青娜曼儿的，大概算比较好的"指南"了，介绍通常是营养丰富，甘醇。

　　想来觉得有趣……所谓的传统……自生自灭……大概顺其自然是生活本来的选择，好事者喜欢打着文化的旗号叫嚣保护这个那个的，或许什么传统都不需要保护，时间会选择，除非，为了忘却的纪念，又或者，放在博物馆变成岁月的道具，满足后来者的眼睛与心灵。

　　很多人虽然艳羡这里的自由自在，却也质疑这边的枯燥单调。村民们的感受也大致相同：无聊。

　　可是，在我的眼中，至少到目前为止，都是生动的，这些嚷嚷着无聊的人虽然确实会干一些看起来持续着定属无聊的事情，比如打麻将，斗地主，可是他们仍然在想各种各样的办法玩，这里玩，那里玩，都是玩，不同的环境有不同的快乐，我常常被这些小乐趣胳肢得乐不可支。

　　好好玩。

【回顾】

小时候很喜欢文学，半生不熟地听说了很多关于昆德拉"媚俗"的大讨论。然后又学到一些似是而非模棱两可的时髦词语，譬如"在别处"。

我很快发现，通俗的说，就是自个儿的生活都是无聊的，别人的日子看上去都比自己的要有趣。

那么，是追求更有趣，还是安于自己的无趣呢？

这就成了现代人冥思苦想的大问题，倘若再组装些关于精神啊，意义啊等等的细节，再配上些哲学啊，历史啊等等的修饰，这问题一下子就阳春白雪了。

而普通的肉身，只不过想好好玩这一世罢了，怎能白活了这一遭。

下岗

Thursday, June 15, 2006 6:21:51 PM

号外！

本村烧烤城被私人承包，导致原来三十多户做烧烤的小个体户，大部分来自摩梭人、普米人聚居地拉北的这些小摊贩，很多是举家来做生意的这些人，全部失业！

自从拉措走后，我家新来的那个汉族服务员，昨天又跑了。

有时候觉得，少数民族山区，但凡有社会结构的地方，对于城市生活中那些阴暗的、腐烂的游戏规则完全适用，对于城市的道德、契约、法制等等现代社会结构的基础，却往往不适用，适用的是宗教精神敬畏和自然和谐前提下的自觉，而一旦宗教力量相对薄弱或者异常强大的地区，或者说处于原生环境与城市环境夹缝中的某些边缘地带，便出现如同这里的彝族聚居区一样的浑浊状况。

空气是清澈干净的，精神是唯一单一的，情感是强烈直线的，思想是不需要存在的。

【回顾】

村里的烧烤城是包罗万象的社交场所。

啃上肉，咕咚下几口酒，多少人原形毕露。

可最神奇的莫过于，村里冒出个不知道哪里来的大款，在烧烤城跟本村年轻人混熟了大吃大喝，买单极其爽快，还包了车，请大家一起去丽江古城喝酒。

但这等好事没过多久，此人就被逮捕了，听说在他包月的房间里，发现了整袋的现金钞票，是一个抢劫犯。

更离奇的是，没过多久，烧烤城的老板也被逮捕了，听说，是一个隐姓埋名藏匿了十年的杀人在逃犯！

可我们一边烤太阳一边闲话八卦时，又有新消息传来，烧烤城老板完好无损的回来了，听说是他老婆拎着十万块去打点，把人捞出来了。

后来的后来，这些真假难辨的传奇故事，犹如阳光下五彩的肥皂泡，一个个没了下文，来不及等你求证，新的传说又接踵而来了。

哑巴会

Tuesday, July 4, 2006 12:47:09 PM

一个星期以前，村里的老人开始上岛参加一个传统的宗教仪式，俗称"哑巴会"。

就是老人家都住在岛上，每隔一天禁食一天，并且不能说话。

今天老人们"出关"，然后喇嘛们齐聚落水码头，做法事。

于是坐在我家楼上，从早到晚都能听见喇嘛在念经，能看见码头升腾起桑烟。

念经念到傍晚，湖面阴云密布，居然开始下雨。

遇到老大，问我吃饭没，没吃的话就去码头吃，那些食物都是喇嘛念经念过的。全村集体请的喇嘛。因为家中有老人的，都去参加了哑巴会。

查证，哑巴会是传统的宗教仪式，为来世祈福。喇嘛们在码头的法事做了一整天，清晨的好天气到了傍晚，眼看大风起，山雨来……

哑巴会结束的这天，村里集体做法事，迎接老人们从岛上归来。

蜘蛛网

Sunday, July 9, 2006 8:36:48 AM

真正的雨季到了。

不知道怎么回事,蜘蛛们格外勤劳起来,每天早上起来,就会发现头天打扫过的走廊上又结上大大小小款式不一的网。

奇怪,实在我家没有小猪要拯救哇,每天扫一遍,隔天蜘蛛的八卦图就又大功告成,速度之快,令我瞠目结舌。

结实地大睡,希望晚上看看比赛什么的。下午起床坐在走廊上发呆,看着屋顶上的不知名的小鸟来来回回,每次都叼着一株小草闯入我的视线又匆忙离开。

哇噢,就连向来挑食的丑丑狗狗,也开始积极的吃饭,而且肚子似乎大起来,我们都猜,她是不是怀孕了?如果真是,我的天!算算可能一个多月了!我努力地回忆了一下之前上门的狗狗们的模样,好像都不算英俊潇洒啊,不知道生出来的小狗崽漂亮不漂亮。

比较起来,就数我最懒散了。等着格姆山那边一朵云挪到我这边。

我就开始写字。

面朝大海。
我最喜欢的颜色是白上再加上一点白,
仿佛积雪的岩石上落着一只纯白的雏鹰;
我最喜欢的颜色是绿上再加上一点绿,
好比野核桃树林里飞来一只翠绿的鹦鹉:
我最喜欢的不是白,也不是绿,是山顶上被云脚所掩盖的透明和空无……
—— 马骅

修辞的由来

Tuesday, July 18, 2006 7:43:38 AM

跟我家的服务员永珍一起出去买茄子和西瓜。

途径一片土豆田的时候——

我：永珍，是不是开白花的土豆就是普通土豆，开红花的土豆是那种红心土豆？

永珍：是啊，开红花的土豆都是有眼睛的嘛。

我（汗）：……

经过一片土豆田，又经过人家院子，里面是玉米地。因为刮风，很多一人多高的玉米杆都倒了。

我：看哇，风太大了，玉米都被吹倒了。

永珍：噢啵啵啵（摩梭人常用感叹词），他家玉米都睡了。

我（狂汗）：玉米睡了……

永珍：是啊，玉米睡了是不好的。

【回顾】

朋友杨一老哥是边走边唱的民谣歌手，一个母语是白话的广东人氏，除了在北京美术馆前的街心小花园卖唱多年，就是一头扎进大西北和中原地区，搜集整理民谣。

最早听他唱民歌《走西口》的时候，我还以为那是他自己改编的版本，因为我从小听到的《走西口》是来自晚会歌手高亢明亮的调调，杨一唱的则低沉而悲伤。

后来我才知道，杨一的版本才是更贴近民间原曲的翻唱。后来的后来，当我自己走遍大江南北时，才又听到更古老的唱腔版本，包括不同风格的唱词，深深为之折服，所谓民族的才是世界的，应该指的是古老文化积淀里头，情感凝练的部分，是不受任何艺术形式束缚的，就好比我从服务员永珍的口语中听到的修辞，有趣而鲜活的那些，原来才是文学的本源。

你下辈子想当什么呢？

Sunday, August 20, 2006 3:47:09 PM

今天没买到肉。

于是晚饭的时候只有一些蔬菜玉米。但是丑丑与八戒已经很乖很优雅地蹲坐在我面前，大概是习惯了，习惯我喂点肉吃。

我就对它们说，对不起哦，今天没有肉，你们不用坐在这里了。

二狗依然排排坐，痴痴地看着我。

我感慨，下辈子我就当一只狗狗好了。在旁猛吃的阿毛一边扒饭一边补充，要当好人家的狗狗。

阿毛继续一边猛吃一边含混地嘟哝：

下辈子我要当外星人，跑到地球对人说，$E=mc^2$是错的！哈哈，地球的科学就崩溃了。

傍晚来了一个背着大包的男生，一个人住在我家。他没跟我说什么，但是他跟阿毛说，看过我写的博客，而他是马来西亚人。

忽然才想起我的博客……

这些日子，丑丑的孩子们都会爬了，我已经取了名，明天再说狗娃娃吧，现在我想问问

你下辈子想当什么呢？

小时候就喜欢小动物，大人一直不准养，泸沽湖有了巨大的院坝，总算如愿以偿。虽然照顾它们很麻烦，但是跟它们相处，教会了我很多东西，幸福就是两只温暖的小狗。

江湖

Monday, August 21, 2006 2:56:01 PM

丑丑生的四个狗娃的名字,我跟阿毛冥思苦想了许久。

后来决定在狗窝上贴一块牌子,写上:江湖。

于是狗娃的名字出来了,分别为东邪、西毒、南帝、北丐。

因为南帝与北丐都将被人要走,所以不发它们的靓照,东邪、西毒我是要留下的。

细心照顾狗狗后才发现,狗狗真是太可爱了,跟人似的,摩梭人认为人的寿命从前只有10多岁,狗却有60多岁的命,是狗把阳寿换给了人,所以摩梭人不吃狗肉,并且一般都会善待狗。

自从丑丑生小孩,就不怎么跟八戒玩,八戒一靠近丑丑和孩儿们的窝,丑丑就会龇牙咧嘴恐吓他,八戒一度生病,情绪很低落,直到最近一周,小狗差不多要断奶,丑丑八戒才又开始嬉闹,再加上我跟阿毛在丑丑窝旁给八戒也盖了一所豪宅,八戒终于有房子住了,体重迅速恢复,目前16斤!我们改口叫他肥八,而比八戒高出一大截的丑丑才17斤半!可见母亲不是那么容易当的……

失眠

Monday, September 4, 2006 5:40:19 PM

刚才在想,一定还有某只唐门的蚊子藏在某个角落。

只等我一合上眼睛,这厮便会杀将出来,在我脸上刺出精忠报国。

外面的雨咋这么大声呢?

倘若这么大的雨整夜不停,狗崽子东邪西毒南帝北丐的豪宅会不会遭遇

为了看家护院,收养了两只狗狗,一只灰色纯种中华田园犬,起名"丑丑",白色小胖墩叫"八戒"

一环路以内的洪水?

  书上说睡觉前喝水的话,早上起来眼睛是要浮肿的。可是又有书上说,睡觉前喝点儿水,有利于体内废物的夜间代谢。那我现在要不要去喝点水涅?

  ……

  想起非典的那个夏天,我住在双榆树的时候。

  每天早上瞪着窗,仅仅只是泛出一丝丝白,便有老头老太太在楼下开始遛狗。

  老头老太太们愉快地互相问好,他们的狗崽子也相互打招呼。

  那一刻,我就会热血沸腾,紧握拳头,幻想直接飞身跳下楼去把老头老太以及狗,杀个片甲不留。

  天总会亮到窗帘挡不住。

于是我会起来，喝一袋牛奶，弹钢琴。再喝一袋牛奶，再弹钢琴。

下楼，点兵点将，在水果摊买西瓜或者樱桃。

回到房中，我通常会抱着半拉西瓜拿勺舀，或者抱着一个果盆啃樱桃，一边看一张DVD。

看完了以后，爬到床上假寐。闭着眼睛一两个钟头。

起来，喝一袋牛奶，弹钢琴。再喝一袋牛奶，再弹钢琴。

然后，就会有朋友前来邀我去楼下扔飞盘，或者打羽毛球。

然后，我回家洗澡，继续舀西瓜或者啃樱桃，一边看一张DVD。

我一个人，一天最多吃过4斤樱桃……

然后，我躺在床上开始看书，听一张CD。

……

再然后，老头老太又开始遛狗。

我再度握紧拳头幻想飞身从4楼的窗跃下，千秋霸业一统江湖……

夭折（一）

Sunday, September 10, 2006 3:21:17 PM

不知道怎么回事。

每次我离开泸沽湖，我的狗狗就会生病，不知道是不是永珍她们没能细心照顾。上上次是丑丑，上次是八戒，这次是丑丑的大儿子丐丐，一只可爱

丑丑的四个狗娃娃，除了肥仔被人偷走外，竟都先后夭折了。

的黑色的小狗，尾巴尖尖是白色的，好像毛笔。

虽然走前详细交待了如何喂养狗狗们，昨天打电话，永珍说丐丐病了。

立刻交待她隔离丐丐，以免别的小狗传染，并且开始喂药。

今天就打电话说，丐丐严重了。

交待如何应对之后……

我再打电话回去的时候，永珍说，丐丐死了。

夭折（二）

Thursday, September 14, 2006 4:45:48 PM

似乎生，才有续集，可是死，竟然也有。

丐丐夭折了，晚上得知，毒毒也咽气。

随后妈妈电话，老三件，回家、结婚、生子。

心情本来不好，忍不住大吵。

家在哪儿？

婚姻是多么可笑的制度。

孩子倒是一个问题，我曾经的理想是18岁的时候生一个漂亮的小孩，这样我30岁的时候他（她）就12岁了，勉强跟我组个乐队。

可是北京的家是爸妈的家，不是我的。

婚姻确实是种可笑而奇怪的东西，妈妈责备我对家没有责任心。天知道，我是多么爱爹娘，又是多么恨他们。

小朋友我是喜欢的，可我刚大学毕业，我妈就开始慌了。

曾设想，生小孩应该如同贩卖饮料的投币机器，选个喜欢的，一按钮，扑通跌落在取货口。眼下看来也无甚希望。

更希望，我是石头崩裂出的大闹天宫的齐天大圣。

可是到头来基本上在做弼马瘟。

妈妈说，千百万人都是这么工作，为什么你不可以回来安安心心随便上个班？你不上班也可以啊！只要你回来！

为什么?

我也很迷惑。

我跟老猪说,倘若我回北京,大概会去当朋克。实际当朋克一定未遂,那么会精神分裂,在北京的南北五环上窜下跳。

如果生就是为了死,

那么为什么要打着手电筒,

在茫茫一片中穿过虚无?

叔本华的眼泪

Saturday, September 30, 2006 5:27:01 PM

丑丑的四个小狗崽,病死了两个,肥仔邪被人从我的院子里面偷走,剩下一个长相平平的南帝,小名弟弟,我看着总想起可爱的肥仔,于是,把弟弟送给了隔壁的隔壁的隔壁,一家小餐馆的老板娘。

她说她最喜欢狗。我想,她家开餐馆的,至少弟弟不愁吃不饱。

隔了两天。今天去吃早点,便也去看望弟弟。

一个肮脏破烂的纸箱里面,同样脏得像流浪狗的弟弟,蜷缩成一团,瑟瑟发抖。我蹲在纸箱前,轻轻叫弟弟,它缓缓地抬头看了我一眼便又低头缩成一团……

我的天!才两天而已,它脏得不成样子了,眼睛严重发炎,污浊不堪,浑身颤抖,一副垂危的样子。回到桌前,早点也吃不下了。我说我要把弟弟带回去,不然会死的。阿毛说已经送给人家了就不要了,何况农村就是这么养狗的。再说,弟弟生病了,要是传染病,传给肖邦怎么办?

我很生气。

我亲眼看着丑丑分娩，亲眼看着四个小狗十天以后睁开眼睛，每天亲手喂它们，带它们晒太阳，看它们第一次散步。农村怎么了，这是我亲手喂大的小狗，活生生的一个小动物，难道要眼睁睁的看着它死掉？弟弟虽然是条难看的小土狗，肖邦是好看的狼犬，可是，弟弟就这么让它随便死掉么……

我把臭烘烘脏兮兮的弟弟抱回，餐馆的老板娘有些不好意思的说，我们没有时间喂，还是你自己喂吧。

给弟弟洗澡，就是死，也要死得干干净净。然后，给弟弟喂消炎药，喂抗病毒药，滴眼药水。

下午给肖邦洗了澡，它快活地舒适地躺在一个枕头上，我给它修了一个舒服的窝。傍晚再看弟弟，似乎没有起色。再上网查询弟弟的症状，完全符合犬瘟热……阿毛说，不该把弟弟抱回来。肖邦还没打预防针呢。

我没说什么。我只知道这是我眼前伸手可及的一个活生生的小东西。前面两次我在丽江，丐丐和嘟嘟的死我无能为力，肥仔被人偷走我也无能为力，可是弟弟现在就在我跟前，我没有办法视而不见——如果我转身离开，也许明天吃早点的时候，老板娘便会告诉我它的死讯。

这是所谓的同情心么？

同情，就是对他者的苦痛感同身受，哪怕是一条狗？

抄下网上的药方，已是晚上8点半。阿毛说明天再去买药好了，药店肯定关门了。我觉得弟弟是早期症状，早一个小时治疗便多一份生存希望，担心药店关门，极速绕村奔了一大圈，去了村里两所药店，还好都开着。回来的时候，却发现顽皮的八戒不知道把用来饲药水的针筒叼去哪里了。打着手电筒在院子里找了半天总算找到一个，配好药水，抱出弟弟，一点点灌下。

狗虽然不能言语，但是我知道，关心它的话，它一定能感受得到，会觉得安全。安顿好弟弟已经是夜里11点。它的眼睛发炎已经得到控制，但还是看上去很痛苦的抽动，我祈祷弟弟能挺过去。

然后，又给肖邦喂了一点抗病毒的冲剂，希望多少能预防点什么。

再然后，准备睡觉。

躺下却睡不着。

想起去年的一本小说，名叫《叔本华的眼泪》。

以前读过一本专门讲小说的颇好看的书，叫《小说稗类》，如果我没有记错，《叔本华的眼泪》属于稗类之外的稗类，如果人们真的热爱分类学的话。

丑丑和八戒这姐弟俩是我在泸沽湖最可爱的小伙伴。

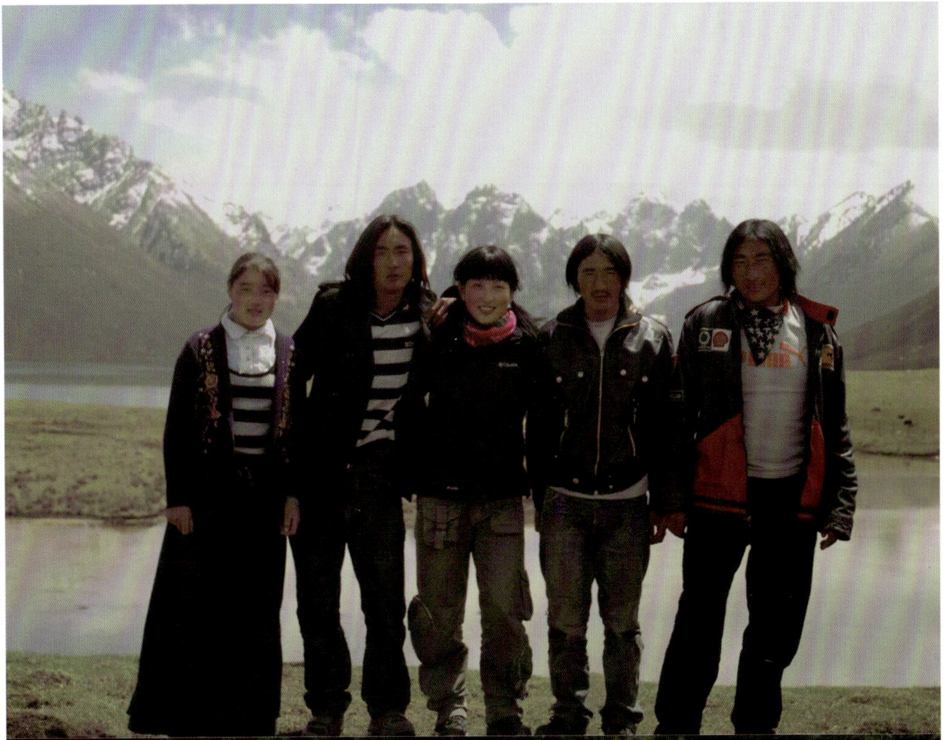

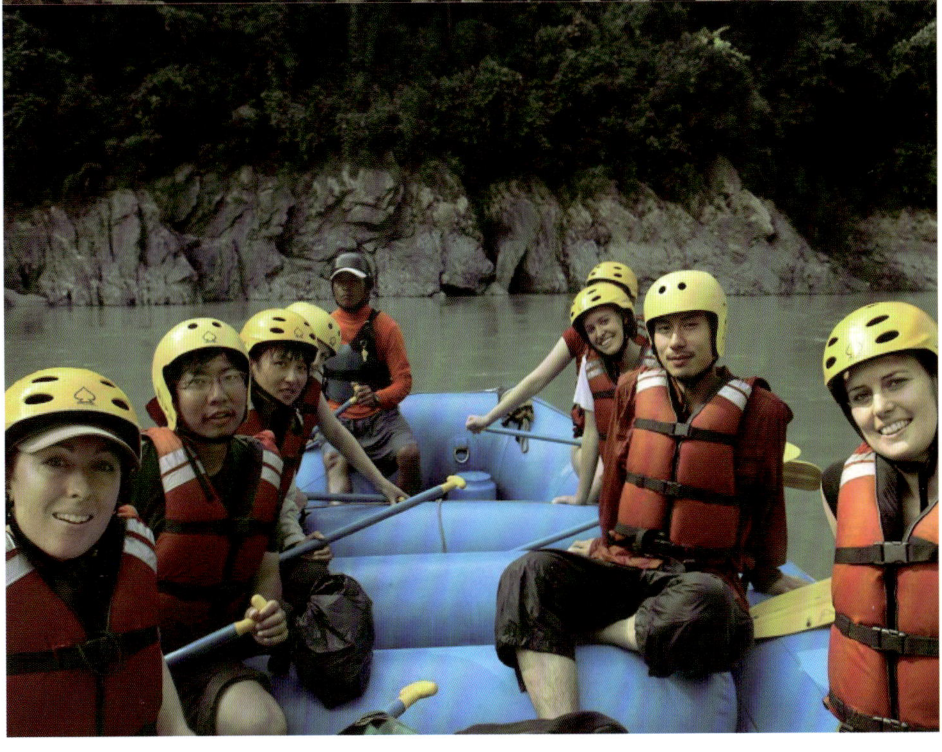

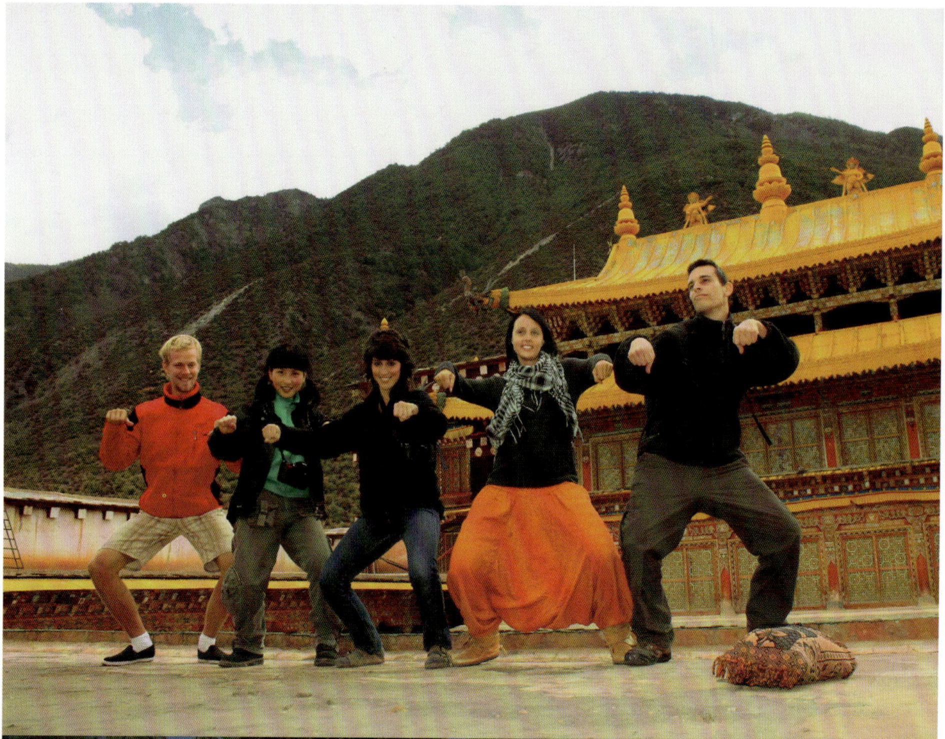

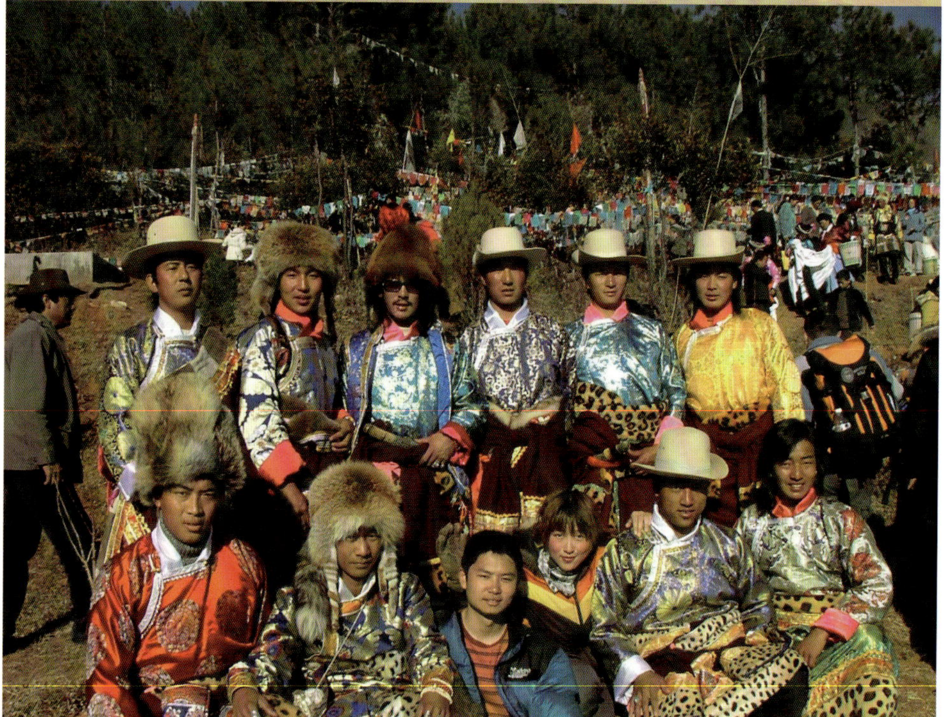

可是我不关心小说的心理治疗的理论背景，也不在乎精神医学的发展，我只是喜欢这个标题，以及这个学者兼小说家的作者的另一部小说名——《当尼采哭泣时》。后来看到《叔本华的眼泪》原文，才知道这个中文小说名翻译是如何的好，原名直译大概应该是叔本华的治疗。

为什么会想到叔本华？

对哲学不过一知半解。对叔本华的了解最初来自大学时代，藏在书店的角落，自备干粮和水，经常蹲坐一整天的时候。

最早被吸引的，是他的同情论。

无法对翻译的哲学语言做出学术判断，只是人性的经验令我流连于前人的思想中。

由此，18岁的我开始自以为是一根可以思想的芦苇，好比奥古斯丁批驳怀疑论的理由曾经让我眼前一亮：倘若你无法怀疑自身的存在，那么便无法说怀疑一切……怀疑论的"因"坍塌，也就无"果"。但我渐渐地明白，自身的存在并非无法怀疑……犹如奥古斯丁的上帝之城，并不在巴西啊……

无意去区分意志与意愿，我获得的只是偶然的碎片，我这边，尼采同情叔本华就顺理成章。而我只是想说，当你悲天悯人困惑不解的凝视着，生命们热烈而无意义的表现出对生命的无比依恋，心中涌动的真实的温暖。

写得太长，想的太多。迟钝了。

最后想起曾经写过的一个故事，题记中我这样写道：

悲剧已经开始，就不要让它结束。

我想说一个讲述道德的不可能的故事。

一个处于怀疑、无序的荒诞中，反对，发现，实践的故事，故事中的每一个人，都自愿接受并真诚遵守各种道德规范，可当人看到精神如何变成骆驼，骆驼如何变成狮子，狮子如何变成小孩的时候，就不得不正视和承认现实生活世界本身的流变和无目的，正视和承认现实生活世界本身的轮回和无意义。

而生命的真相是，我们再也没有什么可以彼此分享。

如果一个人清醒地看到之后，仍然不厌倦、不否定不抛弃它，而是依然热爱它、祝福它、经历它，便达到了肯定人生的极限。这就是我以为的面对生命的悲剧原则。

夭折（三）

Tuesday, October 3, 2006 5:14:48 AM

前天早上5点，天还没亮，我便被弟弟凄厉的哭声叫醒，起来看，弟弟不知道什么时候从小窝爬出来了，站在三楼楼梯的中央。

抱回窝，喂药，折腾到早上7点多，我叫醒服务员，让她去请兽医来打针。

到了下午，兽医从20多公里外的村子骑着摩托车来，给弟弟打了一针，照旧说了一句，这针好了就好了，不好就没救了。

昨天，央求兽医再过来给弟弟打针，兽医不肯来了。

后来，我希望弟弟能安乐死，因为看它每隔一阵就无比痛苦地痉挛，小小的眼睛中完全失去了光泽。再后来，我守在弟弟的小窝前，无能为力地看着它在痛苦中停止呼吸。再再后来，背着丑丑，把弟弟埋在向日葵的田里。

都解脱了罢。

不知道被人偷走的肥仔怎么样了。希望人能好一点待它。

【回顾】

养狗这件事是我人生的重大转变之一。

我第一次感到了作为人类，以及作为一个计划生育时代的独家产物，跟地球上其他生物和谐共处的欢乐。与这些在它们的世界里高智商的小动物相处，教给我很多东西，我变得有耐心，温和，宽容，以及体验了付出跟回报的各种关系。

它们是我旅居生活的忠诚伙伴，也是我旅途中的麻烦、大包袱。

但我最终还是跟它们一起千山万水，不离不弃。以至于回到城里，发现各种残忍的虐待小动物事件时，我总是会想起下辈子想当狗狗这件事。

在印度，猴子和牛满街窜，随它们去呗，至少没有人蓄意伤害它们。我在国内中部西部行走那么多年，也极少见到残忍虐待，多数是踹一脚，或者遗弃。

它们带着受伤的灵魂和完整的身体去流浪，跟酷刑虐待相比，竟然也算得上人的一件功德。

城里喧嚣的动物福利呼声，伴随着种种惨不忍睹的虐待。我亲眼见过小区的流浪猫，不知被哪个混蛋颇费苦心地扎了满身的针，活生生成了一只刺猬猫，在痛苦中死去；还亲眼见过用尽最后力气蹒跚走到人潮汹涌的广场，在烈日下倒毙的流浪狗，浑身都是大面积糜烂的伤口。我还见到几岁的小朋友捡石子儿追打路旁残疾的流浪小狗，他的母亲笑眯眯的站在一旁观战。

我在泸沽湖的时候，老阿妈们一致认为我是个好孩子，理由只有一个，因为"对狗很好"。在摩梭族起源的神话中，本来长寿的是狗，人只能活十来年罢了，是人承诺照顾狗一生，狗便和人交换了寿命长短。

青海草山的路边，经常有自然倒毙的流浪藏狗，从没见过有谁捡回去炖成狗肉火锅。我在一个小卖部向藏族老奶奶买散装的饼干喂路旁的流浪狗，买到第二次，老奶奶包好饼干，却不肯收我的钱了。她不会说汉语，她的孙子翻译给我，说因为他奶奶看见我喂狗了，"你是好人"。

这样的例子还有很多。我很奇怪，爱护小动物，似乎在我们的传统文化中，本是跟自然和谐共处的一部分，却在现代精神中缺失了。我时常见到人们打口水仗，讨论是救狗还是救人，哪个比较重要；或者讨论，救狗救猫救熊等等，为何不救猪救鸡救鸭……

可这是问题吗？

我见过的人们，爱护猫猫狗狗的，对人更是怀有怜悯之心，普遍对他者苦难感同身受，几乎没有袖手旁观的，本质上，关爱同一片天空下的其他生命，才是人性的光辉。而牛羊鸡猪等等，是人类长期驯养的家畜，是我们生活的帮手，以及是我们摄取能量的重要来源。自然的法则，难道不是，不要索取超过自身需要太多的东西么？包括蛋白质。越来越多的素食主义者，不也提倡用植物蛋白质代替我们对动物蛋白质的索取吗？

什么是不索取超过自身需要太多？

我只知道，狮子老虎捕杀小象，是为了自己的生存，不会无缘无故因为象牙取之性命，也许这才是两仪生万物的自然之道，是人类最终需要选择的生存道路。

年度总结

Saturday, February 3, 2007 12:09:32 PM

一个人回来的时候,是不是要先敲门呢?

噢,额滴弹琴的手啊!

生满了歪七扭八的冻疮,要知道我不生冻疮已经很多年啊。

纯属干活太多,"跑跑蓝杂货铺"总算在丽江开业了,并且短期内将被我再次改版为另一间店,因为短短的开店生涯,即颠覆了一个毕业于财经专业的家伙的所有理论经验,并且以同样的速度刷新了我开客栈以来对于人性的全部观察,然后终于明白了人民到底需不需要洗桑拿,我毫无征兆地想起这个书名,一拍即合。

至于泸沽湖,自从彩票去年年尾进驻了泸沽湖,大概已经成为传说中的致富工具,除了村里的少数民族人民群众疯狂购买,就连山上的彝族人也开始下山疯狂的排队买彩票……

于是我的2006年度最大的收获,是琢磨透了一个道理:人为财死,鸟为食亡,哪怕没有财暂时不会死,没有食即刻不会亡。

有一个弟弟从国外念书归来。有钱叔叔说哪怕每年先给个十万八万的,让其先去上海什么的大城市锻炼锻炼,但是小孩不干,说要自己投资创业。未果,自己挑了个海滨城市,说要开心的生活。

我很有些羡慕。

额滴弹琴的手啊。音乐背景自动换成了《住在地下的小孩》,一首歌。一个住在地下的小孩,用仅有的十多块钱买了几朵太阳花。地洞口的几个晒太阳的老太太望着小孩小心翼翼捧着花的背影,高声地嘲笑,稀奇,住在地下还买花……

住在地下为什么还要买花?因为相比包子,有的人更需要太阳啊。当然,太阳虽然不能当饭吃,关键时刻多少还是能发挥一些光热的。

最近爱上了冰雪女王。冰雪女王为什么要带走卡伊呢?

小时候看这个童话,有自己的理解,现在忽然出了个以这个童话为基础的大悲剧,诠释跟我小时候不谋而合,欣欣然看完了整部戏。

于是,我的2006年最大惊喜,就是这个世界上总能逢着一样的见地,哪怕是多年以后。太多了，悲欢离合，喜怒哀乐，写出来还觉得有些矫情。

就这样吧，我回来了。

剃了一个平头，穿了两个耳洞。一听小姐妹说这辈子不穿耳洞下辈子要变猪啊，立刻跑去穿了。

结果仔细想想，不过现在后悔了。变猪未必不好啊，也许还有一只夏洛特，在下一场轮回中等着为我织网。

她会织什么呢？

暴暴，杰出的猪？

【回顾】

看到这里，暴暴，本人这头杰出的猪，已经离开泸沽湖，前往丽江，开了一间小店。

想当年，豪情逸致都在泸沽湖获得了充分展现，接下来，就是旅居生活要继续吗？继续的话，如何谋生成为首要问题，因为一个傻乎乎的孩子跑去泸沽湖的时候，纯属荷尔蒙的作用，但当她真正开始热爱自由的生活，就必须加倍付出努力，让自己的选择得以健康的持续。

留阿毛弟弟继续泸沽湖逍遥，最后小半年租期的善后。我在丽江晃荡了个把月，把我的财务知识发挥到极致，终于盘下一间小店铺，我决定，先做杂货铺，探索下能否盈利，如何盈利，再做打算。

可惜泸沽湖的客栈并没有赚到钱，跟环境有关，也跟自己的放羊经营有关，后来还发生了一些事情，无论如何，往前走，都得先跨过生计这一关。

这又必须感谢朋友。在我经济最困难的时候，我最亲爱的穷朋友记记想方设法帮我获得了十万块贷款，善良宽厚的前男友豆包也火急火燎凑来七万块，我后来才知道，他管他姐姐借的钱，尽管这笔钱最后没有用上，但是借钱在现在是多么奢侈的事情！在丽江萍水相逢的朋友沈李星跟我很谈得来，竟然有一次也成了我的施主，进货的时候，她大无畏借我五万块周转！

诅咒有一首《钱歌》唱到：

借钱给朋友，失去钱失去朋友；不借钱给朋友，失去朋友失去钱。

简直唱到人心坎儿里了。我特别理解他们的心情,所以特别感激他们英勇的信任,于是接下来的生活中,我开始勤奋地谋求生计,旅居生活不是懒汉的乐园,也不是无所事事的人和喜欢白日做梦的人的乌托邦,我要对自己的选择负责,对爱我的人负责。

小店起了个名字叫做"跑跑蓝杂货铺"。那段日子,我每天早出晚归,请不起店员,自己早上8点多开店,一直到深夜,每天工作十多个小时,常常吃不上饭,狗狗肖邦每天独自被关押在房里,把我所有的鞋啃了个遍。书上说,狗狗啃鞋是因为感到寂寞,它都寂寞了,何况忙碌劳动的我。

辛苦总有回报。经过各种杂货的考验,最终确定了适合自己做的零售路线,儿时绘画经历和艺术眼光统统得到了运用,喜欢动手制作的天性也开始爆炸释放。四个月后,我就把店铺更名为"剪刀石头布手工坊",当月终于开始扭亏为盈,我又极其勤奋的学习珠宝鉴赏和手工首饰设计制作,等到阿毛弟弟收拾好行李前来丽江投奔我时,铺子已经开始良好运转盈利了,俺又能请得起服务员了,勤俭节约还债啊,经过一年,债务也还清了,可以真正开始成为甩手掌柜了,结局大团圆,皆大欢喜。

最欢喜的还是,从此我爱上了首饰设计,在旅行生活中四处搜罗不同质感的材料,不同年代的有趣物件,都会带来美的创造,至于那以后四处拜师,悉心研习设计与金工制造,又是后话了。

在路上回赠给我的不仅是自由,还有承担自我选择、捍卫自由的能力与勇气。只有走起来,才知道脱离任何体制生存并不是多么令人恐惧的选择,对此,我毕生充满感激。

所有的活儿都自己上。

沧桑

Tuesday, March 6, 2007 10:36:33 AM

忽然看见很久不见的老朋友留言,很高兴,他说,怎么看起来你有点沧桑啊。

辛苦是有的,只是从没觉得沧桑,可是他这么一说,忽然我就觉得忒沧桑了。

其实在外面久了难免抱怨,生活的琐细在哪里都是一样的。不过相比之下,我真算是站在远离城市的"荒原"眺望,感觉很不同,听朋友说朋友明天离婚,说谁谁谁的媳妇儿生了小朋友以后患了厌食症,等等,等等,说得我一愣一愣。这才发现自己现在过着个人史上最为健康清新的生活,古城是一个真正的乌有之乡,无论是装饰自己的屋子到满手是伤,或者奔忙去菜市场只为了给肖邦买一根肉骨头,又或者听一个油画家在自己开的酒吧中唱卓玛,散步的时候遇见某位身价百亿的老板喝到号啕大哭,深夜坐在四方街的椅子上跟一个借了高利贷输了六合彩跑路来的姑娘聊天……看看自己,住在一个飞檐斗拱的木头房子一边看大闷锅或者康熙来了,一边转呼啦圈……

一切都很魔幻,我也不清楚这是"玩"还是"生活",坐在小铺子打游戏,听见对面的夫妇苦口婆心教育他们那上了一年级的女儿要考上大学读研究生博士什么什么,小姑娘忽然冒出一句欢呼:

我看见太阳啦!

嘿嘿。

至于我所说的结局,大概算是一种对都会生活的个人理解吧,其实是没有结局的,因为一直在路上。

【回顾】

有一年大雪的冬季,在佛罗伦萨的小巷里头游荡,偶遇一家三口穿戴整齐出门,一个漂亮的小男孩欢快地从自家门口的台阶上往下跳。

他的父母在后面大声叮嘱,大概是"小心"这样的关切,因为到处都是积雪。

只见小朋友满脸幸福地从台阶上啪嗒蹦到小巷上，指着天空的太阳，回头对爸爸妈妈高声说了一句话，尽管我听不懂意大利语，我还是坚定的认为他说：

我看见太阳啦！

题外话

N种结局

Sunday, March 4, 2007 10:20:46 AM

暴暴蓝离开北京的N种结局：

第一种结局——

暴暴蓝没有赚到钱，把积蓄花光了。父母声明没有这个女儿，暴暴蓝起先流落异乡正气凛然艰难谋生，后来回北京，朋友们起先饭局饭局，后来窃论此女在云南混到一穷二白，二逼青年，勇往直前，从此成为反面教材典型。（我爸就坚持认为我不回北京有面子上的理由，据说爱我的人们坚持认为我玩了两年该回北京了，理由是：大哥，你没挣到钱啊）

暴暴蓝初步对策：

去当乡村教师，同时网上高价卖身。估计凭借党的高等教育水平能混到比较高级的性工作者级别，同时荣获先进教师光荣称号。

第二种结局——

暴暴蓝赚了大钱，身价倍增，荣归故里谢双亲。回北京饭局饭局，越来越多的饭局，投资，把生意做大做强。朋友们后来窃论，有钱有什么了不起，就一暴发户，土财主，还好意思往文艺圈靠，往自己脸上贴金。即便有房有车，但是我妈说了，现在介绍对象，一听姑娘有房有车人家扭头就走。于是，暴暴蓝老大徒伤悲。

暴暴蓝初步对策：

要么在发财之前嫁掉，要么就委托密友娜姐在搜狐娱乐头条挂出：抛弃亿万家产暴暴蓝削发出家。

第三种结局——

暴暴蓝一贫如洗之前及时杀回北京，继续文艺圈混，混成了主任总编社委之类，成传媒界叱咤风云人物，撰写《我的一生》回忆录，收录了泸沽湖、丽江的风云岁月，添油加醋，添枝加叶。老公则为另一赚钱高手，家庭生活富裕，洋楼一栋，车两部，女儿一名，狗一条。不幸患有高血压以及早期糖尿病，勤练瑜伽勤减肥，积极旅游度假，不断发现老公外遇的蛛丝马迹。

暴暴蓝初步对策：

在丽江时运用假名混，以免将来成把柄。在老公外遇之前离婚，结婚前签署财产公证以及婚前协议，并且积极发展小金库。

第四种结局——

算了，怎么写都觉得人生很悲惨。

同志们支持我挣大钱的请举手，还是人为财死，鸟为食亡啊。

【回顾】

回想自己写这个 N 种结局的心情，不禁哈哈大笑。

定是受了些刺激，譬如亲朋好友的关心之类。他们觉得我自毁前程，前途堪忧。可生命已经海阔天空，脚趾头之所以朝前长着，就是为了大踏步向前走呀。

怕个屁。

城里头的生活可能是很多人喜欢的，但这些结局并不是我想要的，各喜各爱……

Let it be.

做人要高贵一点

Monday, February 5, 2007 8:52:04 AM

不能不说，我对自己在丽江折腾出这样一间花花绿绿的铺子而惊讶。

本意是满足自己，当我跑来跑去的时候，发现一些漂亮的东西，集合起来，再分散开来，兜兜转转，还能挣钱，不错不错。大概，每个女生都有这样的愿望吧。

可是计划中的院子店铺没有能够实现，古城奇怪的管理规定以及古怪的纳西房东们，很是伤脑筋。迅速拿下一间铺面，先做了再说。

虽然之前一些想法没能完成，但是本人滴灵感无穷无尽，加上数日来对游人们的观察——

先是实施明码实价制，岂料男女老少杀得我落荒而逃，就连一个小学生也知道指着他叔叔相中的一件花毛衣（纯羊毛，售价120元），曰：你这儿太贵了，别处卖90呢。

众人哄笑之余，我汗而倒。

于是乎，撕掉价格，察言观色，报成实价上浮50％，等人往下拦腰砍，唉，何必呢？

别地儿的人就算了，可来自江浙的游人们，争先恐后的把商贩们从江浙批发来的披肩，又成捆地运回老家送人，就很好笑了；人们寻寻觅觅所谓的本地美食……比如跑去某市场去排队吃传说中的某家腊排骨，去吃传说中的黄豆面……

某女士相中我铺子里面一件盘丝扣的蜡染花边衬衫，出价50，我摇头，她说，这种衣服在北京动物园里有大把，也就是转到这里了……

我不说什么，暗笑，送客后朋友说，拜托，起码五道口才能见到好不好，哈哈哈。某姑娘跑来铺子，说我家的水晶怎么这么贵呢，然后哗地亮出她左手腕上戴着的起码5条"水晶"手链，说这条20，这条40，这条30，这条15，这条……

我只好跟她说，啧啧，这条×5的玻璃珠子还挺像水晶啊。

东北姐姐咻地拔下某衣服上漂亮的镶水晶的扣子，不但毫无歉意，还撇撇嘴说，你这是什么质量的扣子，你看，这可不是我弄的，难道我连扣子也

最早的铺子开在丽江古城的现文巷,叫做"跑跑蓝杂货铺",算作试验,啥都卖,后来改版成了"石头剪刀布",最终改成了"自己人"手工坊。

我发明的手工小布偶帽子,可以帮顾客在帽子后面绣上他们想要的名字或者话语。没想到卖得还不错,戴着这种帽子的顾客,在古城遇见了即使不认识,也很自然地互相打招呼,嗨!自己人!

不会解么？

上海情侣欢天喜地买走一对925银对戒，看着男人的肥壮的萝卜手指简直要把戒指撑爆，我质疑是否能戴，女人说这样最好，不会掉，还说之前掉了白金戒指啊。

果然，翌日两人拉着脸再度出现，说是去玩了一天，戒指坏了。

我什么也没说直接把人钱退了，我懒得跟他们掰，被一女性朋友骂了一顿，说凭什么退？

至于剪纸、皮影、手绣等等，更是成为活教材，不过仅限于活教材，游人们千姿百态的评点集中收录的话，胸怀大志的文艺青年一定会捶胸顿足洗心革面。

还有不能不提——我们铺子对面的铺面，是一对夫妇领着一个读小学的女儿，做一些廉价的首饰和羊皮画。

乐趣在于每天听夫妇训女。

最常听的就是：做人要高贵一点！

说了这么多，正题终于出现。关于为啥要训导，无非就是他家女儿给别家的小孩看了成绩单，或者他家女儿向陌生人主动表示了友好~~哈哈。

以至于现在我们训狗狗肖邦，都使用：

死狗，做狗要高贵一点，知不知道？

哎，做为一个售货员，在诸多有着强烈心理优势的游客面前，怎么高贵得起来呢？不过无论如何，通过杂货铺好歹搞清了形势，接下来，距离甩手掌柜的日子就不远了。

跟朋友聊天，说，"你回北京吧，北京多好啊。明天我要跟谁一起去深圳，然后直接飞上海，去看Roger Waters的演唱会。"

听起来真不错……

可是今天我听到的更震撼的消息是云南交通厅副厅长居然上了公安部的高级别的通缉令，以及阿毛报告，落水村的村长家被一场大火夷为平地，还有房东跟他的第二个孩子（次里平错）打了一架……噢，万能的上帝！我多么想成为一个高贵的人、脱离了低级趣味的人啊！可您是不是年事已高不问世事了呢？

瞧，世界多混，人心多乱啊……

主啊，快来管管这个乱摊子吧！

狗狗肖邦抬起头，从鼻子不屑地呼出一口真气：

肉骨头的没有？一切免谈！

回九牌

(2008-07-19 23:05:33)

偶像剧都说，女生要有漂亮的好鞋，这样会把你带去任何你想去的地方。

我一直没能有多么漂亮的鞋，随便买双，穿到烂掉就换双新的，不过我照样去了我想去的很多地方。

眼下我只有三双鞋，一双拖鞋，一双皮靴当雨靴使，还有一双VANS。本来还有双登山鞋，不过已经被我穿破了，漏水了。

这是双正版的VANS，很贵。但是穿着相当之难受，一般我不穿，不然脚踝脚跟必然磨破，真不知道VANS哪里值当了。因为要去健身，必须要有一双运动鞋啊，VANS不能用，下午我去健身房的路上，经过丽江古城菜市场的时候，就拐进去预备买双廉价的运动鞋。

说到这种国产运动鞋，如今在文艺青年中的时尚人气国货当然是回力球鞋啊。于是，我在诺大的菜市场杂货摊上寻找回力。可惜，回力并不像我想象中在这小城市很走俏，好不容易找到一双，兴奋的举着问老板，这回力鞋有没有36码呀？老板抬头瞄了一眼说，我家没有回力鞋。

啊，那这双不是吗？

不是。老板头也不抬的回答。

我低头仔细一看，噢，额滴神哪，原来是——回九牌……

狂汗中，问老板，回力又好看质量也好，你们怎么不进货哪？

老板嗓门顿时提高八度说，啊哟，回力太贵啦，进价就要十几二十多，要卖三十来块呢，卖不起哟，看你也买不起。

再度狂汗！难道……难道……难道我现在已经非常之村姑模样，以至于这位大妈觉着我连回力都买不起了？

最后购买了云南本土帆布球鞋名牌：石林牌女鞋一双，价值16元。

穿上很是舒适。兴高采烈之余，仿佛揪住了时尚的狗尾巴草，我的每个脚趾头一路都在唱歌呀。

时尚这玩意儿，还真搞笑啊，哈哈。

可惜了，买那双VANS的钱，可以买34.375双这样舒服的鞋啊，幸亏，VANS是朋友送的，嘻嘻。

【回顾】

看过一个拍得很山寨"科幻大片"——《莫斯科2017》，用一些实体大怪兽模拟出后现代社会品牌广告行业所代表的消费主义对人们行为、思维的影响，跟约翰卡朋特1988年拍摄的《极度空间》，有一脉相承的愤世嫉俗，虽说的确科幻效果很山寨，结构也比较奇怪，但其中有些情节有点意思：

比如，把苏联共产党看成个成功的广告公司，列宁就是大boss，他们的拳头产品当然是共产主义了，其成功堪称广告界"经典案例"，绝对的大品牌。

我的旅居生活，似乎距离品牌这个东西有了遥远的距离，恰好也是我喜欢的，事事回归价值本真，没有眼花缭乱的所谓附加值，就简单明了多了，神清气爽，绝对不是简单货币数值的比较能获得的快乐，而是直达目的地的高效节能。

不过我也特别清楚，我这种价值观，完全不符合现代社会的构筑模式，无法让社会获得这种模式下面的"发展"。

有什么关系呢？

也许这种人类社会的物质文明发展方式根本上就是错误的呢？

就好比医疗这个体系，我们中国的古代医术选择了相生相克的治疗逻辑，依靠经验获得自然材料有效成分的判断（那些迷信糟粕的部分属于巫术而非医术），西方的医术却选择了盘尼西林的发明所代表的的化学、生物制药工业，并建立在石油经济的基础之上，显然现代社会选择的医术是西方式的，但也无法化解相当比例的癌症病人不化疗可能比化疗活得更久这一悖论，理论当然很好解释,实际中却很难抉择,因为化疗背后是现代医疗体系的工业所代表的的利益体。

这才是品牌、消费主义至上的关键所在。

好玩的是,我不仅买过"回九"牌运动鞋,还喝过"红生"牌功能饮料,嗑过"恰恰瓜子",这些商品的存在,俨然就是山寨消费主义的行为艺术,一边亦步亦趋,一边咧着大嘴嘲笑世人。

品牌策略如果真像《莫斯科2017》中所说,就是研究洗脑的方法,那我在世界各地旅行时的奢侈品店见到的那些疯狂购物的中国人,岂不是正好说明俺们国人是被洗脑最成功的人群?

即便在丽江古城菜市场的杂货店,我竟然也得面对这些问题。

大问题……

火把节

(2008-07-28 23:10:06)

昨天是火把节。

严格来说,火把节其实是彝族人的盛大节日,纳西人只是借来玩玩,凑个热闹,用朋友的话说,就是纳西什么节都要过的,总得找个借口玩玩。

于是,昨天下午去菜市场扛回了一个火把,火把当然都要装饰一番,也不知道哪里来的风气,火把节家家户户都要点的,谁家的火旺,便预示着整年的兴旺发达,当然,这个说法极大的促销了火把。令我感到惊讶的是,往年的火把都是已经装饰好了出售,今年的火把,竟然是光杆司令,装饰用的花花草草被另外单独销售,也算增加了创收项目吧,还有我一直奇怪但是不知道答案的问题,就是这火把为何要用各种花草来装饰呢,比如向日葵,满天星,等等。

少数民族对节日的热衷还是让我等震撼。记得我几年前在泸沽湖的时候写日记,写到清明节的时候,全村人都关门不做生意了,出去野餐的野餐,爬山的爬山,要知道这清明节哪能兴高采烈集体玩耍呢?因此,在云南,无数的节日大概早就消磨了具体的意义,只是节日而已,只适合狂欢与大吃大

我家铺子的门口自然是要旺上一旺的，导致整晚我眼睛都被烟熏火燎。

喝走亲访友罢了。即便没有节日，丽江的居民还是创造性的整出了个叫做"话厝（音译）"的东东，就是亲朋好友之间，轮流承办这种"话厝"，性质类似一个party，大家聚会吃吃喝喝，打麻将扑克，八卦家长里短等等，属于不分男女老少，见者有份的娱乐项目，基本上每家每个月最少也要举办一两次这种"话厝"，以至于很多年轻人一个礼拜7天，可能有6个不同的"话厝"需要参加，还真够累的。

今天本来想好好写火把节，早上起床发现院子中有只可能脚受伤的小麻雀，不能飞但是还能蹦，我就在狗狗出房间门之前，想抓住小麻雀放去安全的地方，结果还抓不到，只好把小麻雀驱到院子放兰花的架子附近，后来小麻雀自己找了个地方藏起来，我也不知道去哪里了，就没管了。

可是，其实之前我有些预感，可怜的小麻雀还是被我家的狗狗肖邦发现，晚上我回家的时候，早上还会蹦的小麻雀已经横尸院子中央，肖邦狗狗虽然不会捕猎，但是小麻雀的羽毛都被扒光了，肯定被肖邦狗狗当成活玩具玩死了，好惨。哎，也没有心情写太多了。

个体户的尊严

（2008-08-25 11:11:04）

今天一早又开始下雨。前两日阳光明媚，还以为雨季就此结束了。

最近想拿下旁边的铺面打通做个大的铺面，正式开始自己人手工首饰店的扩张道路，于是总与旁边铺面的女主人聊天。

女主人姓张，四川人，聊着聊着，把我逗乐了。

两位个体户在一块，当然是聊顾客。

我们说起来，顾客真是什么人都有。

比如，张姐说，有天她站在门口的路边，来了个长得多帅的男人问，四方街在哪儿。

张姐起初并没认为这人是在问她，也就没回。然后这人把脸凑过来，再问：四方街在哪儿？张姐有点恼怒，你长得帅没错，好歹有个称呼啊，难道我戴了个袖章写着雷锋？那人不依不饶，仍旧顽强的用诘问的语气：四方街在哪儿啊？

张姐一下子火了，嚷嚷道，喂，你不知道"请"字全国通用的嘛？

言谈间，来了个妆画得鬼一样的中年妇女，说你这袋子多少钱一个。

张姐说，十块。

女人说，你快打烊了，便宜点。

张姐说，十块。

女人说，八块。

张姐说，我进价8块7。

女人说，9块。

张姐不再搭理她。

我偷笑。

也想起昨天有三个年轻人逛进我的店，恰好我在，年轻女孩说，我有串手链断了，你这里能不能穿？

我说可以。

于是我重新穿好她的手链。

岂料三人就打算离开。

自己人开在古城五一街的第二家店。

一般我们店因为做手工有很多材料，经常帮陌生人修修补补，一点小问题从来不曾收费。但是，一般都是对方极有礼貌的提出，"请问多少钱"，我们就会很礼貌的回答，这一点算了，没关系，然后对方道谢离开，毕竟我们开店做生意，又没挂牌说是雷锋服务站。

于是，我叫住那女孩，笑着道：不好意思，本来我们给人家修修补补用了点小材料，都不收费，但是我觉得你很没有礼貌不懂规矩，所以这不是免费的。

女孩愕然，尴尬答：多少钱？

我说：五毛钱。

然后三人翻兜翻包找付了钱，赶紧逃走。

我就乐不可支……

但是有时会遇到折损了我的太有礼貌的老人家。

昨天我坐在店门槛上，忽然有个老太太走过来，先是对我鞠了一躬，已经把我吓了一跳，然后她又说了一句谢谢了，更是把我吓得毛骨悚然，要不是接下来她问"四方街怎么走"，我还真是被吓倒，赶紧站起来热情洋溢忙不迭的指明方向，连连摆手老人家您走好。

哎呀，关于礼貌的故事真是太多了，昨天跟张姐聊起，说得很是起劲，十分有趣。我们个体户，劳动光荣嘛。

最后张姐总结，生意不好做啊，今年要是能凑合，明年我们就再在丽江待上一年做生意，后年我们就要离开了。

我问，那你们要去哪儿？

张姐骄傲的回答，我们要去四川灾区。

灾后重建？

我很惊讶，张姐很得意的说，一定很好赚。

张姐全家都在丽江做生意，两个女儿都在丽江念书，他们生意做到哪儿，全家就迁到哪儿，是个体户的游牧民族，逐水草而居的生活。这些游牧民族的故事，都很有趣，也折射出每一处地方的商业史的发展和变迁。

【回顾】

做买卖真是最形象的说法。

一边旅行，一边在各种地方居住，我还一边做着各种买卖，从酿造手工酸奶到米粉大王，甚至琢磨着养牦牛或者开发有机土鸡蛋。

其中酸甜苦辣不一而足，但是总算接着地气儿了。探索世界有很多种方式，我真心喜欢自己找到的这条路子，满眼都是鲜活而热气腾腾的情景，无论是欢喜，还是悲哀。

瓢虫和乌龟

(2009-07-21 00:47:41)

我家店里有一种小绒布包包,做成七星瓢虫的模样,红红的圆圆的,背上还有大黑坨坨,很可爱。

晚上有个小女孩指着瓢虫包问她爸爸:
爸爸,这是什么呀?

她爹回答:
宝贝,这是一只乌龟。
当场大家差点喷饭。
强忍。

小女孩继续问:
爸爸,这不是瓢虫吗?

她爹看了看(夜黑,表情不详):
这不是瓢虫,这就是乌龟,走了走了!
他们一走,阿毛就开始狂笑。
神奇的成年人啊,我那被糊弄的童年。

500年一遇日全食的时候你在干嘛？

(2009-07-22 23:46:25)

我知道你们很多人都在举着脑袋看。

可是天哪，五百年哪！那一瞬间，我举着一把绿色的小铲子，正在我家门口的木桥上挖虫子……

因为木桥上近来时常出现一堆木屑，我想肯定是有白蚁蛀啦。今早鬼使神差我8点过就起床了，没事干就拿了小铲子开始挖挖。竟然发现木桥有块柱子几乎被吃空了，并且没有发现什么白蚁，发现的是一种灰色的虫子！我高兴地把灰色虫子挖出来直接扔进河里，使劲地挖呀挖，天空阴沉我也没注意。然后邻居路过，我问他，哎呀，日全食几点啊？他说，刚才过了啊，就那么一下。

我差点晕倒。

五百年就这么弃我远去？

倒霉的我接着又发现挖虫子太投入，握铲子的手指头中指侧面竟然已经磨破并且出血了……我汗，500年的太阳被吃掉的瞬间老子竟然在埋头挖虫子！我真佩服我自己。

今天去朋友家取包裹，路过百岁坊的时候见到一只雪白的藏獒！主人正在举着杯子求它老人家喝点水。正想即便在大狗遍地的丽江古城，雪獒也很少见啊，就听见一女孩问她妈妈：

妈妈妈妈，这是什么狗呀。她妈回答：宝贝，这是萨摩耶。

顿时我想起昨天的瓢虫和乌龟……天下的成年人咋个都这德行？

我忍不住停下回头说：那是雪獒……

小女孩妈妈吃了一惊，不过很快镇定地说道：

是吧，我们都管这叫萨摩耶。

哇呀呀，我晕。

我忍不住大声说，那是雪獒啊不是萨摩耶。

然后我加快脚步迅速离开现场，不敢回头看，很担心那妇人的眼光喷出火来把我灭掉。

天哪。

这座小木桥就通向我在丽江居住的小院子,日全食的时候,我就举着小铲子在桥上挖虫子……

一天一点告别

（2009-09-03 23:10:17）

最近都有离开的情绪。

虽然今天被通知去办理古城准营证，很可笑的政府逻辑，但是还是没有影响我对丽江生活的提前开始怀念，我走在小路上的时候就睁大眼睛到处看，想多记住点什么。

罚款因为没有办理准营证，但是之前去申请办理准营证，管理方说我们这条街现在都不办，你们等通知；

现在通知我去交罚款，说是因为你没有准营证，所以要罚款你，我说我去办了，你们说暂时不办啊，对方回答，是不办啊，但是你没有啊，所以罚。

我汗。你们不办，又没说不让我办，就是让我等，也没不准我经营，何况我工商税务手续齐全的，这个准营证是地方规定，现在又说我没有，所以要罚款，不给我办我咋个会有呢？

整条街的商户估计都遭遇了我同样的逻辑困难，可是没话说，工作人员说，看你样子挺老实的，罚你500吧。再汗。

我去银行交罚单，才下午5点，明明牌子上写营业时间到下午五点半，但是银行竟然已经关门要收工了，我举着罚单说我急啊，古管委让我马上交，银行人员就网开一面收了我的钱。

整改，我家铺面连镜子都不被允许，说是影响古城风貌，听说管理人员们去日本某地考察了先进经验，要重新规划街道经营项目，对门的银器店不被允许再经营银器，人家可是几十年的老银匠手艺人，通通要改成卖工艺品，银器店只好在柜台上摆出了招财蛙……说要等风声过去了再卖银器。

还要学纳西语，虽然对为何在丽江当个体户需要学习纳西语这个逻辑不理解，毛毛还是拿着教材上的纳西语请问了一家纳西人，爸爸妈妈和女儿，对同样的一个词语发出了三种读法，毛毛昏倒，隔壁皮草店的纳西李大哥笑眯眯说没事的，他把教材翻到最后一页，说，你看见没，人家自己说了，"水平有限，错漏难免请见谅"。又说纳西语考试不怕的，只要去考试了，交钱了都有证发的。

噢，我把这个劫难算成丽江对我最后的爱，美女，来来来，做点贡献，吼吼，只要这些钱真的能用来保护环境，我很乐意……

【回顾】

爸爸总念叨：

父母在，不远游，你看你都游哪儿去啦？

我……

从2005年到2010年底，在云南旅居了整整五年的我，决定回到北京，陪伴家人一段时间，尽管当时决定的时候，已经顺利谋生，足够支撑旅行生活的丽江店铺，关掉着实十分可惜。

那又有什么关系呢？

我总自己进行些光合作用，鼓励自己去实现，不断重新开始的那份勇气。

于是还是走了，但旅行从未停止。其后我开始环游世界，生活依旧每天都是新的，经过这多年的历练，我终于学会了用脚为自己的未来投票，这是最有效的选择。

自己人之美 永远在路上

(2009-10-14 01:10:52)

自己人之美,永远在路上。
这是我自己的店牌。
这张照片我在自己店里最后一次开心的跟朋友唱歌。
本来我还有点伤感,但是我知道,新的路还是我的路,所以,仍旧很美。
我可以像性手枪的sid一样
一边唱着my way
一边掏出AK47
把欢呼的观众都雷倒。
哈哈。

很怀念小店里跟谈得来的陌生朋友们一起玩的欢乐时光,这是在路上最美好的事儿了吧。

更怀念居住在小院里,跟长大了的肖邦狗狗,和后来又收养的星美妹妹狗,一起过着云淡风轻的简单生活。它们跟我一起穿越过高山峡谷,一起乘着竹筏子漂流,后来被我带回了北京。我知道,它们在等着跟我一起继续上路。

Part 3

悲悯

菩萨止于悲。

儒家则讲,一片恻隐之心。

悲与所悲,看似相对,然而悲众生,自己亦在其中。因而并无相对。读梁漱溟先生《世界会变好吗》,他在晚年如是说。

我非菩萨,便难止于悲。常常做了些多余的事情,令他人负累以至反感。至于儒家,黑格尔在《哲学史讲演录》中谈及孔子,曰《论语》中只有一些"常识道德,这种常识道德我们在哪里都找得到,在哪一个民族里都找得到,可能还要更好些,这是毫无出色之点的东西"。

可惜了。孟德斯鸠《论法的精神》中,我们的"生活以礼为指南,却是地球上最会骗人的民族",鲁迅先生说,"中国本来就是撒谎和造谣国的联邦"。

我认同。

所以,我尽量的,用接近解剖学的诚实,直截了当,表达跟描述,只因我望世界会变好,我的心与我的物,只能有一个常胜将军。

我们发明了"人"字,那个形状是我们的梦想和光荣,事实是,我们从不互相支撑。所以我努力,无论你们怎么说,怎么做,我也不会矜持,不会引诱,不会掩饰,不会讨价还价,不会放弃。

行走在路上,关于助人,我渐渐参与很多,看到更多,对很多救助行为或者说慈善行为有了不同的认识,但内心还是不懂止于悲。

爸爸说,你只是个小和尚,别以为自己是大头陀。

惭愧

Sunday, December 25, 2005 10:23:06 AM

这些小孩子基本上是放那边的彝族小孩,以失学的孩子为多。孩子们每天早上6点钟开始步行3个小时赶到泸沽湖卖些小凉山的小苹果,或者一些松子以及核桃什么的,有的人比较慈悲,花3块5块的,买一袋丑丑的苹果,有的人比较冷酷,瞪着眼睛呵斥孩子们。

这种情况在泸沽湖的观景台同时存在,我相信,在中国任何一个旅游区,都存在。

我早就看见新闻说明年开始农村的学费甚至杂费要全免,于是,只要我遇见这些孩子,就一个个跟她们、他们说,回学校问问老师,学费都免掉了,明年应该可以继续读书了。

我经常逮住这些孩子说这事儿,好像祥林嫂一样。

时间久了,也就常常有孩子们乃至跟孩子们一起卖苹果的妇女们,向我诉说各家孩子念书不成的细节。

我才发现,每个孩子虽然说免掉了学费,却还要面对每个学期一百多块的资料费,以及每个星期30块钱的生活费,因为山区的学生住得分散,离学校都很远,必须寄宿,有位妇女说,孩子一个星期30块钱的生活费还缺两顿饭钱,但是通常节省着一个孩子每个星期只花20块钱就够了,再加上每周往返家中的车费,家中好几个孩子的,一个学期一个孩子要花上6百多块钱,几个孩子就要一两千块了,对于未开发地区的农村家庭来说,是一笔难以支付的费用,超出义务教育范围的高中阶段,更是难以承受学费与杂费,因此,很多家庭都是几个孩子中最后留下成绩最好的孩子,其他孩子辍学一起打散工供其继续念书,直到升学无望。

一位中年妇女说,她们都是指望孩子们能够上学的,哪怕在学校多待一天就能多认识一个字,但是有成绩不好的孩子,老师对他们说,你们义务完了赶快回家,别念了。

很多孩子是靠卖苹果积攒自己的学费与生活费,在农村地区,辍学与复学都很容易,一个小女孩对我说,她今年卖了一年的苹果,明年一定要继续读书。

泸沽湖码头和观景台常常会有脏兮兮的小孩子,缠着游客卖苹果。

辍学的小男孩很快学会了捡烟屁股抽。

当然，也不排除有小孩自己不愿意念书而辍学的，但是想必将来会后悔。

在这些孩子中，我认识一个正在读初中2年级的女孩，名叫杨春献，她会在周末的时候来卖苹果，见她非常喜欢读书，我经常鼓励她，她说，老师也很穷。

日子长了，这些人都认识我了，她们希望我能反应反应，学校乱收费的问题，她们想读书。

可是，我什么也不是，但是他们觉得北京来的，就离上头不远了。不忍拒绝她们，我只能说尽量争取。

下午，服务员忽然叫我，说有人找我，我出门一看，是两个不认识的背着大筐的小姑娘。其中一个说，姐姐，我是杨春献的妹妹，我妈妈和姐姐说，苹果没有卖完就送给姐姐。一时间，我不知道说什么好……

收下那些苹果，也找不到什么回赠，翻出本来送给我家服务员的两瓶指甲油权当新年礼物，叮嘱小姑娘，一定要想办法继续读书。

无偿助学会引发很多问题。这里无法详述。这是我的一个朋友助学多年后放弃，想改为改善医疗条件，做纯粹的人道救助的原因所在。我不知道要怎么解决这些问题。我很感谢一些朋友，他们等待着我搭桥，他们愿意帮助一些孩子，有时候只是一点点外力，便足够改变一个人的命运。

我觉得，更需要的，不是守株待兔接受馈赠，而是找到生活的方法跟勇气。

少女杨春献很理解这一点，她说，会想办法去读书，也会想办法读好书。

我真的很惭愧，我只是杯水车薪。很多时候，我会为这样的问题焦虑。尽管我知道，做了一点算一点，我根本无法奉献全部的自己，我的关注、同情乃至行动，都无法与关心自己相比。

这是终生无解的难题。

启示录

Wednesday, December 28, 2005 5:22:47 AM

每天午后，当来泸沽湖的车抵达码头之时，总能见到一群群衣衫褴褛的孩子冲上前，连询问带哀求甚至死缠烂打招人讨厌的要游人买苹果或者核桃松子之类，其中有很多，是辍学的孩子，他（她）们在为自己的来年凑学杂费与生活费。助学是善举，但是无形中助长了人们坐等救助自己并不努力的心理也是愿意伸出援手的人们的困惑所在。

虽然我的父亲警告我说，你不过是一小弥勒，别以为自己能够拯救天下苍生，但是，在我们力所能及的范围之内，为他人做一点点远远不能影响我们生活的小事情，也算是安慰了彼此人性中温暖的那一部分。

授人以鱼不如授人以渔。

于是，我决定在自家客栈门口腾出小酒吧的房间，请木匠打了书架，办一个小小的图书室，供这里所有的孩子以及年轻人借阅书籍，那些每天步行3个小时到此卖苹果的孩子们，也许会从书中得到更多的力量与微不足道的快乐。我们管不了太多的苦难，但这点事情是我能做的，如果你也愿意，请跟我们一起，相信你也能从中获得快乐，甚至远远比你给予的要多。

请大家注意书籍的挑选，欢迎一切适合孩子阅读学习的百科书籍杂志，过刊旧书无关紧要，另外，也欢迎一切关于历史、哲学、文化、科技、文学、等等各方面的书籍与杂志，每次收到这样的包裹，待我从相邻的永宁小镇邮局取回包裹以后，就会公布在主页上，感谢大家的帮助。

【回顾】

做不做这件事曾在我心头盘桓了许久。

最后说服自己的主要理由是:

哎呦喂,就当是客栈的宣传活广告呗,扯一面大红旗呗。

最开始做乡村图书馆的时候,的确对助学这件事跟几乎所有城里朋友,有着差不多的认知:好可怜!能帮就帮帮吧。

还有一种模糊的期望,关于所有人的命运。

但做着做着,就开始真正了解了很多,以前想当然的事情本来的真实。

后来我又曾试图组建民间一对一的慈善助学团体,类似青海的格桑花助学,他们一直做得不错,还发起过救助胆熊的活动,等等,但这些事显然都需要毕生的奉献与专注,随着对基层教育、贫困现实、慈善事业等等更深入的了解,我最终放弃成为这方面的组织人。

原因很多,难以名状,惟一不会改变的是,永恒的悲悯心。

回声

Monday, January 2, 2006 2:59:05 PM

http://www.luguhu.org/

诸位，上面这个地址是永宁地区的山区助学计划的大本营，也就是我所在的泸沽湖以及周边地区，我记得是由关于摩梭文化的研究学者周华山先生最早发起的，迄今已经健康、成功地运营了数年，很多志愿者以及义工参与了助学行动，愿意直接帮助孩子们的朋友，可以直接跟他们联系。

只是，我还没有勇气那样无私地帮助他人，也许因为当我在学校受教育的时候，就是个严重唾弃教育本身的摇滚青年，在助学的问题上也有一些不一样的看法，但是对于根本没有受教育机会的穷孩子们来说，我的一切看法都更像空中楼阁。据我所知，永宁山区助学计划的工作群体是值得信任的以及值得尊敬的人们，没有人是太阳，可是他们献出的光和热，令人终生难忘。

关于我的小图书室，则是我的个人行为，同样希望就近能让一些孩子们，在我们愿意付出的这点力量的推动下，能看到更宽阔的世界，我只能诚挚地说，这仅仅是我美好的希望，或者说，我想借此温暖自己的心。

有很多朋友打算寄些书来，当我收到邮局的单据，取到书之后，就会在我的主页上面公布详细的情况，看到书的孩子们有什么想法与感受，我也会定期贴出来，如果孩子们和书的主人们愿意通信的话，我也很乐意帮这个忙，再次谢谢大家。

边疆人民传喜讯

Monday, January 16, 2006 11:06:42 AM

今日收到首批包裹单4张，汇报如下：
1、来自北京宣武区的宋敏朋友，寄来书籍杂志包裹一个。

最早我把小酒吧火塘改成了图书室，很快就可以开张了。

有很多热心的朋友帮忙寄书过来，我就坐着小货车跟朋友一起到几十里外的小镇邮局把包裹取回湖边，遇到村里的学生放学回家，也会帮我搬书。

2、来自辽宁建平的方红朋友，寄来书籍包裹一个。

3、来自北京朝阳区的陶丽娜朋友（不知道名字对不对，有些模糊了），寄来图书包裹一个。

4、来自广州供销书店的郭小狼朋友，寄来文具包裹一个。

非常感谢大家的帮助！因为我要找时间去20公里外的小镇上的邮局，才能取回这些包裹，到时候再向大家具体汇报。我会把所有的书籍杂志编号，标记上赠送的朋友的地方与名字，再次谢谢大家！另外，没有想到会有朋友寄文具来，我想了一下，等小朋友们有机会看一段时间的书了，咱们就办一个读书作文比赛，把这些文具作为奖品，大家觉得如何？

村里有惟一的一位散活儿木匠，我汗，找了半个多月都没能找到他，之前撞上过一次，硬拉他来我家量了尺寸，随后又失踪了，据说出去跟人挖兰花去了……我把客栈的一个柜子用来当书柜，可能还是不够，等木匠回来做书架子也许要年后了。

怎么办才好呢

Friday, March 3, 2006 3:35:11 PM

很多朋友捐赠了书，我已经把收到的书籍按照大致的阅读范围分门别类整理好，遗憾的是，眼下是泸沽湖人民修建新房子的高峰时段，从过年前我就开始预约的村里的木匠，到现在还轮不到来我家做书架，人家说，盖房子都请不到木匠，你那点小活儿哪里排的上号……

我把原先放置酒水的柜子清理出来，全部放了书，但是应该还是不够，这些都是小问题，现在的问题是：

发放了两批大概十几本书给孩子们。没有一个孩子按照约定的时间归还书籍。

怎么办才好呢？这个问题很让我头疼，孩子们我并不全都认识，本来就是免费，大家来看就好，小朋友们似乎非常愿意，前面两批借书的孩子都是一副欣喜若狂的表情，可是怎么能让他们知道一定要按时归还书的事情呢？他们都是山里的孩子，没有什么及时观念与概念，辍学的孩子也很多，都答应得好好的。可是到现在，小朋友们似乎消失了……

唉，真是头大。

他们

Saturday, May 13, 2006 8:00:31 AM

今天变天了，刮起了很大很大的风，还下着不大不小的雨。站在楼上，看见泸沽湖翻着白浪，温度大概一下子下降了好多度，我又把棉袄翻出来穿上了。

下午三点，服务员上楼来叫我，说有小朋友借书。

我才想起今天是星期六。

刚好相机在旁边，就给这三个小男孩拍了一张。当他们告诉我，星期六上午学校还要上半天课，他们是中午下课以后走了两个多小时才到这里时，我还是很惊讶。我忍不住说了一些励志的话，小朋友们都很懂事地点头，尽管我觉得自己说了一些屁话……但是我不知道要说些什么才是好。

小朋友分别读五年级和六年级（左起毛光旭、廖平东、秦开东）
他们是住在四川浪放那边的汉族孩子。孩子们回家的时候秦开东遇见他的哥哥秦开苁，于是过了一会，小开苁又跑过来借书了。

星期天的暴白劳

Monday, May 29, 2006 3:34:22 PM

昨天是星期天。

周末不上课，早上我刚起床，刚下楼，还啃着一个包子，忽然浩浩荡荡一大群小孩子进门来借书，吓了我一跳。

一问，他们都是浪放完小的孩子，大多是4-6年级。

他们学校的那位老师之前已经跟我交待过，这段时间不要借书给小孩子，他们6月22号考试，有的孩子上课还在偷偷看课外书。

我答应了。

但是看着这20来个远道而来的小孩子恳求的目光，我又忍不住立下规矩，这次每人借两本作文辅导或者跟学习相关的辅导书，不借童话之类的课外读物，我琢磨着，这样应该不太会影响学习吧……。忙了好大一阵，总算完成工作，其中一个小女孩还帮她的小伙伴借了两本，她说她的小伙伴的妈妈不知何故不让她来，那个来不了的小女孩在家还哭了。

岂料，一群孩子在我家门口被那位不知道哪里冒出来的老师当场逮到，老师勒令他们退还图书。

孩子们闷闷不乐地挨个来退书。

听说这位老师姓刘，上海的。

唉，当时我也像做坏事被逮到的学生一样，看着刘老师，挺不好意思，因为我答应过他这段时间不借书了。

回头想想，又觉得很……

说不清的滋味，我跟孩子们说了暑假举办作文比赛的事情，有几个朋友寄的拼图、笔记本和乒乓球拍等可以做奖品。他们欢天喜地的答应，并且都要把成绩表拿来给我看，希望能借到更多书。

我想到了一个问题，大家说我是不是该把这些书转赠给希望小学做图书室呢？那样会不会有更多的小孩子看到？

女孩与马鹿

Monday, June 5, 2006 8:32:08 AM

前段时间下了将近一周的雨。

这几天放晴。

有个住在山上的每天在码头卖点小干货的中年妇女到我家来还书,说是她念初中的女儿借的,但是女儿要期末考试了,所以她帮女儿来还书。

我收过书,看见叠在最上面的那本书的封面,女孩用一条细胶带粘住一张破纸片,纸片上工整地写着:因为前期没有看完书,所以没有按时还,谢谢姐姐。

我很高兴。

决定去买个西瓜吃。

走到村口,边上的玉米地中一大群人呈四面包抄之势,一只蹦蹦跳跳的活物朝我这边跑来……

等我定睛一看,清楚了……竟然是很大的一只鹿!

据说每每下雨过后,山上的鹿都会下来那么一只两只。

又听说这只鹿不是鹿,是马鹿。也有人说是麂子。我反正不知到是什么,总之是个大家伙。

上村的人围追堵截之下,那只可怜的动物终于束手就擒,被人们倒拎着腿脚,扛走了。

一定是宰了吃。

我又有点不高兴了。

开学了

Wednesday, August 23, 2006 4:31:09 PM

小朋友们都开学了。经常来借书的毛光旭小朋友以永宁乡第一名的成绩考入县城初中,他特地跑来我这里报喜。我跟阿毛送给他一些书还有文具什么的,他爸爸是木匠,妈妈是农民,供他读书现在问题还不大。

前天那位马来西亚的朋友住到今天才走,因为起晚,竟然没有来得及问他的名字,只知道他是马来西亚的公共医院的医生,他是我见过的外籍人士中对中国历史文化现状最了解的一位朋友,他认为中国最失败的是医疗和教育,他告诉我们,在马来西亚的公共医院非常便宜,至少对于老百姓来说是一项很大的福利,生个孩子的花费仅仅是马来币1块,相当于人民币2块钱而已,无论任何病患,并且绝对不会要求先付钱后抢救,一定是生命第一……

感谢这位朋友不辞辛劳大包背来的文具和作业本!

同样,感谢之前来自上海的芋头夫妇送来的衣物,还有丽江素未谋面的于(俞?)大哥寄送的火柴、地图与书籍!

感谢朋友们的支持!

开学了,作文比赛也该出成绩了。虽然从个人角度来说,我并不喜欢有些小朋友的作文中出现"共建和谐社会"这样的句子,也对小朋友将来进入教育体系之后会成为什么样的人心存疑虑,但是毕竟我们的社会最为稀缺的便是公平,他们需要获得成长的机会,才有别的可能,因此,这至少是一件可以令自己高兴、也能惠及他人的快乐的事情。

毛光旭小朋友不是落水村人,他跟随母亲前来取通知书,很开心地特意跑到我们这里告诉我,他的初中升学考试是永宁乡第一名,收到了县城一个由上海某企业赞助的有奖学金的中学班级录取通知书。我第一次知道在这边竟然也有企业这种班级赞助的形式,然后觉得,其实还是有很多人用各种方式做很多事情,只是大概国家太大,人口太多的缘故,相对人口基数,我们国家的慈善事业便显得杯水车薪了。

如果是我自己的看法,以前觉得吃饱了再谈精神,现在才发现,很多人吃饱了也不谈精神,好比相当多的少数民族文化中,物质享乐不是现世选择,而是世界观、是生活哲学,对物质本身也并不挑剔,倘若不是有些宗教之类的具有想象空间的东西存在,实在令我怀疑精神的必要性了。

【回顾】

有一个老大哥朋友,叫大龙哥。

他是摩梭织女这个手工围巾品牌的创造人,学机械制造专业的他,不仅亲自动手改造了摩梭手织的工具,还把这门生意变成了全国的连锁店,开了一个工厂给自己供货,即便是你跑去鼓浪屿,也能见到他的店。

大龙哥最早也是旅行者,他发现了手织摩梭披肩的美,背着包带着仅有的三万块跑去永宁地区的温泉乡,挨户求老祖母允许家中的女孩子们随他去丽江开店。起初他被当成人贩子,在借宿的人家家中吃饭,主人连凳子都懒得给他一个,大龙哥只能蹲在火塘边上随便吃点。随着大龙哥的店越来越红火,带出去打工的姑娘越来越多,他在祖母屋中吃饭已经可以坐在火塘旁边啦,那可是家中掌权的舅舅才能坐的位子。

有时候大龙哥跟我讨论物质和精神哪个排名靠前,他就直言不讳,说温泉乡要建学校,打电话给他求捐款,他一毛钱也不给,直接给了数吨水泥。逢年过节,他和媳妇儿领着一堆摩梭姑娘去购物,专门挑品牌店讲解为何要买牌子货,龙哥说,有了物质基础自然就会追求精神了,自然就会感到文化上的缺陷,才有主动填补的动力,否则,教育神马都是浮云,不吃饱了,哪有空看浮云。

大龙哥自己的愿望呢?

他说,尼玛带了一堆亲戚出来赚钱,累了,希望有些积攒了,跟媳妇一起开个小小的孤儿院,养一堆孩子,简简单单过这辈子。

停

Thursday, October 12, 2006 3:11:59 PM

新收到的一批书籍还没有来得及登记入册。

有一个读小学六年级的小女孩来借书。

她问我之前那个大哥哥（指阿毛）哪里去了？我说回学校上学去了啊。

小女孩挑书挑了足足一顿饭的功夫。

然后我给她登记书。

她直接挑了7本我还没有登记的书，眼尖的我发现其中一个包裹里面随书附赠的三本漂亮的笔记本，有一本被小女孩偷偷夹在一本书里面，小女孩借了就走，被我叫住我说要登记书名。因为我家服务员不识字，我外出的时候只好叮嘱服务员借书的时候记住小孩的名字以及登记借书数量。

小女孩显然对我登记书名以及人名的举动有些胆怯……我没有说什么，直接抽出她想顺走的笔记本跟小朋友说这是作文比赛的奖品，不是书不能借……

小女孩讪讪且恋恋不舍地把笔记本放下，走了。

我无奈。

粗略清点书籍物品后就发现，不仅很多书籍有借无还，之前台湾朋友赠送的一袋棒棒糖、圆珠笔乃至更早的时候有朋友寄来的10套拼图游戏纸板等都已经不见踪影。实在说不清楚这些小玩意是什么时候被什么孩子用什么方式偷偷拿走了。确实有很多孩子只来过一次便再也不见人，但是也确实有一些经常来借书的孩子，每次都很认真的还书。

记得有一次有个小男孩借的一本书，说是被他的3岁的妹妹撕烂了，小男孩不知道哪里找的钉书机钉过以后，再用宽胶带仔细的把碎裂的封面粘贴好。还书的时候小男孩一个劲地说姐姐对不起了。

遇到这些事情我也不知道如何是好。我理解孩子们的渴望，也理解日常的道德规范，就是不理解，如何面对我无法承担的一种社会功能……

好比整理寄来书籍的时候竟然发现一本高尔夫俱乐部的会刊……封面赫然贴着："请勿取走"的类似的字样。

我们同样无言以对……

想到明年三月即将到期的租约，再三考虑后，我决定：

从现在开始，停止接受书籍捐赠，请热心的朋友们互相转告，我会详细整理好书籍以及近期收到的捐赠人的名单先公布上来，再汇总编成名册，然后在明年3月新学期开学的时候，以所有捐赠书籍物品的朋友的名义，集体把书籍捐赠给一年多以来，借书的学生最多的四川蒗放完小（一所距离本村2小时步行路程的湖畔的希望小学），据了解，这所小学有一个小小的图书室，希望这些寄托着大家的祝愿的精神食粮，能够继续为山里的孩子打开通向外面的世界的一扇小窗。

【回顾】

读书对一个人的思想的改装，的确非常有力量。

从开客栈到后来去丽江开店，在我家工作过的每一位服务员，我都会教她们写字，读书，她们后来不同的命运走向，也足以令我窥见，知识对人的影响。

春秀和小燕，是最后留在我丽江店里工作的两个小姑娘，都是年龄相仿的九零后，春秀来自闭塞偏僻的摩梭村落，小燕则是家在金沙江边半山腰的汉族，跟傈僳族混居。

最开始的时候，两个女孩性情相近，春秀初中毕业，小燕初中没有毕业就出来打工了。我习惯性地给她们买了很多书，多数是生活、科学知识和地理、历史以及市场营销几大类，让她们空余时可以继续学习点新东西，经常跟她们一起讨论各种问题，把最新的资讯传递给她们，带着她们一起看电影。

起初，小燕比较爱玩，爱看电视，春秀则更文静，知道的事儿和知识明显胜过小燕。后来小燕被一本阐述工作意义的书吸引了，然后她开始查阅字典，看了更多的书。问题越来越多，甚至问到了南极北极，还拿着我的剑桥中国古代史问我，为什么电视里演的武则天跟上头写的很不一样？反而是春秀开始翻着书发呆，有一次我在店里瞄见她摊开一本书，好像在看，书却都放倒了。

过不了多久，两个女孩的变化就更加明显了，小燕工作愈发积极负责，主动要求看更多的书，看了电影《忠犬八公》以后，对我家狗狗的态度都变了，看我们组织拯救胆熊的活动，还偷偷问我什么叫动物福利。

春秀越来越多的看着书发呆。直到有一天，我发现关店后，她偷偷的溜出去跟身份不明的一群少男少女玩儿，我在店门口等到夜里1点她还没有回，丽江古城的灯红酒绿对刚刚走出山里的少女有多少诱惑啊？我很担心她万一出点什么事，因为那会儿她还不满18岁。

再往后，春秀泪汪汪地诉说家里老人生病，必须得回去，我只好结算了工钱送她走，岂料隔天就有人告诉我，见到我家春秀在新城打工去了……想必是出去玩儿更方便……

小燕则一直在我们店里工作到我离开丽江，她决心去深圳打工时刚满18岁，后来她又跑来北京，我找朋友帮忙介绍了餐厅的工作，她很快就凭着认真负责又勤奋而升任领班。

我曾问过小燕，待在家乡难道不更舒服吗？

小燕回答：姐姐，我不像你们读过那么多书，小时候贪玩，现在后悔了，但是我也想出去看看外面的世界，能有多远就走多远，可以年纪老了回家里去，不然一辈子太没意思了！

然后她又闪着大眼睛问我：

姐姐你还去西藏吗？我们去西藏养牦牛吧！

捐书完毕

Thursday, March 1, 2007 4:25:04 PM

跟大家报告一下，所有的书籍清点完毕，一共是18大箱书籍，连同文具等用品，今天已经包车运抵泸沽湖达祖小学，车子撇下阿毛先回，倒霉的阿毛回家没能拦到过路车，一直步行了4个小时才走回落水村。

原先预备捐赠给浪放完小，但是因为放假未能联系到有关人士，加上经过比较，由一位台湾老人捐赠修建、管理的达祖小学，是一所运作良好的希望小学，白天小朋友们上课，晚上则是扫盲夜校，考虑到大家捐赠的这些书籍可能更合适这样的一个地点，我们也能放心，也及时联络到了达祖小学的有关负责人，于是我们把大家捐赠的书籍、文具等学习用品全部送了过去，附上达祖小学的网址，有心的朋友可以看看了解一下，如果有捐赠图书、学习用品等想法，乃至志愿者的申请等，都可以联络他们。衷心感谢一年多来朋友们的支持和鼓励，今天我们终于圆满完成了这个大件事，谢谢大家！

1、我们包了运书的车。

2、达祖小学漂亮的教室，一定令不少其他山区的小孩子羡慕吧！在这里上学从学费到生活费等等都是完全免费，只要肯去读书，小朋友家里不需要再出任何费用。

3、达祖小学的操场，很爽。不过感觉这样的小学在山区已经很奢侈啊。

4、阿毛步行回村途中，经过一处就是四川，试营业中的LUGUHU假日酒店，后面靠水的房子是一个房间，房卡都是红外扫描那种，一晚上420。后面山上那个一栋楼算一个房间，阿毛趁服务员打扫房间去参观了下，服务员说昨天卖得最好的就是8999元和9999元的VIP观景房……是官员来住的。但是5888元价格及其以上级别的阿毛没能进去，因为每个门口都有两个月薪700还含有养老保险的保安把守……

【回顾】

客栈门口那个小小的所谓酒吧，就是一间小屋子堆了个火塘，门口我用木头栅栏围起来，就算小院了。虽然我通常在这里跟各种当地人神侃，虽然

所有的书籍和文具打包捐赠给了达祖希望小学。

常觉得大家聊的都是风马牛，各说各的，但还是非常有意思，不时有些意外的收获。

有爱玩的朋友，在门口的木栅栏墙壁上，用喷漆喷了三个巨大的字儿：暴牛逼。

我绰号暴暴，他说你一小女生在这儿能住下去，牛逼。

那几个字儿旁边就搁着我买的竹扫把，瞎玩儿呗，我也没太留意。

可就是这几个字儿，给我惹来大麻烦。

后来一直怀疑是房东找茬想在租期结束前赶走我们，因为房租是早就付清了的，村里也有类似的先例。房东叔叔是个每天喝酒玩乐的老头，素来也没有什么交往，全村人都知道他蛮不讲理，包括他家的孩子也对这个每天喷酒气的人避而远之。有一天房东叔叔来找茬。说我们客栈门前空地的木头栅栏和招牌不好看，影响了中国电信的形象（那时火塘小酒吧已经被他强行收回，租给中国电信开了个小店，我把图书室挪到了客栈的餐厅里），让我拆掉。我自然不依。凭什么？老头说不拆的话那就交多少多少钱来，实际上我早就付过租金，我更气愤。

吵起来之后，我家客栈隔壁客栈的老板，也是当地的村民，劝老头，说没有什么可拆的,结果老头动手跟他打起来了。然后一边喝酒一边跟众人说我欺负他(这句话他喷出来之后相信全场人民群众都狂汗),让我叫北京的公安去抓他啊~

没理他,我出门回来以后,门口木栅栏已经被老头拆掉!他说我在外头做了那圈木头栅栏挂着"图书室"的牌子,需要额外再缴费,三千块一年,才能挂。

第二天一早,莫名其妙就来了大队人马的联合检查组,工商税务消防等等一大堆,然后"暴牛逼"三个字,就成了我的罪证,检查组的一位官员说,你以为你是谁?你不知道这是骂人的话吗?你写在这里什么意思?你这是破坏我们民族地区、国家级风景区的旅游文化!

我陪着笑解释了半天也不管用,立刻把几个字儿刷掉也不管用,门口还有块牌子写着"四川大学户外俱乐部腐败基地",官员同志也做气愤状批评我:你不知道我们党在反腐败吗?你写腐败基地什么意思?你这是反党、反社会主义!

我惊了。

接下来我的罪证更多了,工商执照也说我有问题,厨房卫生也有问题,我的小图书室直接被查封了,我做的免费借阅的木头牌子等等都被拆了。临走还说我竟然敢把客栈的招牌"天空之城"四个字挂在风马旗的上面,是对他们宗教信仰的侮辱。我被通知次日去村里办公室"交代问题"。

翌日,我和阿毛弟弟一早就按时去村里报到。当时还以为是欲加之罪何患无辞,交罚款就行,也没太重视,我俩一边啃着馒头一边去了办公室。

结果到了之后才发现是大阵仗,不容我们有什么辩解,我们的客栈直接被宣判了很多罪状,勒令我们立刻停业整顿,并且只有我们被"处理",没见其他任何当地的朋友。

阿毛有点言辞激烈,村里派出所的头儿一把揪住阿毛的衣服,指着自己警服的警号说,你看清楚点我的的警号,就抓你怎么了。

于是我俩被带去派出所拘留了。

途中我给朋友朱靖江大哥偷偷发了条短信,因为头天大概给他讲了事情经过,他也常年在外头拍片子做一些人类学、社会学方面的调查研究之类,短信我就发了几个字,意思是俺们被抓去派出所了。

到了派出所,我跟阿毛被分开审讯,录口供。

所有的书籍和文具打包捐赠给了达祖希望小学。

　　我就惨了，审讯我的两个警察，翻开一本厚厚的《审讯大全》，看上去非常慎重地、对照书中的标准审讯步骤开始审问我。
　　我悲愤了，情绪激动了。他们起先还有点按部就班，说到后面就直接出言不逊，说我是外地来他们这儿找钱的妓女，还限我们一周内离开泸沽湖，说是为了"保障你们的人身安全"，因为"泸沽湖经常有浮尸"，"到时候怎么死的都不知道"。
　　大概在派出所审讯了几个小时，阿毛忽然过来我这边了，我哇哇就哭了，他说你哭啥，我说我妈妈要是知道了得担心成什么样啊。
　　后来我才知道，阿毛在另间屋子被审讯，但是远没有受到我这边这种恐吓，审讯他到一半，朋友朱靖江，也就是老朱哥哥火速找到了他在云南公安厅的同学，一层层往下找人，电话最后打到宁蒗公安局，再传到了村里的派出所，起先那个凶巴巴的所长立刻过来了，态度180度大转弯，还泡了一杯茶给阿毛，只是随便问了下，就聊起天了。

于是当天我们也并没有被拘留，放我们回去了。

看到满地狼藉，我亲手做的简陋招牌也碎了一地，写的无非是欢迎小朋友免费借阅图书之类，真是感慨。

设立这个小图书室没有多么高尚的初衷，就是看到当地小孩没有书看，我只是举手之劳，媒体朋友本来就比较多，就在博客上号召大家捐点书过来，我腾间房做阅览室，看到湖对面浪放小学那边的孩子，光着脚走两个小时的山路也要过来借书回去看，我就觉得这件事多少有点意义，后来衍生出很多事儿就是之前没有预料到的。甚至还有人吃饱了撑着专门打电话给我骂我沽名钓誉，我大方承认自个儿就是为了宣传生意也不顶事儿，还真有人执着地打电话骂我。

这下可好，直接给我拆了。

晚上我就在博客写了事件经过，很多好友纷纷转起，发动了很多人到处找关系，要"救"俺，不能停业整顿。我认识一位南京诗人楚尘，他告诉我他有个少数民族诗人朋友，在宁蒗县当财政局长，嘱咐我去找他。巧的是，这个财政局长，刚好被派往泸沽湖当了纪检委的头儿，不等我去找他，他来客栈找我们了。

事情后来就戏剧了，楚尘老大哥的这位朋友赠送给我一本他的诗集，并且在村干部家里组织了一个饭局，出事儿那天检查组的所有大小头目都到场，同志们都说是"大水冲了龙王庙"，误会误会，也不提我反党反社会主义等等罪证了，反而开始夸我是文化人儿，轮流给我和阿毛敬酒。

最后就是要求我把博文删除掉。其中有位村官后来还请我去他家在湖边开的宾馆"指导工作"，我没去，这位官员可了不得，早年就曾被央视的节目曝光过湖边独家宾馆污染水源，那时我年纪尚轻，不知道怎么跟干部"打成一片"，但求不被莫名其妙的黑掉就行。

事情平息之后，房东叔叔再也没有找过什么碴，村里好些人开始觉我是"上头有人"的，平日见着越发客气起来，我的小图书室也得以继续存在了一年。

离开泸沽湖时的风波

传统家庭的瓦解

Thursday, February 8, 2007 8:33:28 AM

房东家最近很麻烦。

大儿子巴金哥哥换肾之后,不好好保健,前阵子据说大吃大喝一顿后病情反复了。外面一直传说他那位外地的媳妇帮他家出钱出力之后,两人已经散伙,只是他家人并不知道。

二儿子因为女朋友的事情跟家里闹翻了,又据说偷了家里的钱,也就是截留了村里统一划船、跳舞的部分收入,私下里跟我们说,预备过年以后就闪人,自己出门做点小生意。

三儿子还在印度当喇嘛。

四儿子初中尚未毕业也并不想读书。

阿妈是劳动妇女,辛勤操持大家庭,阿乌(叔叔)每天只知道喝酒游乐。

在以上前提之下发生了以下事情:

首先是阿妈过来,说要我们赔偿1万。

然后是阿乌阿妈一起冲过来,说要清点东西,让我们赔偿2万。

距离合同到期尚有将近2个月。

他们要赔偿求理由如下:

1、说洗衣房有个陶瓷面盆破了一块(疑为他家儿子或者不知名村民醉酒后所为)。

2、说有将近10个电热水壶坏了。(其实以前就是坏的)

3、说有个马桶盖子不见了。(已经配好了)

4、说有个电视机开关坏了。(已经修好了)

5、说房顶瓦片坏了。(不知道是哪片瓦坏了,呵呵)

6、说太阳能热水器漏水。(目前不漏,以前真漏,我们均及时修缮了,否则房间哪有热水)

我们都时常爬上房顶看风景。可屋顶的瓦片要真坏了，早就漏雨啦。

我们认为真实理由如下：

1、找茬想在过年前把我们轰走，乘过年旺季赚一笔。

2、要真能唬住我们，岂不是还能白拿2万的赔偿？

看着这个濒临崩塌的摩梭家庭，看着老大蜡黄的脸，看着老二收拾好的大箱子，看着阿妈和阿乌耍横的表情，遥望很多年前的土司时代，有着诚实信仰的美好的摩梭族，现在的我们能做的除了斗智斗勇，还能做什么呢？

永珍的孩子病了，11月就回家了。我们去看了她孩子，同时也放弃了她。关于她的故事，只能以后再说了。

两年以来，我们把这里当成了自己的家。

湛蓝的天空下，一面湖水依旧，我们收获了美好，也见识了丑陋。

时光荏苒之间，我们该庆幸吧。

滚滚红尘

Tuesday, April 24, 2007 4:33:11 PM

最近都很忙,近期内就回北京了,很多朋友等我回去做些事情。

很久没写博客,今天上来贴我做的帽子,很开心的说,浏览朋友的留言,忽然看到两条,顿时想起了滚滚红尘。

其一:

房东 writes:

警告:暴暴蓝房东看了你的网站,很生气,你这样在网上诬蔑侮辱、恶意宣传房东和摩梭人家!在经营期间你们和房东都处得很好,你在别的地方受气,这是你自己做人处事的问题!走了还为什么在网上乱宣传~我知道你在经营期间亏钱了,这是你能力的问题,你作为一个记者,这样做对吗?如果你看到了就把这些根本没有的事情删了!不然房东会在一定时间内用法律来起诉你!希望你能做到。

敬告网友:暴暴蓝的话有些完全不可信,是自己编造的谎话!!!

其二:

Anonymous writes:

据知情人士讲:你把网友捐的书,好的都拿给你在泸沽湖开茶室的朋友,"算了吧"的老板!足足有四五个大箱!捐给小学的只是一小部分!太可耻了!还好意思在这里发表!

我的回答如下:

1、我可以最后再说一遍我看到的这个家庭:勤劳的阿妈,蛮横的阿乌,善良的老大,离自己最初的理想越来越远的老二,懵懂的老四。至于其他,相信人人心中自有一杆称。

2、这个知情人士请署名。这样的流言如果针对我个人就算了,但是涉及到很多捐赠的朋友的感受,我觉得有必要说明清楚。

朋友们捐赠的书,都是阿毛负责装箱,这件事跟算了吧唯一的联系,是

阿妈在打喂猪的玉米。阿妈其实是非常勤劳的摩梭妇女。

因为算了吧的老板，我们的台湾朋友老马，他帮我们联系了书籍捐赠处——达祖小学，因为达祖小学的校长，同为台湾人。不过很不幸，这位拿退休金从事慈善事业的老人家，最近刚刚过世了，前段时间听老马说起，还黯然，窃以为老人家倘若在台湾老家颐养天年，而不是奔波在山野，也许会长寿一些吧。

至于"你把网友捐的书，好的都拿给你在泸沽湖开茶室的朋友,"算里吧"的老板！足足有四五个大箱！捐给小学的只是一小部分"从何而来，为何而来，我们都觉得没意思去探究了，又好气又好笑的是，朋友们捐赠的对口书籍绝大部分是初高中生、小学生学科辅导书籍、文学科普、历史读物、励志人物传记，相当多的附有汉语拼音的儿童读物，这些书送给开酒吧的年逾半百的老马……让他重温爱迪生发明电灯的故事……朋友们专门寄给我看的一些书籍杂志老马拿去看还差不多，哈哈，但是我这爱书之人自己看的书可是悉数带走了。

不想去探究，离开两个月以后为何忽然冒出这样的流言，但是该说明的必须说明，不能辜负朋友们的善意。

一切都是正规手续，我们与达祖小学签署了捐赠协议，清清楚楚写着一共18大箱书籍，我保留了捐赠协议清楚版本的原件。

协议写得非常清楚，这个图片在首页无法显示正常尺寸，所以我上传了清晰的协议原件图片，请大家点击上面的链接查看。也是最后再说一次，公道自在人心。

最后我还想再次感谢很多朋友的支持与鼓励，还是那句话，收获了美好，也见识了丑陋。

人生何其短暂，我本将心向明月，奈何明月照沟渠。

爱情

Love

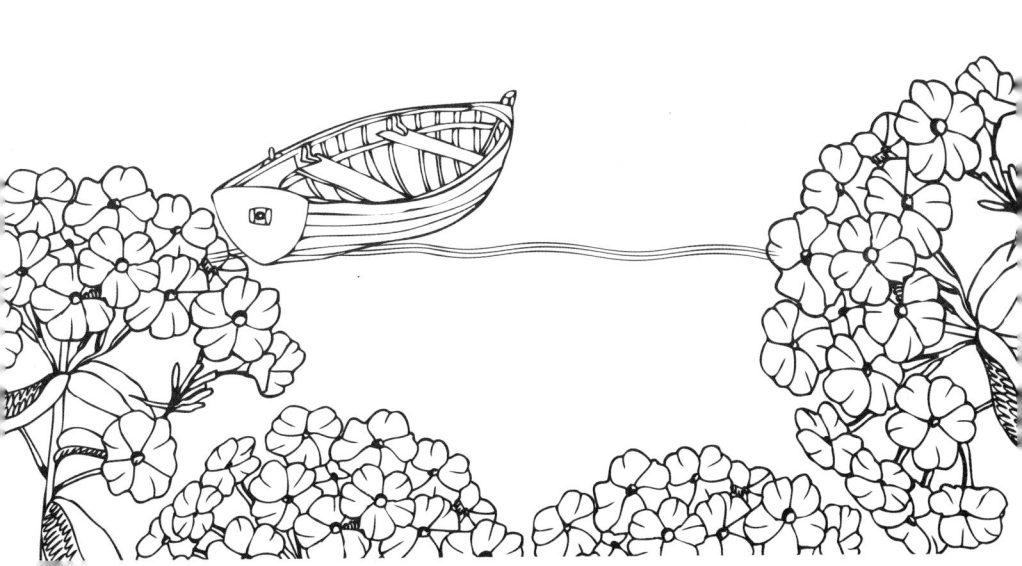

这真是很难解说的两个字。

尤其对我自己来说，人在旅途，并没有爱人陪伴在左右，有时候面临的处境与困难，还有那摄人心魄的孤寂，只有自己才能体会，无法言传。

时间久了，大刀阔斧的拓展了生命的版图，爱情所占的比例，自然而然缩小了，却不代表它不重要，褪去青涩，反而拥有越来越清晰的舒适的形状：

不再追求全能的感情，不追求超过自己真实需要的东西，并且不惜花费大力气，搞清楚自己在爱情中真实的需要是什么。

也就是说，爱情不能承载超过爱情本身的爱。

不能要求爱人同时是父母、亲人、密友、帮手、保姆、厨师、司机、保安、提款机、猛男、女优……

能占全几项，已经很了不得，不作要求，于是，就都轻松自由了。

可惜这一点小真理，跟那些鼓吹爱到极致、爱情至高无上的煽情理论、各色文艺作品比起来，显得有些土渣渣的，特别不招人待见。

个人才华的实际情况，与终极理想化的个人境况，毕竟是两码事，中间的鸿沟，并非用追梦人生，就可以蒙混过关；不同的个人要通过感情关联起来，不管并联还是串联，能在人生中发光，就很有爱。

假若凑巧遇上能够担任多重角色的伴侣……

好比 Galen Rowell 是国际著名的户外登山摄影家。2002年8月11日和爱妻 Barbara Rowell 不幸双双死于飞机失事。在他62年的生命中攀登了包括七大洲最高峰在内的上百座高山，足迹遍布地球最边远的角落，留下了几十万张的摄影作品和17本各类图书。他是高山摄影的一个传奇，他的妻子则是一位杰出的航空摄影家且拥有出色的商业才干，他们共同创办了摄影基金和山光画廊，迄今仍在世界摄影界发挥着影响力。

如此炫目的伉俪，已然是爱情奇迹，真的有幸遇见，那真是要恭喜，走了狗屎运也。

我屋旁的小白菜

Thursday, October 27, 2005 9:07:46 AM

  终于到了一个有无线宽带的地方，才能下载来朋友发来的歌——不会说话的爱情。
  第一次听这首歌是盲人歌手周云鹏唱的，他自己的创作，我很喜欢这首朴素的曲调。随后，跟朋友小河以及康赫的各种聚会中，我们总是哼唱这首歌，后来，小河录了他演唱的版本，直到今天我才有足够的速度下载成功。
  在丽江住处阁楼的一间小屋，写完一点东西以后，开始听，瞬间，眼泪便流了下来，多么莫名其妙地伤感，连自己都觉得情绪做作，略显浮夸。
  忽然爸爸边叫着小祖宗边上楼来，慌乱中抓起床单擦眼泪，开门迎上一个笑脸。看看窗外，不知道什么时候下起雨来。

  不会说话的爱情

    绣花绣的累了吗 牛羊也下山喽
    我们烧自己的房子和身体 生起火来
    解开你的红兜带 洒一床雪花白
    普天下所有的水 都在你的眼里 荡开
    没有窗亮着灯 没有人在途中
    只有我们的木床儿 它唱起歌 说幸福 它走了
    我最亲爱的妹呀 我最亲爱的姐
    我最可怜的皇后 我屋旁的小白菜

    日子快到头了 果子要熟透了
    我们最后一次收割对方 从此仇深似海
    从此 你去你的未来 我去我的未来
    从此 在彼此的梦境里 虚幻的徘徊
    徘徊在你的未来 徘徊在我的未来
    徘徊在火里水里汤里 冒着热气 期待

期待更好的人到来 期待更美的人到来
期待我们的往昔的灵魂附体 重新再来
重新再来 重新再来

【回顾】

离开北京的时候,也就离开了我的感情。

时间与距离都在向我展示,究竟什么才叫道不同不相为谋,当人们走在不同的路上,就不必也不能再牵手。

所幸的是,没有爱情,仍旧可以做朋友,人生前行的轨迹,不会停留,但也不会抹去,彼此相遇时,互放的光亮,那都是生命中,美丽的焰火。

59年前 生活不能自理的女人

Monday, October 9, 2006 10:11:38 AM

TMD！

一

今天下午五点的时候终于来电了……
上网跟大纲说，才来电，十一期间居然频繁停电。
大纲说，59年以前你那地方连洋蜡都没有呢，不错了。

二

这么久没能上网，事情发生得太多。
印象超级深刻的是两对住店的夫妇。
女方……八戒丑丑雀跃相迎之时，女人花容失色到绝对夸张的地步。
然后女人说，老公！讨厌！我不住这里了！
餐厅吃饭，女人要服务员送水到房间。
阿毛热心解释，房间有开水杯，一分钟就好了。
男人嘟哝：送的烧的都一样嘛……
女人嗔怪：我自己不会烧水……
阿毛汗，压低嗓子跟我耳语：看见没，这种女人在男人面前生活不能自理……
两人哈哈。
翌日下午，来另一对年轻情侣，入住。
晚上10点多，情侣男来敲俺门，曰：你家狗……
我忙说没问题不会咬人的……
男不好意思地说：不是狗，是你家院子太黑，我女朋友现在大门口不敢进来。
我狂汗，曰，走廊都有灯的说……
过一阵，男又来，继续曰：我女朋友还是不敢进来……要不咱们退房换地方住好了。
我曰：可，去找服务员退押金即可。

再翌日早上，服务员前来报告，说昨日晚上那退房的女的忒地嚣张，要退房款，可是入住已经超过6个小时，按照规矩退房就不能退还房款了，只退押金，男的没说什么，女的破口大骂我家服务员嫁不出去，非要退还房款……

我简直无法言语。

这个世界上固然什么人都有，可是没想到在男人面前生活不能自理装逼装嗲的女人还不是一般的少。

同理，在这种用不能自理来满足男方的女人身边，被满足的伟岸男也还不是一般的少。倘若在无人处相互发嗲也罢。众目睽睽啊……一点也不环保……

【回顾】

女权的大帽子眼看就要戴在我头上了。

我的确特别不喜欢那些看上去离开男人就不会走道儿的女的，偏偏男的都很受用的模样。

看微博上猛转一句"箴言"，说"女人之所以坚强独立，那是因为没有遇到好男人"。

转发回复如同潮水般，女人们纷纷赞同。

说实话，女人倘若坚强独立是因为没有遇到好男人，那么这个所谓的好男人，就只能辛苦一辈子了，假如他获得了一位依人小鸟的话。

所以，我就想，如果我坚强独立，一定是为了我自己。

我渴望舒展而自由，平等而互助的情感关系。

我们一起唱歌，一起走。

逃跑的火车

Wednesday, September 27, 2006 3:55:31 AM

把2个多月大的调皮金刚德牧黑背狗狗肖邦……送到阿毛弟弟的房间与他共度良宵。

我便解脱了。昨天睡得很早，差不多一个月来首次整夜没有醒过，之前总是半夜被肖邦叫醒，邀请俺陪它玩耍。起床的时候，早上9点半。一开门，肖邦冲将进来，呜咽呜咽地摇头晃脑——伴着阿毛的抱怨声：我快崩溃了，你带会儿，迅速闪人。

随着我刷牙洗脸，肖邦成了真正如假包换的狗皮膏药，死死贴着我，直到我给他的饭盆填满了狗粮，这吃货兴高采烈地抱着饭盆开始咂吧嘴。

我打开电脑，想起明天某杂志音乐专栏要交货，正琢磨着写啥，肖邦吃得肚皮圆滚，蹦跳着来我跟前，讪讪地望着我，驱逐无效后，赏给它一根磨牙棒，它才心满意足地叼着趴回椅子下面，开始玩弄磨牙棒。

写什么呢？

这差事真麻烦。

久居乡野，日日见着些猪马牛羊狗，开门见山见湖，却总是要冒充行家里手，凭着网络的魔爪捕捉一丁半点儿的蛛丝马迹，指点江山激扬文字。大概无人能想象，抬头即见这一面湖水，写写人文地理倒也罢了，我却定期炮制着财经随笔，或者轻车熟路地在键盘上打着八卦掌。那些东西干我何事？可即便是站在远离城市的荒原上眺望，山水背后仍是一如既往满目疮痍的千秋。

樊篱之下悠然见南山的心境，大概是上五千年的文人才有的海市蜃楼，下五千年的你我，藏在任何犄角嘎拉都脱离不了无处不在的有线讯号、无线电波。

就算使劲掰掉已经镶嵌在身体上的天线接收器，好奇以及由奢入俭难的古训都会提醒你我，其实，如果失去联络，失去折腾，那么这面湖水前的呼吸不过是死水微澜尔。

好吧，我想起麦当娜。

丑丑狗狗的最后一个孩子,小狗弟弟不在了。我又在丽江领养了一条将近两个月大的德牧,给他取了个名字:叫肖邦。

她的自白巡演刚刚结束。她在传记中说，她不需要钱，只需要爱，她是一个传统的女孩。

我又想起patti smith。

她三十年前与John Cale翻唱The Who的经典名曲My Generation，曲尾，她凄厉地喊着，I'm so young, I'm so goddamn young！

我还想起大S。

她活得有够嚣张，有够明白。

可是，写什么呢？博客写了一堆，专栏还没着落。

又想起前天跟几个老朋友聊天，作为小辈，挨个数落了他们一顿……肖邦从来不追耗子……我好像经常管得太宽……

为什么大家彼此看到都能感到彼此都很疲倦？

青春，是此人是否仍保有诚实的心灵，是否实践了年轻时的许诺，是否背离了自己的初衷。

可是，可是，可是，

谁能强悍到这样的地步呢？

大S说：没有人能超越肉体用心灵去爱。我想我可以。但没人配合。

谁们太少，少到举目四望，发现不了同类。

所以悲伤。

而若逃走，人人都会发现自己原来是火车，拖三拖四竟然那么长。

【回顾】

民谣歌手佺哥是我的冬不拉老师。他每次到古城，就去我的小院子教我怎么弹游击队之歌，以及那些特殊的冬不拉拨弦方式。

闲暇时，我们就聊天。

佺哥以前有个女友，两人惺惺相惜，天涯海角，在一起十年。

无论是一个男人还是一个女人，都没有几个杨柳青青的十年啊。尤其是妹纸们，红颜易老哇。

可他们还是分开了。之后，佺哥只用了几个月的时间，就找了一个情投意合的姑娘，迅速在丽江安家，结婚，生女。

我说，哥呀，如此速度，叫前头的那些个姑娘们可咋办呢？

佺哥笑说：都牺牲了。

都牺牲了……

我一愣。

的确，爱情犹如不讲理的神，需要很多青春来献祭。

然后终于有一天，冷不丁就赐给你个所谓的圆满。

你当然可以祈祷，这圆满，真的如你所愿；但也可以挥一挥手，不带走一片云彩，彪悍的人生不需要解释，圆不圆满，只缘身在此山中。

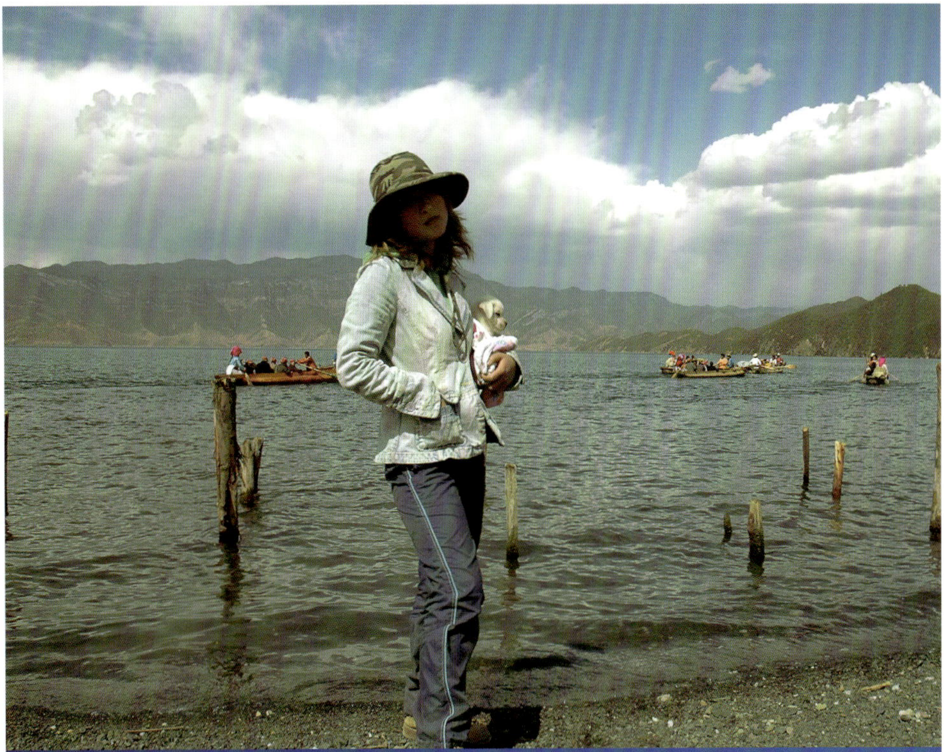
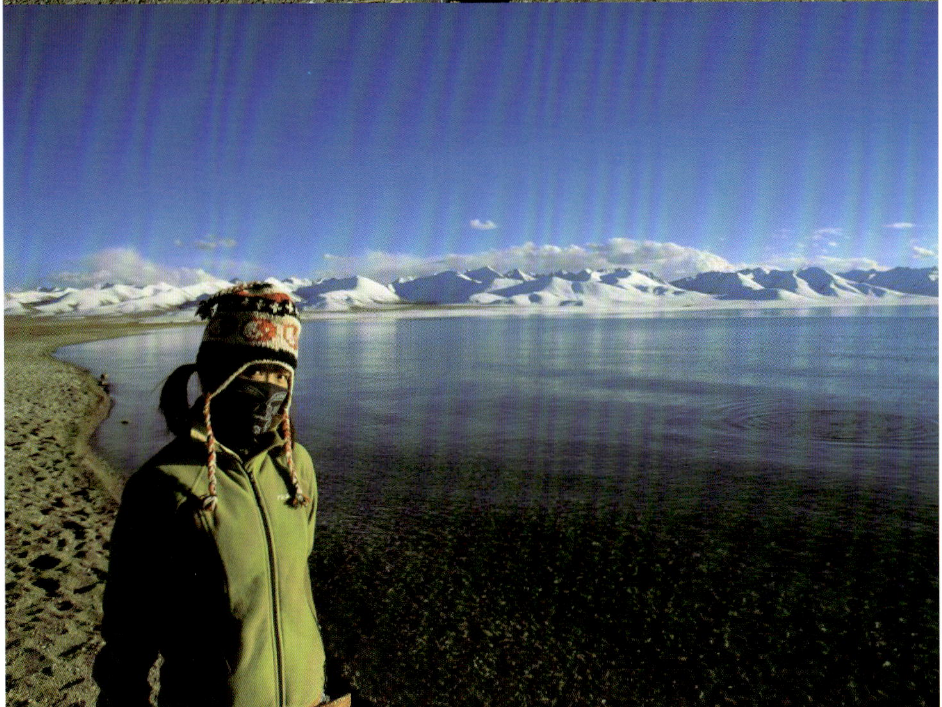

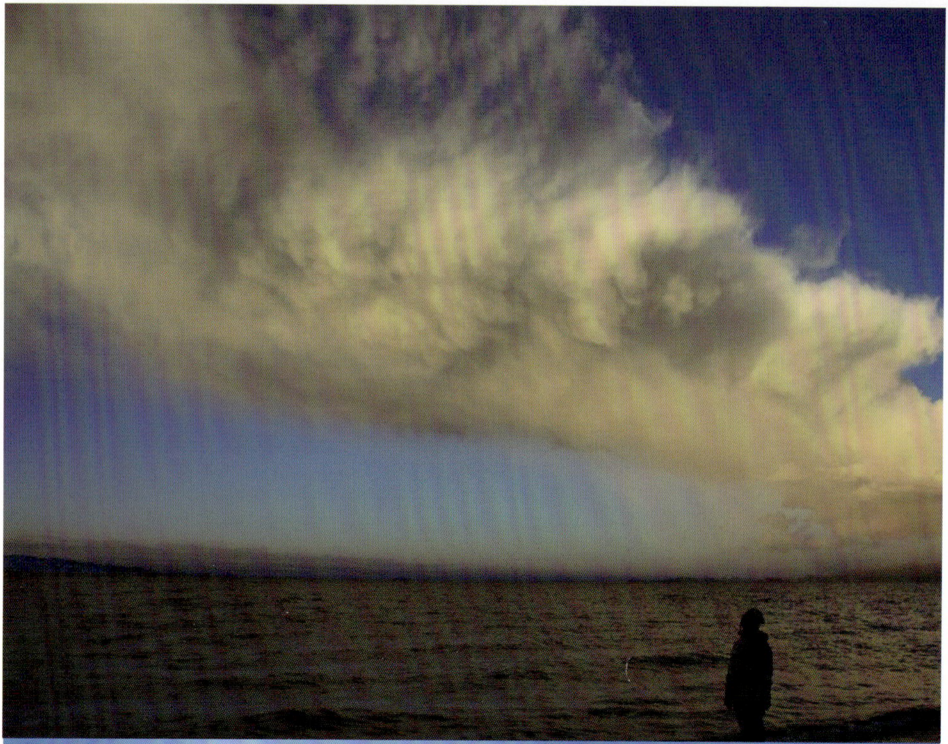

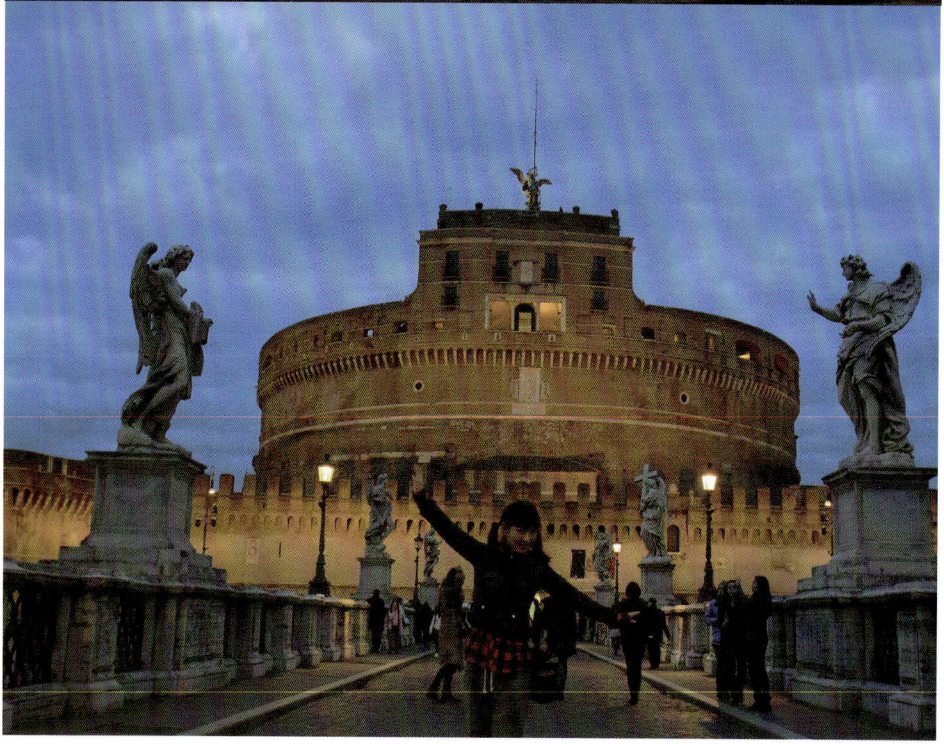

就算你剃了一个光头

Thursday, March 15, 2007 7:24:46 AM

博客最火爆的那个时候，我还在北京，也懒得写博客，觉得都是芝麻绿豆烂白菜。很多朋友链接了一个也叫"暴暴蓝"的博客，以为那就是我了。

后来我走了，决定开始写我的新生活，文字有如我新陈代谢的印记，也是给爱我的人报一个平安。

果然，我的生活内容迅速的脱离了饭局聚会、新唱片、新电影、新演出以及圈子里面的那点八卦。变成了青山绿水，猪狗牛羊。

极少看朋友们的博客。这几天我病了，基本躺着，就点开了很多博客。

就这样，我从一个博客跳去另一个博客，我耳熟能详的朋友们围成了一个圈子，我重新见到了饭局聚会、新唱片、新电影、新演出以及圈子里面的大小八卦哈喇。更加神奇的是，同一个饭局可以在不同的人那里见到不同版本的记录，同一部电影之类更是多如牛毛，几乎同样的情绪更是犹如同一张唱片，在千家万户循环播放。

人们互称同学，小盆友，用或热烈或淡漠的语气谈起某一个事件，某一桌菜，某一个笑话，某一类感触，某一间KTV。

看着看着，我哭了。

当我在城市的时候，或多或少参与了这样的生活圈子。我不喜欢这种日子，不喜欢那些繁华的肥皂泡，即便五光十色，仍旧只是无尽虚空。于是使劲地吹走那层沫，不惜代价。

可是我的代价真的很大。

我一直问自己：你是回去过以前那样的生活，还是披荆斩棘到死？

或者这个问题根本不存在。

或者很多道路可以走。

谁会陪我呢？谁会怀念我呢？谁会嘲笑我呢？谁会叹息呢？谁会鼓励我呢？谁会劝慰我呢？

当我用一颗尘埃的心，卑微的守望、赶路的时候。

最近我剃了一个光头，有人说，就算你剃光了头发，还是一个女孩。

【回顾】

是滴。

从小到大，我有很多绰号，大多数男生，都觉得我是个纯爷们。

后来行走江湖，必须果敢决断，更多大丈夫，而非小女子。

我可从来没有试图成为一个男人。就好比我剃了光头，并非因为男人可以随意光头，而是因为头发被我伪装朋克少女时染得乱七八糟整坏了，一时兴起罢了。

顾影自怜这一招我也会，只是称兄道弟久了，朋友都不接受了，好像我就必须顶天立地似的，其实……

哎，你们想多了。

我宣布，本人是最纯粹的女性。

呃，信不信由你。

犬儒宣言

Wednesday, March 28, 2007 4:24:23 PM

世间上真的东西许多都不善；

善的东西许多都不美；

美的东西许多都不真。

真善美就好比共产主义一样，都是灰姑娘的水晶鞋，当我们信以为真的时候，12点的钟声就会敲响。

可是，为了让人们继续信以为真，作家编织出了灰姑娘的心，灰姑娘的王子拥有超能力，能够找到这颗心并且奉为珍宝。

可是，快乐王子的心呢？如果我是王尔德，便不会让一颗破碎的铅心被伪在垃圾桶里，我会写这坨铅块，被捡垃圾的老太婆卖去了废品收购站，然后开始新的旅程。

可是，海的女儿的心呢？如果我是安徒生，就不会让一颗哭泣的真心变成漂浮的泡沫，我会写这颗爱心，连同剪去的金色长发、行走的痛苦自由一起，开始不分昼夜的掀起狂风巨浪，吞噬所有的陆地，折断人类全部的灯塔，直到冰川纪降临，湮灭成化石与灰烬。

可是，冰雪女王的心呢？就算我不是安徒生，也一定会让冰雪女王带走卡伊，因为冰雪女王虽然住在冰雪城堡里，虽然她很孤单，却永远不会冰冻自己的，以及卡伊的心。

【回顾】

我有个多年好友，离开北京的时候他还是个善良干净的男生，因为实在太会照顾人，我管他叫"奶爸"，他住在我楼下，拖地洗碗无所不能，外加业余监督我洗袜子。

如同我刚到丽江的时候，丽江的水还很清澈，艳遇这个词儿还没有那么如雷贯耳响彻神州大地。

等到我终于在旅行中完成了自己的长大成人，丽江已经成了如假包换的一夜情圣地，而叫我大跌眼镜的是，我回到北京，发现这个好朋友，竟然也脱胎换骨成了情圣，从十八岁小姑娘到朋友的老婆，都难以抵挡他的魅力，"奶爸"这个称号，简直已经是仅仅属于我的博物馆档案案底。

所以面对爱情的时候，我有强烈的怀疑，有一种想要打破砂锅看看后头究竟是什么的冲动，这些年的旅程，见到无数被生活的无常抹去的自我，徒剩了因爱之名。

于是宁可在自己的城堡中称王，亦要保有来时初衷。冰雪女王也有一颗热气腾腾的心，温柔地等着绑架她的卡伊。

她不愿意再来

Saturday, April 7, 2007 6:14:34 PM

女人了解出生。

女人更有探索生命的兴趣。

女人更加深刻的触摸到本质，撩开生活美丽的皮囊，看到淋漓的现实。

如果谁不喜欢费丽达这张沾着血腥味的画，那这个人就永远不要想与麦当娜交上朋友。

不过我想，墨西哥的费丽达大概不会想要跟资本主义国家的物质女郎麦当娜交上朋友。

如果我是一个穿着长袍别着发簪的长发女巫，并且居住在以马克思主义首是瞻的东方国家，也许有着浓浓的眉毛的也穿着繁花长袍的费丽达会愿意跟我做朋友。

可是我还在画画的时候，最喜欢画八仙过海。我会嘲笑费丽达那不忠的画家老公，为什么要在一堆墨西哥土著的大饼脸周围描上镰刀和斧头。

并且，我也不愿意聆听一个脊柱破碎的女人念叨她伤痕累累的身体。

那么，我便不能跟她做上朋友。对了，我还是拜金小姐。

但是无论如何，瞧，多么自恋呵，我说我。

这一点，费丽达代表了全体女性。她说：我画自画像，因为我经常是孤独的，因为我是自己最了解的人。

即便如此，我仍然不知道为什么她被称为女性主义的先驱，并且男人们称呼她为杰出的超现实主义女画家。

她的日记里最后的话是："我希望离世是快乐的，我不愿意再来"。

【回顾】

在墨西哥人手工店铺的绘画中，我一眼就发现了费丽达。

那个穿着百褶裙，乌黑浓密的眉毛在额前连成了一条线的大眼睛女人。

还是在旅行中，墨西哥对于骷髅的文化偏好，实实在在修正了以前我对

墨西哥超现实主义女画家费丽达的油画《两个费丽达》。
当我跋涉时,已经发现,女性对于自我的认知,需要在孤独中完成,是无数次漆黑寂静中对于光的探索与凝视。

费丽达绘画的意淫,这是个用世界最华丽的眼光注视死亡肉身的民族,我才理解了为何墨西哥人拥有如此强大的生存能力,能诞生亡灵节这样的节日,和华丽的骷髅艺术。

可以想象,费丽达面对镜子中那个拥有残缺身体的自我,是如何斩钉截铁的直白,又是如何温柔地悲悯镜中女人的美丽。

这不是自恋,而是女性的直觉中最难被男性理解的部分,对自我、生命、以及爱情的探寻,在这一点上,可能每个女人都是偏执狂,只不过,多数女性很好地隐藏了自我最真实的部分。

也许,她不愿意再来,真正意味深长的是:

她想再来一次,用一种比上次更好的方式——

所以,她才久久凝视镜中的自己,先要懂得自己。

喜欢的原因

（2009-10-14 00:30:01）

第一个男生说：

初次见她，在吉他会友的小屋子里，她正在跟别人眉飞色舞喷吐沫星子，但是她刚好被一个乐谱架子挡住。

所以他悄悄过去挪开了乐谱架，心想看得更清楚了。

然后他就喜欢她了。

他用一小块银自己刻了一把小吉他，挂在一根链子上送给她。

她把链子兜在手指上绕圈转。他很心疼，她不喜欢吗？

其实她很紧张，就像捧了个烫手山芋的时候不知道怎么办才好，只能两个手自己来回倒。

难道他喜欢的是吉他？

第二个男生不爱说话。

她最不喜欢吃奶酪披萨，因为嚼起来像在吃口香糖。她嘟嘟囔囔低头仔细一缕一缕揪掉披萨表面的奶酪，唧唧歪歪说浪费啊这不如吃锅盔，猛一抬头，发现他在看她。

他发了个短信问，青春能有多久呢？

她说，别人她不知道，她自己会青春到死啊。

然后他就喜欢她了。

他努力地工作，为了让她不用再努力工作。难道他喜欢的是青春？

因为他留不住自己的青春么。

她想来想去，想来想去。

喜欢是一个动词加名词的结构，还是一个瞬间动词呢？到底是抽象的还是具体的呢？她就是喜欢胡思乱想。喜欢的理由本来就是胡说八道的一种吧。如同不再喜欢的理由通常也是胡编乱造一样。

暴暴先生咪溜了下鼻子：呃，这样就对了。

她其实真正喜欢的是一个英俊而苍白的吸血鬼男友，这样他可以背着她在森林里的大树之间蹿来蹿去，她可以温暖他冰凉而永恒的十七岁。

最重要的是，最终只需要一个吻，只是一个吻啊，她便也得到了——

她永恒的青春。

【回顾】

电视剧和电影绝对是王八蛋。

小时候对爱情的理解，通常来自于影视剧中那些不食人间烟火的俊男靓女的死去活来。

太过年轻，也总以为自己还会遇见更合适的人。

其实不然。

我也算走过了千山万水，回头看看，只是更深地洞悉了以前不曾懂得的人与事，包括爱情。

以为不合适的，其实是最该拥抱的人，可岁月改变了彼此前行的方向，想再有自然交织的时刻，怕是难以如愿；

以为合适的，其实是最该放弃的人，可来来回回的纠结中，浪费了多少本可携手共度的人生。

所以，女孩们，应该尽早，安排属于你自己的，以及你们的旅行。

什么都可以存，唯独时光存不住。如果你十五岁的时候才拥有三岁时心仪的洋娃娃，四十岁才终于可以随便买来二十岁时喜欢的chees蛋糕，六十岁才有空回到初恋的那片海滩……

难道不会感到荏苒虚度？

于是，旅行也要趁早，才不至于错过爱情中最美的际遇。

恶童——小黑，安心，安心

（2011-03-24 22:44）

反反复复的看这部动画片。看了好几年。

因为我就是小白。

可是最后，小白死掉了。

如果我学坏人说话，心就会变得干巴巴的。我只能想象出雅典娜的逻辑，梅杜莎，潘多拉，我东施效颦，邯郸学步。我们会永远在一起，只是我的想法。可是这个想法，我知道它会长芽的，当你忘了的时候。

我总道歉，你说得对，会养成习惯的——有资格追求梦想的人不过寥寥，如果你大声的说出来，你不会离开我，再慢一点，我就能感到幸福了。你什么都不说，但我是知道的。你总是能一眼看透我，我从来没有觉得自己很容易被看透。我说，黑，夜晚心情会很悲伤呢。一定是因为那个，夜晚那么暗那么黑，让人想到死亡所以心情才悲伤。你并不会回答。我看见你的眼睛，透过窗外，盛满虚无。安心，安心，这是我一辈子的请求。你瞥了我一眼，说，你都请求几辈子了。

受重伤太深，只能骗到自己都相信，这样才能活下去。

每当你说谎的时候，我的心好痛。神把我造坏了，我的心缺了很多螺丝，你也是坏的，你也缺了很多螺丝，可是你缺的，我全部都有。

我多想，紧紧抱住你，永远不放手。可是，我只能跟在你身后，虽然我们都是恶童，但对待这个世界，你比我行得通，你牵住我的手，我就可以平安地穿过马路。

最后，我必须死掉吗？

因为我是白。

只有你跟这个世界兼容。

但你是知道的，不是吗？请把你，交给我守护。

因为我是白。

只有我，才能封印你的悲伤。

就算我从你的生命中消失。就算我消失了——你是知道的，我永远都在。安心，安心。

我继续在世界各地旅行,每个人都想在各自路上,找到自己那位合适的伴侣。

【回顾】

这么文艺的腔调,全部因为这部叫《恶童》的动画片,我看了好几年。

在我眼中,这是一部关于爱情、孤独、改变与复活的动画电影。

在很长的时间段中,对于孤身旅行的我,是一种强大的心灵呼应。

那些破落的城市,在城市中游荡的黑与白,两个孩子,犹如两生花,犹如自己的月之暗面,犹如爱情。

那些关于旅途中全部的自由、遗忘与明亮,都是我千辛万苦,想要浇灌的赤子之心。

我特别写了一首歌唱给自己听:

我喜欢

我们 像两朵蒲公英

落在一个陌生而又熟悉的城……

每当我在路上动摇、怀疑、不想面对的时候,我就会想到我的小黑和小白,他们在大海中快乐地潜水,寻找蚌中的珍宝,那些经过疼痛磨难才能成为珍珠的沙砾,并且对我轻声地说:

安心,安心。

床上的爱丽丝

(2011-12-28 21:28:05)

那些可以对话的灵魂，为什么，没有相遇在，各自活着的时间？

所以，爱丽丝只能跟游魂交谈。

幽魂艾米莉迪金森，从二十五岁开始闭门索居，过着僧侣般的生活，但在她去世后人们毕竟发现了她的千首诗作，这些诗作为她赢来了极高声誉；

幽魂玛格丽特，19世纪最出色的超验主义思想家之一，同时，作为第一位女权主义者，她提出的"女性气质"和"姐妹情谊"等女权观念，在男权现实世界和秩序中撕开了一个大口子。

还有弥尔达女王，她率领一群幽灵向负心的男人报仇；

瓦格纳的歌剧《帕西法尔》中的女妖孔德丽，因为罪恶一直想睡觉的可怜人。

所有的女人都沉重而悲伤。

大部分的中国女人，却完全不知道，为什么自己要付出良多，还没有办法在房产证上加上自己的名字，为什么在房产证上加上自己的名字，就成为其他男人女人批判的目标，而其他男人女人乃至社会机器追逐的，不也是这么干的吗？他们拼了小命老命，在各种东西上加上自己的名字。

这里不想展开讨论女权，以及物质社会的结局，女权是多数人不了解的一个词汇，但早已俨然成了贬义，少有女人愿意被扣上这两个字。

为了在10点半以前睡觉，我想简单说说爱丽丝为什么不下床……

苏珊桑塔格的爱丽丝可以下床行走，只是她觉得，自己走不动了。

男人没有办法理解，爱丽丝确实会因为月事、因为怀孕、因为失去、因为被人嘲笑了萝卜腿——

种种难以想象的辽阔的理由，她们无法下床走动，就像有一位爱丽丝，因为心力衰竭而无法再像她过去那么行走一样。

男人们忽略不计"心力衰竭"，他们认为，那听上去，就像"心力憔悴"。

只是女性无意义的自我怜悯，用来博取男人的同情。

就像他们无法从费丽达的镜子中，看到费丽达的肉体之中，那些支离破碎的冰冷钢架。他们只看到费丽达浓密的黑眉毛和动人的大眼睛，费丽达的不忠,如何在丈夫的眼皮子底下行进?

可是,爱丽丝的的确确心力衰竭了。医生说,猝死可能发生在任意时刻;医生又说,五年的存活率等同于恶性肿瘤;医生还说,活到十五年也是有可能的。

爱丽丝便不愿意再下床,纵然窗外有春夏秋冬,她闭上眼睛,世界只是一片漆黑,每一个粒子都没有任何不同。

爱丽丝开始乱发脾气,不管是护士,还是闯入的小偷,因为一个小偷就下地行走?

噢,不会,爱丽丝不会……

苏珊桑塔格的脑海中,心力憔悴的爱丽丝可以,心力衰竭的爱丽丝不可以。

床上的爱丽丝,不会因为卧床不起,就失去了判断力。

她暂时距离死亡还有些距离,她只是头晕而已。

男人们说,冷静冷静吧。

可她只是头晕而已,并没有昏了头。

她躺在床上,燃着那盏向日葵一样金色的心灯,读迪金森的诗:

If I can stop one Heart from breaking

I shall not live in vain
If I can ease one Life the Aching
Or cool one Pain

Or help one fainting Robin
Unto his Nest again
I shall not live in Vain.

假如我能
弥合一个破碎的心灵
我就没有虚度此生
假如我能
使一个受折磨的人痛苦得到减轻

或者帮助一只垂危的知更鸟
重新回到它的巢穴
我就没有虚度此生
　　——床上的爱丽丝，低头看着自己的心脏，它在缓慢地搏动，随时？五年？十五年？
　　她轻声吟诵着迪金森的诗句：
在墓中
刚适应不久
便有一为真理殉身者，
被停放在邻室

他轻轻问我「为何阵亡」？
「为美」，我回答
「而我是为真理——美和真理原一体
那我们是兄弟」，他说

所以，如同亲人相见在一个夜晚
我们隔墙交谈
直到青苔长到我们唇上
且淹没了我们的名字
　　——爱丽丝一直默念，一直默念，直到青苔长到她唇上，且淹没了她的名字。

【回顾】

　　好吧，关于爱情，我写得很少，只能在日记中挑出零散的蛛丝马迹的记录，大概你也猜，我的爱情不尽人意。
　　如果非要说不尽人意，那就是我过去的路途中，并没有一位爱人，伴我低头潜行。我的愿望是他跟我有差不多的生活观念，没有什么伟岸的事业追

巴黎的新桥上，全世界的情侣都愿意把爱情凝固在一把锁中，挂在这里期待永恒。

求，喜欢简单自然的生活，能够承担自己的选择，携手仗剑走天涯。

除去成长中愚蠢的小心动，和一次恋爱未遂被欺骗的经历，我谈过的两场正式恋爱所带来的感情都持续了很多年，必然成为终生的知己良朋。男朋友都有他们自己的道路，我也有我的路，相爱过，也不能以爱的名义，要求对方违背自己的初衷。我们只能在合适的分岔路口道别，然后在平行的人生中，相互祝福。有一个我愿爱护他一辈子；有一个我愿他实现自己的梦。

所以也并没有什么遗憾。

当世界越来越大，生命越来越辽阔的时候，爱情越来越轻，轻巧到可以折叠成一只海鸥，飞舞在心灵任意空间，偶尔自怨自艾，很快满血复活，自有落脚处。

命运赠给我的芬芳与疼痛，我都欣然接受。

继续相信爱情，继续我全宇宙的流浪，我永远在心中默念：

暴暴，快跑！

结束

over

最后的最后

《查拉图斯特拉如是说》首篇：

告诉你们精神的三种变形，精神如何变成骆驼，骆驼如何变成狮子，狮子如何变成小孩。

那么聪明的你的此时此刻啊，是低头苦行的骆驼，是威风八面的狮子，还是目光纯净的孩子呢？

生命的真相也许是，我们再也没有什么可以彼此分享。

现实世界本身的流变和无目的，本身的轮回和无意义，如果一个人清醒地看到之后，仍旧不厌倦它，不否弃它，而是依然热爱它、祝福它，便达到了肯定人生的极限——

重新翻阅自己七年前的各种日记笔记，为了兑现一个承诺，我远走他乡，做出了继续拥抱世界的选择。

承诺带给我的是束缚吗？

不是，是自由，是更灿烂的成长，我缓慢而苍凉地越来越接近，我想达到的肯定人生的极限。广袤的大地上奔跑跳跃，匍匐生长，承诺美好，实践美好，不厌倦，不否弃，热爱，并且祝福。

虽然总在挣扎，总在怀疑，总想退缩，终究也没有逃走……

我不知道他人是否会懂，只为自己承诺，在月光下赶路。没有多么牛逼，只是我发现了一种美，跟多数的体验相反的，愿与人分享。

如果你也能感到，那么共勉。

我一直在走。常有人问：什么时候你才会停下呢？
有首歌我很喜欢，歌中唱道：
We're good people but why don't we show it?
I want to raise dogs, dogs and money
stop threatening to leave town
and I'll stop running.
今夜的佛罗伦萨宁静安详，很冷，下雪，无风。

图书在版编目(CIP)数据

暴暴！快跑！/暴暴蓝著.—上海：上海三联书店,2014.9
ISBN 978-7-5426-4724-5

Ⅰ.①暴… Ⅱ.①暴… Ⅲ.①随笔-作品集-中国-当代
Ⅳ.①I267.1

中国版本图书馆CIP数据核字(2014)第065203号

暴暴！快跑！

著　　者 / 暴暴蓝

责任编辑 / 冯　静
装帧设计 / 程　强
监　　制 / 李　敏
责任校对 / 张大伟
封面图片摄影 / 亮亮白

出版发行 / 上海三联书店
　　　　　(201199)中国上海市都市路4855号2座10楼
网　　址 / www.sjpc1932.com
邮购电话 / 24175971
印　　刷 / 上海新艺印刷有限公司

版　　次 / 2014年9月第1版
印　　次 / 2014年9月第1次印刷
开　　本 / 889×1194　1/32
字　　数 / 200千字
印　　张 / 8.5
书　　号 / ISBN 978-7-5426-4724-5/I·859
定　　价 / 32.00元

敬启读者，如发现本书有印装质量问题，请与印刷厂联系 021-56683130